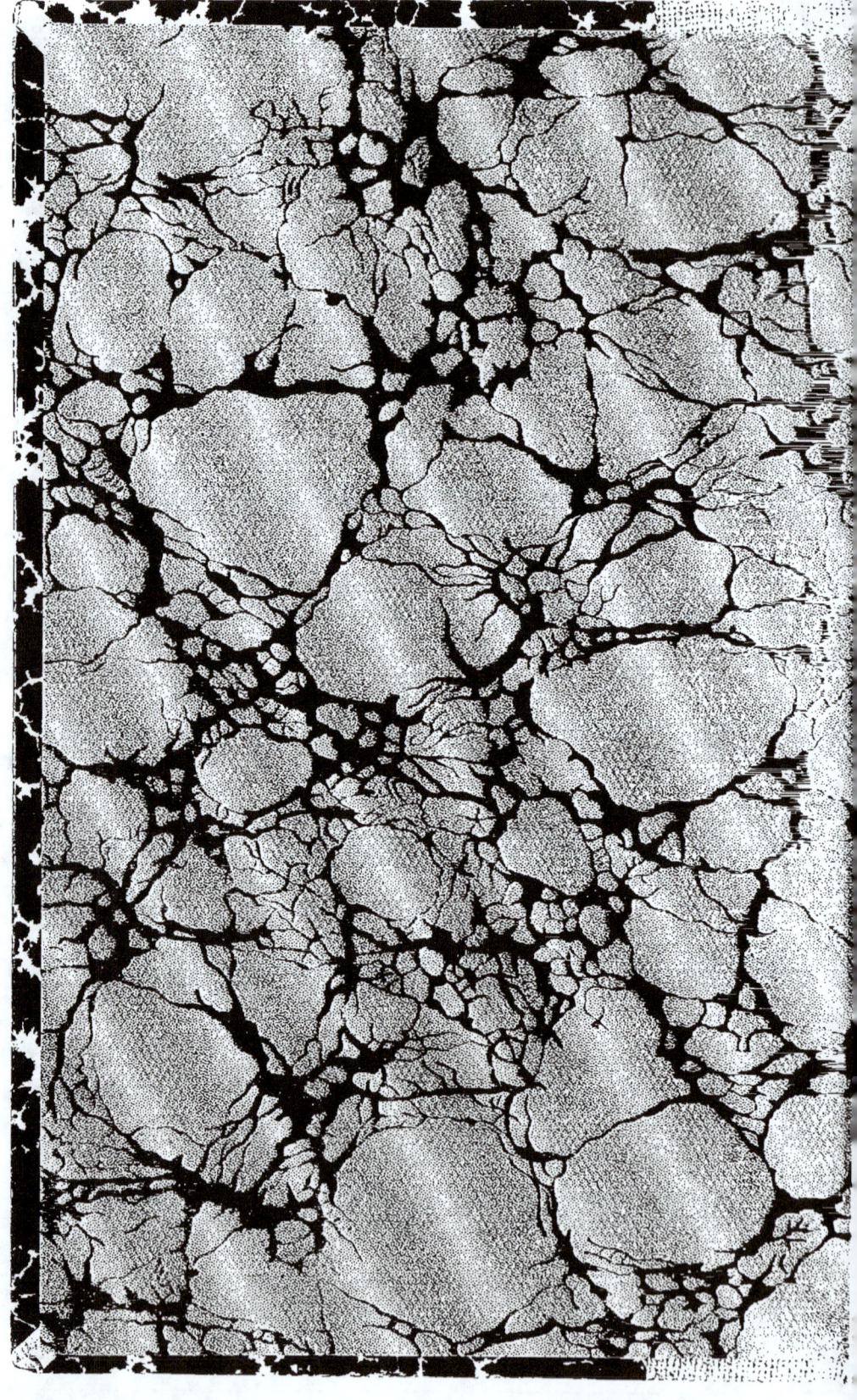

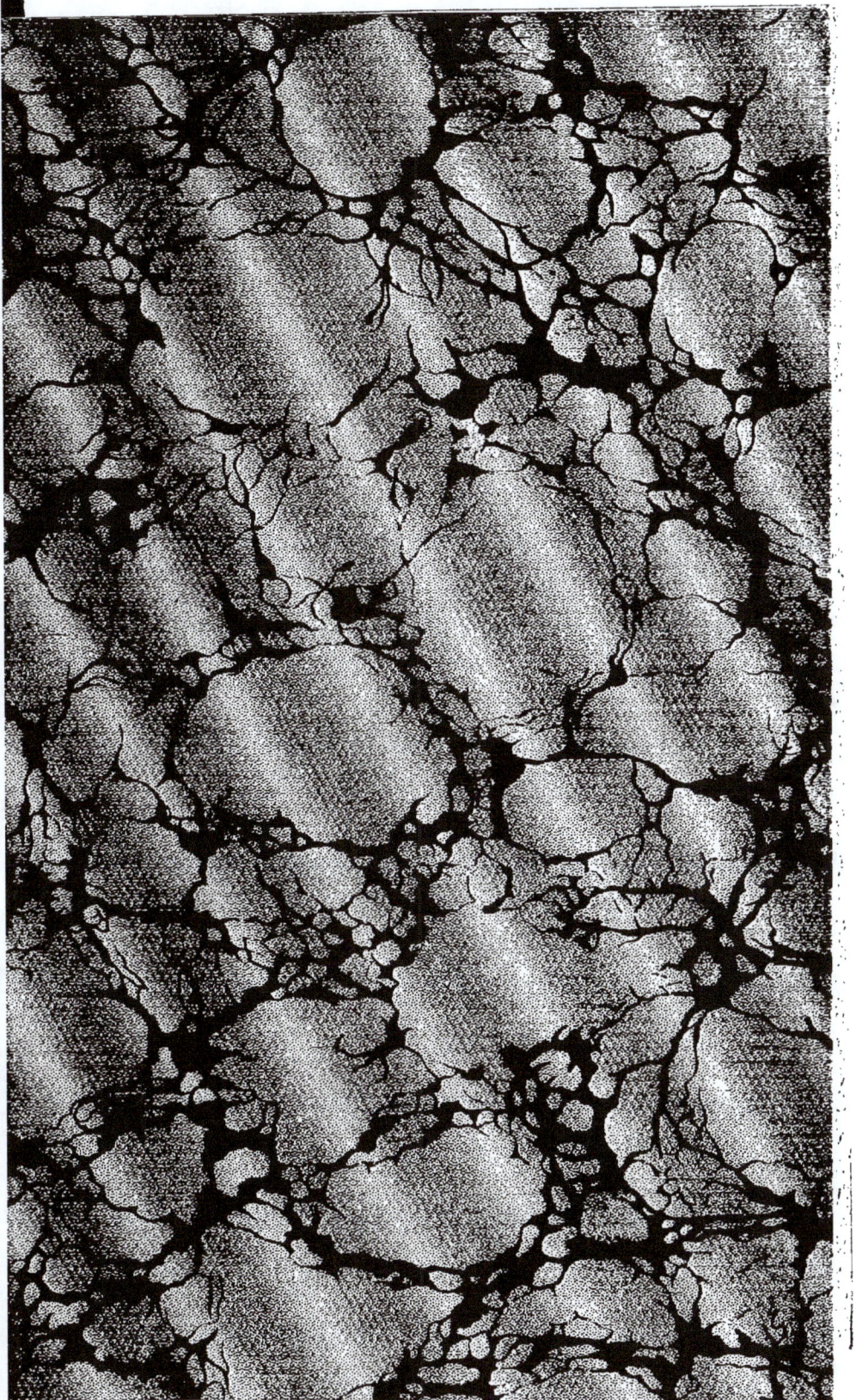

STEMPFER-REL.

LE

BROCANTEUR

LIBRAIRIE DE E. DENTU, EDITEUR

DU MÊME AUTEUR :

Châteauroux. — Typographie et Stéréotypie A. MAJESTE.

LE

BROCANTEUR

PAR

ÉLIE BERTHET

PARIS

E. DENTU, ÉDITEUR

LIBRAIRE DE LA SOCIÉTÉ DES GENS DE LETTRES

PALAIS-ROYAL, 15-17-19, GALERIE-D'ORLÉANS

—

1884

LE BROCANTEUR

I

EN VOYAGE

Une carriole dont la partie antérieure formait un élégant cabriolet, tandis que la partie postérieure, munie d'une solide bâche de cuir, était évidemment destinée à contenir des ballots et des marchandises, montait au pas une pente assez raide, sur une route solitaire du centre de la France. Une vigoureuse jument percheronne, très proprement harnachée, à la croupe luisante, traînait le véhicule, et, quoique la bâche aplatie ne parût protéger aucune lourde caisse, la bonne bête ralentissait de plus en plus son allure, certaine que le fouet, qui s'agitait de temps en temps au-dessus de sa tête, resterait inoffensif entre les mains d'un maître indulgent.

La route, ancienne route impériale, traversait un pays boisé, montueux, où se succédaient les paysages les plus

pittoresques. Une petite rivière, dont les eaux étaient
d'un bleu azuré, comme toutes les eaux des pays grani-
tiques, formait de capricieux méandres au fond de la
vallée, disparaissant parfois sous des massifs de saules
et de peupliers. On était vers la fin d'avril ; la campagne
présentait tous les charmes du printemps. Des prairies
d'un vert émeraude, émaillées de marguerites et de
boutons d'or, longeaient le turbulent cours d'eau, tandis que les hauteurs voisines se couvraient de châtaigniers à la tête arrondie, dont les fleurs, en ce moment
de l'année, exhalaient un arôme particulier. Les grives
et les merles chantaient de toutes parts dans les buissons ;
le coucou lançait aux échos son cri monotone. Malheureusement, quoique très doux, le temps n'était pas favorable aux contemplations poétiques. Par intervalles, le
soleil se cachait, et un gros nuage noir arrosait la campagne d'une giboulée.

Ces fréquentes averses semblaient vivement contrarier
une voyageuse de la carriole, jeune fille frêle, du plus
gracieux et du plus charmant visage. Ses cheveux blonds,
lissés en bandeaux, s'échappaient de dessous un gentil
chapeau en feutre, muni d'un voile de gaze et surmonté
d'une microscopique plume rouge. Elle portait une robe
de laine, de couleur foncée ; une sorte de pèlerine de
même étoffe cachait sa taille délicate. Quoique ses traits
fussent un peu pâles, ils avaient un caractère de gaieté,
en même temps qu'ils reflétaient une admiration naïve,
chaque fois qu'elle se penchait pour observer le paysage.

Une seule personne occupait avec elle le cabriolet de

la voiture, un homme d'une cinquantaine d'années, dont la large figure était encadrée de favoris grisonnants. Cette figure épanouie, au teint rosé, semblait habituellement bienveillante ; cependant, les yeux petits, enfoncés sous des sourcils broussailleux, pouvaient prendre une expression de ruse et d'avidité capable de mettre en défiance. Tout ce que l'on voyait de cet homme, propriétaire et conducteur de la voiture, était une blouse en coutil, fort propre, et sa coiffure consistait en un bonnet de velours brodé, d'une certaine richesse.

Si quelqu'un avait eu la curiosité d'examiner une plaque d'émail bleu, fixée, selon la règle, sur l'avant-train de la carriole, on aurait pu y lire en beaux caractères blancs : J. BAILLEUL, *négociant, boulevard Haussmann.* — *Paris.*

Évidemment, cette désignation « négociant » était un euphémisme pour signifier un de ces brocanteurs qui parcourent la campagne, afin de vendre, acheter ou échanger les curiosités artistiques et les antiquités, si fort à la mode aujourd'hui, et on pouvait deviner, dans le bonhomme à la calotte brodée, M. Bailleul en personne.

Ses manières n'avaient rien de trop vulgaire, et sa profession même exigeait des connaissances assez étendues. Quant à sa compagne, elle montrait une réserve modeste, s'alliant fort bien à sa gaieté naturelle, et il était facile de reconnaître, dans ses naïves admirations, la candeur de la jeune fille qui n'a rien vu encore, mais que son éducation a préparée à comprendre tout ce qui est vraiment digne d'intérêt.

Après avoir regardé le ciel, elle dit, en faisant la moue :

— Quel ennui, oncle Bailleul ! Nous allons avoir encore de la pluie... Ce pays est charmant ; je songeais à descendre un peu pour respirer l'air pur et me dégourdir les jambes !

— Bah ! bah ! console-toi, ma chère Louise, répliqua Bailleul en secouant bénévolement son fouet au-dessus de la jument ; tu auras tout le temps de te promener et de respirer du bon air, car notre tournée durera encore au moins trois mois... Véritablement, ajouta le bonhomme en jetant sur sa nièce un regard de complaisance, la couleur revient déjà sur tes pauvres joues pâlottes. Depuis que nous avons quitté Paris, tu as recouvré l'appétit, le sommeil, la bonne humeur... Ah ! c'est une fameuse idée que j'ai eue de t'emmener avec moi ! Tu dépérissais là-bas, dans nos magasins de la rue Haussmann... Le fer, le vin de quinquina, les viandes saignantes, rien n'y faisait ! J'ai eu fièrement raison de résister à ta tante, qui ne voulait pas t'exposer aux hasards de cette vie aventureuse... Elle est si despote, madame Bailleul !

— Paix ! mon oncle, interrompit Louise en levant son petit doigt blanc d'un air de menace ; je ne souffrirai pas que vous disiez du mal de ma bien-aimée tante, pas plus que je ne souffrirais qu'elle en dît de vous, qui êtes si bon !... J'avoue, ajouta-t-elle, que je me trouve très bien de cette existence nomade ; il me semble que je renais ; je me sens plus forte, plus alerte, plus courageuse. Toutes sortes de pensées riantes voltigent et chantent en moi, comme les oiseaux de cette jolie campagne... Mon oncle, comment appelez-vous le pays où nous sommes ?

— C'est le Limousin, ma chère. Il importe de t'apprendre, à toi qui dois un jour hériter de ta tante et de moi, que, au point de vue de notre commerce, chaque pays produit des « curiosités » différentes, et l'habileté d'un touriste consiste à les déterrer dans les endroits où elles se cachent. Ainsi, en Normandie et en Bretagne, on trouve des bijoux rustiques, des sculptures en chêne, ces dressoirs, ces bahuts, ces coffres de mariage qui sont si recherchés des amateurs. Les Flandres et le nord de la France conservent de superbes tapisseries et des tableaux de maîtres. Ici, dans le Limousin, une vieille province. j'ai l'espoir de découvrir, même chez les paysans, des émaux de Limoges, comme en possède le Louvre, puis des vitraux coloriés, pour lesquels les peintres verriers du Limousin jouissaient autrefois d'un grand renom. Outre cela, on peut rencontrer des faïences précieuses, des armes anciennes, des meubles historiques, toutes choses dont j'ai un excellent débit, tu le sais. Si le hasard m'en fait découvrir, tu pourras observer comment on s'y prend pour conclure des marchés avantageux.

— J'ai vu déjà plusieurs fois, mon oncle, vos façons d'agir envers de pauvres gens qui ne savent pas ce qu'ils vous vendent... Ma foi ! je ne vaudrai jamais rien pour conclure de pareils marchés.

L'oncle Bailleul partit d'un éclat de rire.

— Allons donc ! mignonne, reprit-il, si l'on y mettait trop de conscience on se ruinerait au lieu de s'enrichir ; et ce n'est pas pour me ruiner que je fais ces longs et fatigants voyages chaque année.

Pendant cette conversation, l'averse, qui menaçait depuis quelques instants, venait de se déclarer. Une pluie
violente, mais qui devait être de courte durée, tombait
avec bruit sur les feuilles. La jeune Parisienne regardait
la route boueuse et solitaire, qui s'allongeait à perte de
vue devant elle; et sans doute elle avait remarqué, à travers
les tourbillons d'eau et de menue grêle, quelque détail
alarmant, car elle reprit avec un accent d'inquiétude :

— Oncle Bailleul, est-ce que l'on pourrait rencontrer
ici... des voleurs ?

— Des voleurs ! en plein jour ! dans cette campagne
fréquentée?... On reconnaît bien, Louise que tu as quelque fois lu des romans. Les voleurs de grand chemin ne
sont plus très communs maintenant... D'ailleurs, on ne
voit personne.

— Il m'avait pourtant semblé tout à l'heure... Écoutez
donc, mon oncle ; de méchantes gens peuvent savoir que
nous voyageons seuls, que vous portez des sommes assez
considérables pour les besoins de votre commerce... Et
tenez, tenez, ajouta Louise en tendant la main vers un
point de la route éloigné d'une centaine de pas, *les* voilà
qui reparaissent !

Le brocanteur regarda, à son tour, dans la direction
indiquée, et, malgré l'averse, il distingua deux individus,
debout sur la lisière d'un buisson, au bord de la route,
et paraissant les guetter au passage. Sa nièce lui expliqua
que ces gens qui, peu d'instants auparavant cheminaient
devant la voiture, s'étaient retournés plusieurs fois pour
les observer, et avaient fini par s'embusquer en cet endroit.

— Parbleu ! dit Bailleul en riant, ce sont de pauvres diables qui ont voulu se mettre à couvert de la pluie.

— En ce cas, mon oncle, ils n'auraient pas choisi cette espèce de taillis, dont le feuillage est si maigre ; ils se seraient réfugiés à l'ombre de ces vieux châtaigniers, où ils eussent été à l'abri du mauvais temps.

— Eh bien ! c'est qu'ils comptent nous demander une place dans notre voiture... cela s'accorde volontiers quand on rencontre des piétons.

— Mais j'ai entendu dire que cette complaisance offre des dangers et que des malfaiteurs sollicitent parfois une faveur pareille... Mon oncle, je vous en supplie, n'écoutez pas ces hommes, s'ils vous demandent de monter un instant auprès de nous.

— La peur·te rend impitoyable, petite, répliqua Bailleul. Allons ! calme-toi : ils ne songent sans doute à nous rien demander, car je ne sais ce qu'ils sont devenus.

En effet, les deux hommes s'étaient éclipsés subitement. Louise n'en était guère plus rassurée, quand, d'un chemin de traverse, déboucha sur la grande route un nouveau voyageur, qui avait très bien pu être aperçu par les inconnus avant que Bailleul et sa nièce eussent soupçonné son approche.

Ce voyageur était un militaire, en tunique et en pantalon garance, qui paraissait jeune et robuste. Il portait sous le bras une légère valise d'ordonnance, ainsi que son sabre, et il cheminait d'un pas alerte, malgré les rafales. Le bruit de la voiture l'ayant fait se retourner, on put s'assurer qu'il avait une figure avenante, quoique

un peu triste ; il fut facile, en même temps, de reconnaître qu'un double galon d'or ornait son képi et les
manches de sa tunique, ce qui annonçait un officier.

Une semblable rencontre, en ce moment, ne pouvait
être que fort agréable à Mlle Bailleul, et peut-être était-
ce la présence de cet officier qui avait mis si brusquement en fuite les inconnus suspects.

— Oh ! mon oncle, dit-elle à demi-voix, voici un
pauvre militaire qui sans doute regagne son pays par ce
temps affreux... Si réellement vous aviez l'intention de
faire un acte d'obligeance...

— Bon ! Louise, répliqua le brocanteur, il paraît que
tu as deux poids et deux mesures, selon la mine des gens!

Néanmoins, quand on fut auprès du voyageur, il
arrêta la voiture et dit avec politesse :

— Un bien mauvais temps, mon lieutenant ! Voulez-
vous monter avec nous... sans façon ?

L'officier s'arrêta, à son tour, et toucha son képi.

— Merci ! répliqua-t-il froidement ; je ne vais pas loin
et je suis pressé.

— Avec votre permission, où allez-vous ?

— Au village de Saint-Amand, à moins d'une lieue
d'ici.

— Saint-Amand ! répéta Bailleul en jetant un coup
d'œil sur un vieux carnet où il inscrivait son itinéraire ;
justement nous y allons nous-mêmes... On m'a signalé
ce village comme un centre de riches habitations où je
pourrai faire des affaires... Montez donc, vous aurez le
double avantage de ne pas vous mouiller et d'aller plus
vite.

Le jeune homme ne résista plus ; il posa le bout de sa botte sur le marchepied et sauta dans la voiture.

— A la bonne heure ! reprit Bailleul. Maintenant, puisque vous êtes pressé, nous allons marcher grand train... Hue ! Fanchette.

Et le fouet claqua au-dessus de la jument un peu plus sérieusement qu'à l'ordinaire.

Il y eut une minute de silence embarrassé. L'officier semblait être en proie à quelque douloureuse préoccupation.

Louise, assise à son côté, n'osait se tourner vers lui, peut-être parce que son compagnon de voyage était un beau garçon à fine moustache blonde, à la physionomie expressive, aux yeux bleus pleins de douceur. Mais Bailleul ne se laissait pas intimider longtemps par qui que ce fût.

— Mon lieutenant, demanda-t-il bientôt avec rondeur, venez-vous de loin ?

Le jeune militaire se redressa vivement, comme si cette question lui paraissait indiscrète ; toutefois, il réfléchit sans doute qu'il devait des égards à ses nouvelles connaissances et répondit distraitement :

— De fort loin, monsieur, puisque j'arrive de Nantes, où mon régiment est en garnison. J'ai quitté le chemin de fer à Z***, qui est à trois lieues d'ici, et j'ai voulu me procurer une voiture pour me transporter à Saint-Amand ; mais, cette ligne de fer ayant été inaugurée depuis peu, le service des correspondances n'est pas établi encore. Comme je n'avais pas un instant à perdre, j'ai pris le parti de faire la route à pied, avec mon petit bagage.

1.

— Hum ! la traite est bonne. Il faut avoir des raisons importantes pour entreprendre un si long trajet dans des conditions pareilles !

— Aussi en ai-je de très importantes, répliqua l'officier avec tristesse ; je vais à Saint-Amand voir une personne gravement... très gravement... malade ; je crains d'arriver trop tard pour lui dire un dernier adieu.

— Et cette personne vous est chère, sans doute ?

— Je crois bien ! c'est ma mère... la meilleure, la plus tendre des mères.

Et l'officier baissa la tête pour cacher une larme.

Louise témoigna par un profond soupir la sympathie que lui inspirait une douleur si légitime. Bailleul reprit avec cordialité :

— Ayez du courage, mon lieutenant... vous allez, je l'espère, trouver cette bonne dame beaucoup mieux, et la présence de son fils la ragaillardira... Il ne faut pas voir tout en noir, que diable !... Hue donc ! Fanchette.

L'officier semblait un peu confus de s'être laissé entraîner à ces confidences. Il jugea pourtant convenable d'adresser aux étrangers quelques questions sur leurs propres affaires.

— Vous êtes colporteur, monsieur ? demanda-t-il à Bailleul.

— Pas tout à fait.

Et Bailleul expliqua comment il faisait chaque année une excursion en province, afin d'acheter çà et là, dans les habitations campagnardes, des objets d'art anciens et de haute curiosité, qu'il vendait dans ses magasins à Paris.

— Votre métier exige beaucoup de connaissances historiques et artistiques, répliqua le voyageur ; peut-être à Saint-Amand, où nous allons et où je suis né, trouverez-vous occasion, ainsi qu'on vous l'a dit, d'opérer des achats avantageux. Il y a, dans le village et dans les environs, d'anciennes maisons et quelques châteaux, où de précieuses trouvailles ne sont pas impossibles... Autrefois même, dans la maison paternelle, où je reviens après une longue absence, vous auriez pu découvrir de véritables trésors en ce genre. Malheureusement notre famille n'est plus aujourd'hui ce qu'elle était jadis, et je doute qu'il y reste quelque objet de valeur... Tous les meubles de luxe ont disparu depuis longtemps.

— Bah ! dit Bailleul ; parfois on possède ainsi sans qu'on le sache...

Mais le militaire ne crut pas devoir insister sur ce sujet et reprit, en regardant Louise avec plus d'attention qu'il n'avait fait jusque-là :

— Cette demoiselle est bien jeune pour supporter les fatigues et les hasards de pareils voyages ?

— Ma nièce est, en effet, très délicate, dit Bailleul ; mais c'est justement à cause de cela qu'elle m'accompagne dans ma tournée. Mme Bailleul et moi, qui n'avons pas d'enfant et qui aimons Louise comme notre fille, nous avons pensé que le changement d'air ne manquerait pas de la fortifier. Elle peut vous dire si je prends soin d'elle et si je veille à son bien-être avec sollicitude.

— Ah ! mon bon oncle, s'écria Louise, je n'ai jamais été aussi heureuse !

L'officier examinait la jeune fille avec une complaisance évidente. Néanmoins, il parut croire qu'il avait montré à ses nouvelles connaissances un intérêt suffisant, et se contenta de dire :

— Je souhaite, monsieur, que cette gentille demoiselle trouve dans ce voyage tous les bons résultats que vous en attendez.

La pluie continuait, bien qu'elle ne fût plus très forte, et on ne tarda pas à distinguer, au milieu des arbres, quelques habitations basses, couvertes en tuiles courbes, qui formaient un village d'une certaine importance.

— Nous arrivons à Saint-Amand ! dit l'officier d'une voix émue ; et voici, ajouta-t-il en désignant un groupe de vieux bâtiments qui s'élevaient à quelque distance, la demeure de ma famille... Mon Dieu ! pourvu que je retrouve ma mère encore vivante !

Il pria Bailleul d'arrêter et voulut sauter à bas de la carriole. Le brocanteur, qui peut-être avait ses projets, lui dit d'un ton amical :

— Allons donc ! mon lieutenant, je vous conduirai jusqu'à votre porte... cela ne nous détournera guère.

Le jeune homme n'insista pas pour descendre. Penché hors de la voiture, l'œil fixe, respirant à peine, il éprouvait une poignante anxiété et ne prononçait plus une parole. Bailleul, qui comprenait son impatience, maintint Fauchette au grand trot. Bientôt, on se trouva en face d'une courte avenue, dans laquelle on s'engagea résolument. On franchit une arcade ruinée et sans porte, dont le cintre était revêtu de lierre, et on pénétra dans la cour de l'habitation appartenant à la famille de l'officier.

II

Cette habitation, moitié ferme et moitié château, se composait, comme nous l'avons dit, de bâtiments vieux et délabrés, auxquels on avait ajouté quelques constructions légères pour l'exploitation agricole. Tout d'abord on remarquait, en face de l'arcade en ruines servant d'entrée, une petite tour à toit pointu, aux murs crevassés; c'était évidemment un pigeonnier féodal, qui, depuis près d'un siècle, ne contenait plus de pigeons. A droite et à gauche de la cour, s'élevaient les étables et les hangars. Au fond se trouvait le bâtiment principal, noir, massif, avec d'étroites fenêtres. Les tours qui le flanquaient jadis, et dont on apercevait encore les bases, avaient été rasées au niveau du toit; les girouettes avaient disparu, et il ne restait de l'ancien château qu'une maison maussade, mal entretenue, à peine plus grande et certainement moins agréable à habiter que les simples métairies du voisinage.

Le brocanteur, dont cette construction du temps passé flattait les goûts archéologiques, eût bien voulu l'examiner à loisir, mais on ne lui en laissa pas le temps. Au bruit de la voiture, un jeune homme, vêtu en gros drap et ayant presque l'aspect d'un paysan, mais dont le visage brun exprimait la franchise et l'honnêteté, accourut sur le seuil de la porte. Derrière lui apparaissait la figure pâle d'une fillette de douze à quatorze ans, vêtue de noir.

Il s'écria d'une voix émue :

— Amédée... mon frère... est-ce toi enfin ?

— Oui, Jean-Baptiste, répliqua l'officier ; ma mère... comment va ma mère ?

Jean-Baptiste ne répondit pas.

— Amédée ! mon cher Amédée ! s'écria la fillette qui fondit en larmes.

Amédée, puisque c'était le nom de l'officier, sauta à terre.

— Bonjour, Mariette, dit-il affectueusement à la jeune fille ; est-ce que j'arrive à temps ?

— Hélas ! non, répondit Jean-Baptiste en se jetant dans ses bras et en pleurant lui-même ; nous l'avons enterrée hier matin...

— Nous ne la reverrons plus que dans le ciel ! ajouta Mariette en embrassant Amédée à son tour.

— Mon frère... ma sœur... Pourquoi ne m'avoir pas prévenu ? Pourquoi ne m'avoir pas envoyé un télégramme ?

Jean-Baptiste et Mariette pouvaient répondre que, dans cette campagne écartée, ils n'avaient pas encore une idée bien nette de l'usage des télégraphes et des chemins de fer ; mais, pendant qu'ils s'excusaient de leur mieux auprès d'Amédée, tous rentrèrent dans la maison, et on n'entendit plus que le murmure de leurs voix.

Bailleul et sa nièce n'avaient pas quitté la voiture.

— On ne pense plus à nous, dit Louise, et cela est fort naturel dans les circonstances douloureuses où se trouve cette famille... Eh bien ! mon oncle, partons. Le village est grand, et il y a sans doute une auberge.

— Patience, ma chère, répliqua Bailleul, on ne nous oubliera pas toujours... Quelqu'un va venir certainement réclamer ceci.

Il désignait la valise de drap et le sabre que l'officier, dans son trouble, avait laissés sur la banquette de la carriole.

Mariette, en effet, ne tarda pas à reparaître.

Sans s'inquiéter de la pluie, qui tombait encore et qui s'attachait en perles brillantes à ses bandeaux de cheveux bruns, elle s'avança vers la carriole.

C'était une belle enfant, saine et forte comme on l'est à la campagne, et dont les traits devaient avoir d'ordinaire une expression de bonne humeur.

— Monsieur, et vous, mademoiselle, dit-elle les yeux baissés, mais avec beaucoup de grâce, soyez indulgents pour mes frères... Absorbés par leur chagrin, ils oublient tout le reste... Vous pouvez placer votre voiture

et votre cheval sous ce hangar, jusqu'à la fin de la
pluie. Quant à vous, entrez je vous prie ; vous vous
reposerez au coin du feu, et vous accepterez quelques
rafraîchissements.

Louise voulait décliner l'invitation, car elle sentait
que la présence d'étrangers dans cette maison affligée
pouvait être importune ; Bailleul n'eut pas les mêmes
scrupules.

— Ce n'est pas de refus, mademoiselle, répliqua-t-il
avec empressement ; descends, Louise... Moi, je vais
mettre la carriole et Fanchette à l'abri ; puis, je rappor-
terai la valise du lieutenant.

Louise sauta à terre, ce qui permit de constater
qu'elle portait un pantalon tout viril, sous sa robe de
laine. Elle tomba presque dans les bras de la jeune
campagnarde, qui l'entraîna vers la maison, en lui
disant avec douceur :

— Venez, venez, mademoiselle... Vous paraissez
transie de froid.

— Merci, répliqua Louise ; vous êtes bonne, mademoiselle... mademoiselle...

— Mariette de Beauregard, acheva la fillette avec une
dignité naïve.

Bailleul, après avoir conduit la jument sous le hangar
et avoir jeté sur elle une couverture, car la pauvre bête
était fumante, se dirigea, à son tour, vers la maison
avec la valise d'Amédée.

Dans une pièce du rez-de-chaussée, qui semblait servir à la fois de cuisine et de salle commune, il rejoignit
les deux jeunes filles ; assises devant une vaste che-

minée de pierre, elles paraissaient déjà être les meilleures amies du monde. Au fond, il y avait une seconde pièce, séparée de la première par une porte vitrée, et dans laquelle on entendait des éclats de voix, mêlés de quelques sanglots ; c'était les deux frères qui parlaient de leur mère défunte.

Le brocanteur promena un regard avide autour de lui. Sauf la cheminée monumentale, dont le manteau portait des armoiries sculptées, cet intérieur. vieux et grossier, ressemblait beaucoup à l'intérieur des habitations rustiques du pays. Le plancher n'était qu'un carrelage en briques ; le plafond avait des poutres saillantes, noires de vétusté et de fumée. Les meubles consistaient en quelques sièges de bois, en un vaisselier et une huche, du travail le plus primitif. Une énorme table, à pieds tors, était à demeure au milieu de la pièce. Quelques casseroles de cuivre, soigneusement récurées, quelques assiettes d'étain, disposées dans le vaisselier et brillantes comme de l'argent pur, servaient d'ornements.

Bailleul éprouva un certain désappointement, à la vue de ces objets vulgaires. Mariette de Beauregard courait de çà et de là, afin de disposer sur la table les rafraîchissements annoncés. Elle servit une bouteille de vin du crû, véritable piquette, un fromage, quelques fruits secs, reliefs peut-être du festin des funérailles qui avait eu lieu la veille dans la maison. Ces modestes provisions étaient offertes avec une simplicité cordiale, et Bailleul ne put s'empêcher d'y faire honneur, tandis que Louise elle-même trempait ses lèvres dans un verre de vin, non sans retenir une légère grimace.

Tout en mangeant une bouchée, le brocanteur finit par aviser, dans un enfoncement sombre, un meuble de forme étrange et en bois noir, qu'on avait relégué là comme un objet inutile ou hors de service. Ce meuble de fantaisie tenait de la table et du secrétaire, avec ses pieds couverts de ciselures et ses nombreux tiroirs auxquels manquaient la plupart de leurs anneaux de cuivre.

Le marchand de bric-à-brac tressaillit à cette vue. Se levant sans rien dire, il alla examiner sa découverte avec une attention minutieuse. Il n'eut pas de peine à reconnaître que ce meuble, qui était en ébène et devait dater du seizième siècle, était couvert d'ornements du plus fin travail. A la vérité, ces ornements étaient encrassés, rongés par le temps en plusieurs endroits, et l'un des pieds, ayant été rompu, avait été remplacé avec du bois de chêne par un menuisier de village. Néanmoins, l'œil exercé de Bailleul reconnaissait un de ces jolis chefs-d'œuvre de la Renaissance, comme on en trouve à l'hôtel de Cluny et dans les riches collections d'amateurs.

Il se garda bien, nous le répétons, de laisser voir son admiration et sa joie. Il regagna tranquillement sa place.

— Vous avez là, mademoiselle, dit-il à Mariette, un « bibelot » dont je pourrais bien m'accommoder, si l'on faisait chez vous une vente après décès, comme il arrive parfois... C'est vieux, cassé, vermoulu ; ça aura besoin de nombreuses et coûteuses réparations. Cependant, si l'on voulait s'en débarrasser, j'irais jusqu'à en offrir... oui, j'en offrirais bien cent francs... et je payerais comptant.

La jeune campagnarde ouvrit de grands yeux.

— Cent francs ! répéta-t-elle ; est-il possible ? Tant d'argent pour cette armoire, dans laquelle on serre les ustensiles et les chiffons hors d'usage !... Ah ! si ma pauvre maman, qui était une excellente ménagère, avait reçu cette proposition, comme elle vous aurait pris au mot !

Elle s'attendrit à ce souvenir, et ajouta aussitôt :

— Je doute que mes frères acceptent le marché. Ce meuble a appartenu à notre grand-oncle, le marquis de Florac, qui est mort ici, dans un âge très avancé. Le marquis, à ce que j'ai entendu dire, ne s'est pas toujours bien conduit envers notre famille ; je suppose pourtant qu'Amédée et Jean-Baptiste de Beauregard, qui sont pleins de respect pour les moindres objets provenant de nos ancêtres, ne consentiront pas à vendre celui-ci.

— C'est dommage, répliqua Bailleul ; cette... *machine* me semble originale, et j'aurais été capable d'en donner... cent cinquante francs.

Amédée et Jean-Baptiste de Beauregard rentrèrent. Tous les deux avaient les yeux rouges, les traits altérés. La présence de Bailleul et de Louise réveilla chez l'officier d'autres pensées.

— Je te remercie, petite sœur, dit-il à Mariette, d'avoir songé à réparer mon impolitesse envers M. Bailleul et envers cette aimable demoiselle, qui ont eu l'obligeance de me ramener ici. Ce n'est pas leur faute si je n'y trouve que deuil et désolation !... Ils excuseront la douleur d'un fils dans un tel moment.

— Vous êtes tout excusé, mon lieutenant, répliqua le brocanteur ; on s'explique sans peine qu'en apprenant

cette terrible nouvelle... Mais votre sœur nous a fait un
accueil pour lequel nous la prions, ainsi que vous, de
recevoir nos remerciements.

Il s'était levé et semblait se disposer au départ.

— J'aurais voulu, poursuivit-il, vous demander des
renseignements sur les habitations du voisinage, où il
me sera possible d'acquérir quelques objets d'art ; mais,
dans l'affliction où vous êtes, vous ne sauriez descendre
à de semblables détails... Aussi ne vous parlerai-je même
pas de ce meuble éclopé, que vous voyez là-bas dans un
coin, et qu'en tout autre cas, je vous aurais proposé de
me céder...

— Et dont monsieur offre cent cinquante francs,
ajouta Mariette en regardant ses frères.

— Cent cinquante francs ! répéta à son tour Jean-
Baptiste.

Amédée sourit avec tristesse.

— Vraiment ! dit-il, il y a donc, dans notre humble
logis, quelque chose qui vous semble précieux ? Si j'étais
seul maître ici, monsieur Bailleul, je vous prierais d'accepter cette bagatelle en souvenir de votre obligeance
pour moi... Mais on vous a dit peut-être que ce meuble
provient d'un grand-oncle, et sans doute mon frère et ma
sœur ne se soucieraient pas...

— L'oncle Florac n'a déjà pas été si bon pour nous !
répliqua Jean-Baptiste brusquement, et notre mère défunte le tenait en médiocre estime... Je ne vois guère
pourquoi nous ferions des reliques de cette antiquaille
démantibulée.

Il ajouta tout bas :

— Tu connais, Amédée, notre cruelle situation. Nous sommes endettés et nous allons avoir à payer au fisc des droits considérables... Avec ces cent cinquante francs, nous pourrions élever à notre mère une tombe convenable, dans le cimetière de Saint-Amand.

— Alors, mon frère, répliqua l'officier tout haut, rien ne s'oppose à ce que nous écoutions la proposition de M. Bailleul.

Le brocanteur ne put retenir un mouvement de joie. Louise, qui savait que, si son oncle offrait cent cinquante francs, c'était que le meuble en valait le double ou le triple, ne put s'empêcher d'adresser à Amédée un signe qui voulait dire : — Prenez garde !

L'officier n'eut pas l'air de le remarquer. Bailleul, craignant que l'on ne revînt sur le marché, s'empressa de tirer de son portefeuille un billet de cent francs, puis cinquante francs en or, qu'il étala sur la table.

— Voilà ! dit-il ; à présent le bibelot est à moi... Je ne sais quel parti j'en tirerai, mais je n'ai qu'une parole.

Il s'élança vers le meuble d'ébène et se mit à l'examiner avec complaisance. Tout cela s'était accompli si rapidement que les vendeurs n'avaient pas eu le temps d'élever une difficulté.

Du reste, personne ne paraissait disposé à contester la prise de possession. Jean-Baptiste, défiant comme les campagnads, s'assurait que le billet et les pièces d'or étaient de bon aloi. Toutefois, Mariette dit à Bailleul :

— Un moment, monsieur ; vous allez pouvoir placer ce secrétaire sur votre voiture ; mais permettez-moi d'abord de le débarrasser des choses de ménage qu'il contient.

— Rien de plus juste.

Mlle de Beauregard ouvrit successivement les tiroirs et en retira des couteaux ébréchés, des couverts d'étain, sans compter quelques menues merceries, qui semblaient être à son usage personnel.

Bailleul l'observait en souriant. Lorsque Mariette eut entassé ces divers objets dans un autre meuble, il lui dit d'un air malin :

— Vous croyez, mademoiselle, avoir retiré du secrétaire de votre grand-oncle tout ce qu'il pouvait contenir ; mais je dois vous apprendre, ainsi qu'à ces messieurs, que les meubles de ce genre renferment parfois des compartiments secrets, dont il est impossible, à moins qu'on ne soit prévenu, de soupçonner l'existence. Plusieurs de ces secrétaires me sont déjà tombés dans les mains, et je sais par expérience... Ils ont été construits à une époque où l'on ne trouvait aucune sûreté pour les personnes et pour les biens. Ma nièce Louise, qui est très ferrée sur l'histoire, vous dira que, dans ce temps-là, des guerres de religion, des actes de violence, des brigandages, rendaient certaines précautions indispensables. Aussi s'ingéniait-on à cacher ce qu'on possédait de précieux....

— Quoi ! s'écria Jean-Baptiste avec surprise, y aurait-il là-dedans une cachette de cette espèce ?

— C'est fort possible, et je vais m'en assurer.

Tous les assistants étaient devenus attentifs. Bailleul enleva le tiroir principal, qui avait été fermé autrefois par une solide serrure ; puis il plongea le bras dans l'ouverture, et tâta le fond avec soin.

Tout à coup, il parut peser avec force sur quelque

chose et on entendit un bruit sec, comme celui d'un ressort qui se détend.

— Quand je disais ! reprit Bailleul ; mademoiselle,
ajouta-t-il en se tournant vers Mariette, c'est à vous de
voir ce que contient cette case secrète.

Et il s'écarta poliment.

Mariette, à son tour, plongea le bras dans le vide laissé
par le tiroir. Bientôt, sa main rencontra une cavité nouvelle, que le mouvement d'un ressort venait de mettre à
découvert, et elle en tira un vieux sac de velours, qu'elle
s'empressa d'ouvrir. Ce sac renfermait plusieurs bijoux
de forme ancienne, notamment des bracelets et une boîte
d'or émaillée, avec des chiffres en diamants. L'objet
principal était une bague chevalière, surmontée d'un
gros brillant ; il y avait jusqu'à un éventail peint, du
temps de Louis XV.

A la vue de cette trouvaille, tout le monde demeura
stupéfait. Les jeunes filles admiraient naïvement les bijoux, quand Jean-Baptiste s'écria :

— Bon Dieu ! est-ce en effet de l'or et des pierres précieuses ? Dire que depuis plus de trente ans, ce meuble
est resté ouvert à tous venants, et que nul ne s'est avisé...
Ainsi, monsieur, ajouta-t-il en s'adressant à Bailleul, ces
belles choses ont été déposées là au temps des guerres
de religion dont vous parlez ?

— Non, non, répliqua le brocanteur avec un sourire
de mépris ; ces bijoux datent seulement de la fin du
siècle dernier, quelques-uns même du commencement du
premier Empire... Ils ont appartenu à une personne qui
ne peut pas être morte depuis longtemps.

— C'était l'oncle Florac, répliqua Jean-Baptiste ; sans doute il connaissait par tradition le secret de ce meuble, qui était autrefois dans la chambre où il est mort... Ainsi, monsieur, ajouta-t-il avec une sorte de confusion, je viens de dire une grosse sottise ?.. C'est que, voyez-vous, je ne suis rien de plus qu'un paysan. On m'a mis dans les collèges, mais je n'ai pu rien apprendre, pendant que mon frère Amédée devenait un savant et qu'il entrait à Saint-Cyr. Notre mère défunte assurait qu'il doit relever un jour le nom des Beauregard... Quant à moi, je ne m'en cache pas, je conduis souvent la charrue, je travaille aux champs comme les journaliers... Mais Amédée et Mariette m'aiment tout de même !

— Tu es le meilleur des hommes, Jean-Baptiste, dit l'officier avec émotion ; tu as été, dans les mauvais jours, le protecteur de toute la famille...

— Notre mère, reprit Mariette les yeux humides de larmes, nous a recommandé de te respecter comme un père.

— Suffit, interrompit Jean-Baptiste ; il n'est pas nécessaire de conter devant des étrangers... Enfin, voici déjà une part de la succession de l'oncle Florac. Comme nous n'avons pas besoin de bijoux, nous vendrons ceux-ci, et l'argent que nous en retirerons sera le bienvenu pour payer nos dettes... car l'année dernière a été diablement mauvaise !... Mais, voyons, monsieur le marchand, ce n'est pas là, comme je l'ai entendu dire, tout ce que nos parents pouvaient attendre du grand-oncle, qui passait pour riche... N'existerait-il pas, par hasard, dans le secrétaire, une autre cachette ?

— Non, non, je ne crois pas, répliqua Bailleul embarrassé, vous pouvez voir par vous-même...

— Moi, je n'y verrais que du feu... Enfin, puisque
vous affirmez que c'est tout, vous pouvez emporter ce
meuble qui vous appartient.

Le brocanteur s'empressa de remettre le tiroir en place.
Il paraissait éprouver une agitation singulière et ses yeux
brillaient. Tout à coup, il interrompit sa besogne et dit
d'un air cauteleux :

— Messieurs, celui qui découvre, ou fait découvrir un
trésor, a droit à une partie de sa valeur... Ne me don-
nerez-vous pas une modeste part dans les objets précieux
que je viens de mettre en votre possession ?

— Oh ! pour cela non ! répliqua Jean-Baptiste du ton
d'un créancier avide, auquel on veut rabattre un écu.

— Si pourtant, dit Amédée, la loi est telle que l'assure
M. Bailleul...

— Mon oncle, murmura Louise à l'oreille du brocanteur, osez-vous élever une prétention semblable ?

Bailleul sourit.

— Mes prétentions ne sont pas exorbitantes ; je de-
manderai seulement pour ma part... ce vieil éventail,
dont je désire faire présent à ma nièce.

— S'il ne s'agit que de cela, dit Jean-Baptiste en haussant les épaules, vous pouvez le prendre.

Amédée se saisit de l'éventail et l'offrit à Louise qui
rougissait.

— Gardez-le, mademoiselle, en souvenir de nous.

Louise ne pouvait faire autrement que d'accepter.

— Peut-être, balbutia-t-elle en regardant Mariette,

Mlle de Beauregard tiendrait-elle à cette relique de famille...

— Moi ! s'écria Mariette, qu'en ferais-je, Seigneur ? Je ne me suis jamais servie d'éventail... Jean-Baptiste vous a dit qu'il était un paysan ; moi, je ne suis qu'une paysanne.

Elle fit entendre un rire enfantin, aussitôt réprimé par le souvenir du malheur récent.

Bailleul se mit en devoir de transporter le secrétaire dans la carriole et le robuste Jean-Baptiste proposa obligeamment de l'aider.

— Je pense, monsieur Bailleul, dit Amédée, que vous allez vous arrêter au village ; vous y trouverez une excellente auberge où, votre nièce et vous, serez convenablement traités. Comme vous pourrer opérer dans les environs des achats avantageux, j'irai vous voir ce soir chez la mère Labiche, votre hôtesse, et je vous fournirai les indications nécessaires.

— Merci, mon lieutenant ; je compte donc sur vous.

Ils échangèrent une poignée de main, pendant que la jeune Parisienne et la petite campagnarde prenaient amicalement congé l'une de l'autre, comme si elles se connaissaient depuis longtemps.

Le secrétaire d'ébène fut déposé avec précaution dans la voiture, sous la bâche de cuir ; puis, les frères et la sœur rentrèrent à la maison, et la carriole repartit pour le village de Saint-Amand, situé seulement à une courte distance.

Dès qu'on eut franchi l'arcade gothique, qui décorait

l'entrée du ci-devant château, Louise dit à Bailleul, avec un accent de reproche :

— A quoi pensiez-vous, mon oncle, de réclamer pour moi cet éventail... dont je ne me soucie guère ?

— Chut ! chut ! répliqua le brocanteur en clignant des yeux, comme il faisait quand son avidité était vivement excitée ; si tu ne le veux pas, j'en trouverai l'emploi... Sais-tu que cet éventail est peint par le grand peintre Boucher et qu'il vaut plus de mille francs ?

— En ce cas, il faut le rendre bien vite, mon oncle. Priver d'un objet de cette valeur une honnête famille qui, vous l'avez deviné comme moi, vit dans une gêne cruelle, ce serait indigne.

— Bah ! j'avais réellement droit à une part, puisque le meuble était payé et m'appartenait déjà d'une manière légitime. D'ailleurs, il s'agit d'une bagatelle aux yeux de ces noblillons campagnards. Que dirais-tu si je découvrais encore dans le secrétaire...

Il s'arrêta.

— Quoi donc, oncle Bailleul ?

— Rien, rien... c'est de la folie... Mais nous voici à Saint-Amand.

En effet, la carriole entrait en ce moment dans le village.

Saint-Amand se composait d'une trentaine de maisons, rustiques pour la plupart, et disséminées à droite et à gauche de la route. Une église, d'assez pauvre apparence, quelques habitations bourgeoises, devant l'une desquelles était planté un peuplier annonçant la demeure du maire de la commune, frappaient d'abord le regard.

Bailleul n'eut pas de peine à reconnaître l'auberge où l'on devait loger. Au-dessus de la porte d'entrée pendait une vieille enseigne, sur laquelle était peint un cerf, à demi effacé par le temps et par la pluie. Autour était écrit en gros caractères :

HOTEL DU GRAND CERF

tenu par M *Labiche*

La coïncidence de ces noms fit rire Bailleul, qui, dans l'occasion, ne dédaignait pas la plaisanterie, et on s'arrêta devant la maison.

III

LE TRÉSOR

L'auberge du Grand-Cerf était très fréquentée à
l'époque où les rouliers, qui se rendaient du Limousin
dans l'Angoumois et la Saintonge y faisaient halte avec
leurs chariots chargés de marchandises. Mais, depuis
qu'une voie ferrée traversait le pays, le roulage avait
cessé, en même temps que les piétons et les cavaliers
étaient devenus rares. Les propriétaires du Grand-Cerf,
jouissant d'une certaine aisance, n'avaient pas voulu
fermer la maison ; toutefois, nul n'ignorait que c'était
surtout par gloriole qu'ils laissaient en place l'enseigne,
si connue jadis des voyageurs.

Bailleul et son équipage ne pouvaient manquer d'être
accueillis avec empressement en pareil lieu. Mme Labiche elle-même vint sur le seuil de la porte recevoir

l'oncle et la nièce, dès qu'ils eurent mis pied à terre. C'était une femme d'une cinquantaine d'années, grande, robuste, à figure austère. Avec sa coiffe de linge, dont les barbes en mousseline étaient relevées sur le front, avec le tablier en cotonnade bleue à bavette, qui emprisonnait sa taille osseuse, et qui était décoré, d'un côté, par des ciseaux à longue chaine d'argent, de l'autre, par un énorme trousseau de clefs, elle représentait parfaitement le type des hôtesses d'autrefois dans les provinces du Centre.

Pendant qu'un valet, sous la surveillance de Bailleul, conduisait le cheval à l'écurie et remisait la voiture, la bonne femme s'empara de Louise et l'installa dans une chambre, plus confortable que luxueuse, au premier étage. Elle demanda si, en attendant le dîner qu'on allait préparer, la voyageuse ne voulait pas prendre « quelque chose ».

Mlle Bailleul répliqua avec distraction que, peu d'instants auparavant, son oncle et elle avaient accepté des rafraîchissements chez les MM. de Beauregard.

Mme Labiche fit un geste d'étonnement.

— Hein ! quoi! s'écria-t-elle, vous revenez du Pigeonnier, comme on appelle leur domaine, et vous vous êtes arrêtés chez les Beauregard? Vous les connaissez donc ?

Louise expliqua en peu de mots par suite de quelles circonstances son oncle et elle avaient fait halte à cette habitation.

— Ah ! reprit l'hôtelière avec intérêt, le vicomte Amédée, l'officier, est donc arrivé ? On l'attendait pour l'enterrement de sa mère... A la vérité, la pauvre dame est morte si promptement... N'importe, le retour du vicomte Amédée va faire du bruit quelque part.

Elle s'interrompit et secoua la tête. Louise n'osa s'informer du motif de cette réticence et demanda si la famille de Beauregard était établie depuis longtemps dans le pays.

— Oui, oui, mademoiselle ; ce sont de braves gens, quoiqu'ils soient aussi fiers que pauvres. Leur père, le mari de la dame qu'on vient d'enterrer, avait de la fortune autrefois, mais il la perdit on ne sait comment, et ne tarda pas à mourir de chagrin. La comtesse demeura seule avec ses trois enfants, et il ne leur restait, pour tout bien, que ce chétif domaine du Pigeonnier, où ils ne venaient guère alors qu'ils avaient des propriétés bien plus belles. On se demandait comment ils allaient s'arranger pour vivre avec un si misérable revenu. Il arriva ce que personne n'aurait pu prévoir : on renvoya les métayers du Pigeonnier, et le comte Jean-Baptiste vint s'y établir avec sa mère et sa sœur, alors toute petite, pour faire valoir le domaine. Pendant ce temps, le second fils, le vicomte Amédée, poursuivait ses études au collège, était admis à l'école militaire et nommé officier. Tous les autres se saignaient des quatre veines et supportaient les plus dures privations, afin de subvenir à ses dépenses...

— Mais c'est très beau cela ! s'écria Louise enthousiasmée ; voilà donc pourquoi j'ai entendu M. Amédée dire que Jean-Baptiste était son bienfaiteur, et Jean-Baptiste se vanter de n'être qu'un paysan...

— Paysan ! c'est bien vrai, mademoiselle. Il travaille comme le dernier laboureur et c'est lui qui, avec un valet et une servante, cultive le domaine. Ensuite, la petite demoiselle Mariette ne s'épargne guère, quoiqu'elle sache la lecture, l'écriture, le calcul et toutes sortes d'autres belles choses que sa mère lui a apprises. Elle mène la maison, met vaillamment la main à l'ouvrage. N'ai-je pas vu aussi Mme la comtesse, la mère, quand la fenaison et la moisson pressaient, aller dans les champs, un chapeau de paille sur la tête, armée d'une fourche ou d'une faucille ? Et c'était d'un bon exemple pour les fainéants et les fainéantes !

— Encore une fois, tout ceci est fort beau, répliqua Louise. Je regrette de n'avoir pas connu plus tôt ces détails pour témoigner à cette famille l'estime et la sympathie qu'elle m'inspire.

— Il faudrait bien vous garder de cela, ma bonne demoiselle. Ils s'offenseraient si vous leur montriez de la pitié. Toujours disposés à rendre des services aux autres, ils n'en demandent pas et n'en acceptent de personne... Allez, allez ! il a dû y avoir de rudes moments à passer dans cette maison ! Mais jamais on ne l'a su et jamais ils n'ont fait entendre un mot de plainte.

La nièce du brocanteur était émue jusqu'aux larmes. Elle comprenait à cette heure beaucoup de choses qui l'avaient frappée dans sa visite au Pigeonnier, et s'expliquait notamment pourquoi l'officier n'avait pas trop cherché une voiture à la station du chemin de fer.

Bailleul rentra d'un air affairé. Sans s'occuper de sa

nièce, il demanda à Mme Labiche un marteau et des te-
nailles, dont il avait besoin pour réparer quelque chose
dans sa voiture.

— Je vais vous donner ça, monsieur le voyageur,
répondit l'hôtesse avec empressement ; vous me retrou-
verez dans le vestibule.

Et elle sortit. Bailleul voulur la suivre.

— Qu'avez-vous à faire, mon oncle ? dit Louise ;
restez donc, je vous conterai ce que je viens d'apprendre
au sujet...

— C'est bon : tu me conteras cela plus tard... J'ai
quelques coups de marteaux à donner.

Et il sortit, à son tour, précipitamment.

Louise s'approcha de la fenêtre de sa chambre. De
cette fenêtre, on avait une jolie vue sur la campagne
et sur le jardin de l'auberge. Il ne pleuvait plus, mais
le paysage mouillé brillait des couleurs les plus vives,
sous les rayons obliques du soleil à son déclin. Dans la
cour voisine, poules, dindons, canards s'ébattaient
avec toutes sortes de cris joyeux, qui devaient particulièrement réjouir une Parisienne.

Louise pourtant n'accorda qu'une attention distraite
à ces détails rustiques. Elle s'inquiétait uniquement de
son oncle, dont le marteau résonnait en bas. N'y tenant
plus, elle descendit, passa devant la cuisine, où
Mme Labiche surveillait avec ses servantes les apprêts
du dîner, et, après avoir traversé la cour, pénétra dans
la remise, où le bruit du marteau venait tout à coup de
cesser.

Elle trouva Bailleul devant le meuble d'ébène qu'il

avait retiré de la carriole. Sans doute son intention était d'y faire quelque réparation ; mais il avait si mal réussi, que plusieurs planches sculptées étaient éparses à ses pieds. Cependant, il paraissait en extase ; et, absorbé par sa contemplation, il n'avait pas entendu la jeune fille s'approcher de lui.

— Que faites-vous, oncle Bailleul ? demanda-t-elle ; bon Dieu ! avez-vous donc mis en pièces ce beau secrétaire, auquel vous attachiez tant de prix ?

Le brocanteur, à la voix de sa nièce, avait tressailli et s'était redressé comme pour se mettre en défense. Faisant face à Louise, il l'empêcha de voir exactement la besogne dont il s'occupait.

— Bah ! répliqua-t-il avec un embarras visible, mon ébéniste à Paris démolira complètement le meuble quand il s'agira de le remettre en état... Et toi, que viens-tu faire ici, petite ? Tu sais que je n'aime pas à être dérangé. Remonte dans ta chambre ; je te rejoindrai bientôt.

Louise n'obéit pas ; au contraire, avec une sorte d'espièglerie, elle se pencha pour mieux voir, en disant :

— Je parie, mon oncle, que vous cherchez encore une cachette dans ce vieux secrétaire... et, bonté divine ! ajouta-t-elle aussitôt, je crois que vous l'avez trouvée !

Le panneau supérieur du meuble ayant été enlevé, elle venait de remarquer, en effet, une cavité nouvelle, encore mieux cachée que la première. Bailleul en avait extrait un grand portefeuille en chagrin noir, dont il explorait le contenu lorsqu'il avait été dérangé par Louise. Or, le portefeuille ouvert permettait d'entrevoir des liasses d'un papier fin et soyeux, quoique jauni par le temps, qui devaient être des billets de banque.

Bailleul n'essaya pas de nier, mais il dit à sa nièce, avec une dureté à laquelle il ne l'avait pas habituée :

— Tais-toi... Tais-toi donc, sotte ! Est-il besoin d'apprendre à tout le monde... Je te le répète, remonte dans ta chambre et ne t'inquiète pas de ce qui ne saurait te regarder !

Louise était trop surexcitée pour tenir compte de cette colère.

— C'est la fortune du marquis de Florac, n'est-ce pas ? reprit-elle, et vous avez découvert enfin la véritable cachette ?... Quelle joie ce sera pour ces braves gens !

— Ce que j'ai découvert n'appartient qu'à moi, répliqua Bailleul. Si tu dis un mot de tout ceci, je t'en ferai repentir.

La jeune fille le regarda avec un étonnement douloureux.

— Quoi ! mon oncle, demanda-t-elle, vous auriez l'intention de vous approprier...

— Veux-tu bien te taire ? Mille diables ! ne t'ai-je pas commandé de remonter dans ta chambre ?

Habituellement, Louise ne s'effrayait pas trop des excès de vivacité de son oncle ; mais, cette fois, il avait un ton si impérieux, si menaçant, qu'elle n'osa souffler mot et s'enfuit toute tremblante.

Elle se réfugia dans sa chambre et se mit à pleurer. Jamais Bailleul ne l'avait traitée ainsi. Il resta encore plus d'un quart d'heure absent, et quand il rentra, en dissimulant quelque chose sous son ample redingote,

Louise ne lui adressa pas la parole. Le brocanteur, après avoir renfermé ce qu'il apportait dans une commode, dont il retira la clef, vint s'asseoir auprès de sa nièce. Elle ne releva pas la tête et continua de pleurer en silence.

Bailleul, fort mal à l'aise, croisait et décroisait machinalement ses jambes. Enfin, il dit d'un ton doux, presque humble :

— Voyons, mignonne, je t'ai causé de la peine... Pardonne-moi ma brusquerie... Aussi, pourquoi vas-tu te mêler d'affaires qui doivent être indifférentes aux petites filles telles que toi ?

— Mon oncle, répliqua Louise en s'essuyant les yeux, je ne pourrai jamais m'habituer à certaines choses... Je vous prie de me ramener à Paris, ou du moins de me conduire jusqu'à une station du chemin de fer... Je retournerai auprès de ma tante et vous pourrez agir en toute liberté.

Bailleul s'agita sur sa chaise.

— Que de bruit, reprit-il, parce que je ne veux pas me dessaisir de mon bien ! Les aubaines, dans le commerce, ne sont déjà pas si communes qu'il faille les repousser quand elles se présentent !... Écoute, Louise, ajouta-t-il en baissant la voix ; nous comptons, ta tante et moi, te marier dans quelques années, et nous nous occupons de t'amasser une dot... Ce que je viens de découvrir sera joint à cette dot, et, ma foi ! la somme est assez ronde.

— A combien monte-t-elle, oncle Bailleul ? demanda Louise d'un ton câlin, où il n'y avait plus ni aigreur ni reproche.

— Ah ! ah! tu commences à devenir raisonnable !...
Le portefeuille contient, outre certains vieux titres dont
je ne peux apprécier l'importance, soixante billets de
mille francs de la Banque de France sous Charles X et
Louis-Philippe. La date de ces billets est déjà ancienne,
comme tu vois ; mais ils sont parfaitement conservés, et
seront exactement payés par la Banque, à Paris.

— Moi, dit résolument Louise, je n'en veux pas et je
vous supplie de les rendre à leurs véritables propriétaires.

— Comment ! tu reviens encore... Le véritable propriétaire, c'est moi, petite, et je n'en démordrai pas. J'ai
consenti, quand ces Beauregard étaient présents, à faire
l'abandon de mes droits au sujet des bijoux, quoique
j'en pusse, selon l'usage, réclamer la moitié ; mais, cette
fois, je ne veux partager avec personne.

— Permettez-moi de vous dire, mon oncle, que ce
serait une indignité dont je vous crois incapable... Vous
reconnaissez vous-même que la famille Beauregard pourrait tout au moins réclamer la moitié du trésor découvert dans le vieux meuble...

— C'est possible, mais il faudrait ébruiter l'affaire, et
il en résulterait un procès... J'aime mieux tout garder ;
ce sont les petits profits de ma profession.

Le brocanteur avait repris son ton sec et péremptoire.
Louise, qui avait la constance et la ténacité d'une enfant, allait insister, quand une servante annonça que le
dîner était servi dans la salle à manger du rez-de-chaussée.

L'oncle et la nièce se hâtèrent de descendre et se mi-

3

rent à table ; mais l'une et l'autre ne firent pas grand
honneur au dîner. Pas une parole ne fut échangée entre
eux. Le repas fini, comme Bailleul se mettait en devoir
d'allumer une pipe d'écume qu'il avait tirée de sa poche,
on entendit un bruit de voix dans la vaste cuisine qui
précédait la salle, et Mme Labiche vint avertir le brocanteur que « les messieurs de Beauregard » demandaient à lui parler.

Bailleul ne put retenir un geste d'inquiétude.

— Que diable me veulent-ils à présent ? murmura-
t-il ; mais c'est juste, ajouta-t-il aussitôt ; le militaire
m'a promis des renseignements sur les habitations du
voisinage où j'aurais la chance de conclure quelques
marchés.

— Mon oncle, dit Louise tout bas, vous ne pouvez
vous dispenser de les recevoir... Et, je vous en conjure,
n'oubliez pas les devoirs que Dieu et l'honneur vous
imposent !

Le brocanteur n'eut pas le temps de répondre :
Amédée et Jean-Baptiste, sans attendre d'être introduits,
pénétraient dans la salle.

IV

LE MARCHÉ

Amédée avait attaché à son bras un crêpe de deuil. Quant à Jean-Baptiste, il était vêtu d'une grande redingote noire, de coupe fort peu élégante ; un large ruban noir entourait son chapeau de paille grossière. Les deux frères, l'air embarrassé, semblaient avoir à remplir quelque mission désagréable.

Bailleul avait remis sa pipe dans sa poche et s'était levé.

— Petite, dit-il à sa nièce, ne vas-tu pas faire un tour de promenade dans le jardin ?

— Mon oncle, répliqua Louise avec une apparente naïveté mais sans bouger, je suis trop fatiguée.

— Mademoiselle peut rester, dit Jean-Baptiste : il n'y a pas de secret, et nous venons, mon frère et moi, au sujet d'une affaire commerciale.

Cette affirmation rassura le brocanteur, qui n'insista pas pour renvoyer sa nièce. Il avança des sièges et se rassit lui-même, pendant que Louise s'arrangeait afin de ne pas perdre un mot de la conversation qui allait avoir lieu.

Les Beauregard montraient un embarras croissant.

— Parle, toi, Amédée, dit enfin Jean-Baptiste à l'officier ; tu sauras mieux que moi expliquer l'affaire.

Amédée se tourna vers le brocanteur.

— Monsieur Bailleul, dit-il, nous sommes fort inexpérimentés à l'égard de certaines choses, sur lesquelles vous possédez des connaissances spéciales ; de plus, vous nous avez paru fort obligeant et vous nous avez donné la preuve que vous êtes un parfait honnête homme...

— Oui, oui, interrompit Louise avec chaleur, il est honnête homme... il l'a toujours été... et il ne cessera pas de l'être.

Bailleul lui lança un regard sévère. Amédée, ne voyant dans cette intervention qu'un hommage rendu à la probité du brocanteur, sourit à la jeune fille, et finit par exposer l'objet de cette visite.

Il s'agissait encore des bijoux découverts dans le tiroir secret du meuble d'ébène. On venait prier M. Bailleul d'estimer ces bijoux et, en même temps, on insinuait que, s'il voulait s'en accommoder, on lui donnerait la préférence sur tout autre acquéreur.

Tandis que l'officier parlait, Jean-Baptiste avait extrait d'une de ses vastes poches le sac de velours et en avait versé le contenu sur la table.

— Je suis à vos ordres, messieurs, s'écria le brocanteur ; je fais aussi le commerce de l'or et des pierreries ; je vais vous estimer cela consciencieusement, à sa valeur réelle... Puis, si vous n'avez pas la fantaisie d'offrir ces bijoux à un autre marchand, je les prendrai au prix de mon estimation et je vous les payerai en espèces.

— J'étais sûr de votre complaisance, dit Amédée.

Jean-Baptiste, plus défiant ou plus intéressé, demeura impassible, comme s'il jugeait à propos d'attendre avant de s'extasier, et Bailleul sortit pour aller chercher dans son bagage une petite balance, propre à peser les pierreries et les métaux précieux.

Pendant sa courte absence, Louise dit aux deux frères, avec une animation qu'ils ne pouvaient s'expliquer :

— Peut-être, messieurs, se trouve-t-il, parmi ces objets, quelque souvenir de famille dont vous ne vous défaites qu'à regret ? Il serait bon de réfléchir...

— En effet, mademoiselle, répliqua Amédée avec mélancolie ; après examen, nous avons reconnu que plusieurs de ces bijoux ont pour nous un intérêt tout particulier... Ainsi, cette bague en diamant a été donnée à notre grand'tante, la marquise de Florac, par la reine Marie-Antoinette, et cette bonbonnière d'or émaillé provient du vieux prince de Condé ; mais une impérieuse nécessité nous oblige...

— Oui, dit Jean-Baptiste, il n'y a pas à hésiter. La satisfaction de conserver ces riches bagatelles nous est interdite... Sais-tu, Amédée, ajouta-t-il plus bas, que le billet échoit dans trois jours, et que, s'il n'était pas payé, on serait capable de faire saisir et vendre notre propriété du Pigeonnier ? C'était là un sujet de préoccupation constante pour notre mère défunte.

— Tu as raison, il n'y a pas à hésiter, reprit Amédée avec un soupir.

Bailleul revint, et, comme s'il eût entendu la conversation précédente, il dit en installant son trébuchet :

— Je dois vous prévenir, messieurs, que je ne tiendrai pas compte de la valeur artistique des bijoux ; les diamants seront démontés, l'or sera fondu. Je ne m'occuperai, dans mon estimation, que des matières brutes.

— Voyons toujours ! dit Jean-Baptiste.

Le brocanteur se mit aussitôt à peser les divers objets étalés sur la table et il parut apporter à cette besogne beaucoup de conscience, comme il l'avait promis. Il faisait vérifier par les deux frères le poids de chaque morceau d'or, de chaque pierrerie ; il leur montrait dans un livret le cours des prix pour les matières précieuses. A la suite d'une évaluation, il inscrivait un chiffre dans son carnet, et Louise, qui suivait attentivement ces diverses opérations, ne pouvait s'empêcher de reconnaître que jamais son oncle n'avait montré tant de bonne foi.

Jean-Baptiste attendait avec impatience le résultat de ces calculs.

— Quel est le total ? demanda-t-il lorsque les estimations partielles furent achevées.

Bailleul fit l'addition.

— Quatre mille huit cents francs, répliqua-t-il ; voyez vous-même.

Et il présenta son carnet à Jean-Baptiste.

— Quatre mille huit cents francs ! dit l'agriculteur avec tristesse, et le billet que nous avons à payer est de six mille !

Les deux frères étaient consternés.

— Allons, monsieur Bailleul, reprit Amédée, vous ne pouvez méconnaître la valeur artistique et historique de ces bijoux dont vous offrez un prix si bas ? Certainement, vous trouverez dans votre clientèle, à Paris, de riches amateurs qui n'hésiteront pas à les payer le double où le triple de ce que vous proposez... Vous leur direz que cette bague provient de la reine Antoinette, que cette bonbonnière a appartenu au prince de Condé...

— Et où en est la preuve ? Ces histoires-là ne prennent plus avec les gros collectionneurs... Pour moi, je ne donnerai pas de ces bibelots un centime au delà de la somme en question.

Les deux frères recommencèrent à causer entre eux. Louise, qui n'avait cessé d'être attentive, dit tout bas au brocanteur :

— Mon oncle, mon cher oncle, vous ne devez pas souffrir... Ces messieurs semblent être dans de cruels embarras. N'y a-t-il aucun moyen de les tirer de peine ?

— Taisez-vous, mademoiselle, dit rudement Bailleul en détournant la tête ; de quoi vous mêlez-vous ?

Louise ne répliqua rien, mais un sentiment d'indignation se refléta sur son visage rose, et ses yeux, si doux d'habitude, lancèrent une rapide étincelle.

La légère altercation entre l'oncle et la nièce n'avait pas échappé aux messieurs de Beauregard.

— Mademoiselle, dit Amédée d'un ton ferme, quoique poli, nous ne demandons ni ne recevons de faveurs... Il nous suffit de réclamer ce qui peut nous être légitimement dû. Puisque M. Bailleul ne nous offre que quatre mille huit cents francs de ces bijoux, nous sommes forcés d'accepter, mais à la condition que le prix nous en sera payé sur-le-champ.

— Qu'à cela ne tienne, mon lieutenant, répliqua le brocanteur; je ne manque pas d'argent pour mes acquisitions, et je me suis muni de lettres de crédit sur les banquiers des villes que je dois traverser.... Je peux vous payer à l'instant même.

Les deux frères reprirent leur conversation à demi-voix.

— Amédée, dit Jean-Baptiste d'un air anxieux, où trouverons-nous les douze cents francs qui nous manquent pour parfaire les six mille que nous devons rembourser dans quelques jours ?

— Bah ! en payant les trois quarts de la somme, nous obtiendrons bien un délai pour le reste.

— Il ne faut pas espérer cela. Renaud, détenteur du billet, est la créature de Dumirail, notre mortel ennemi... Ne comptons sur aucun délai, sur aucun atermoiement. Dumirail nous hait, toi surtout... Les choses sont à ce point que je tremble qu'il ne se porte envers toi à quelque extrémité, dès qu'il te saura de retour.

— Bon ! ne t'inquiète pas à mon sujet ; je n'ai pas peur de M. Dumirail. Quant aux douze cents francs qui nous manquent, pourquoi ne les demanderais-tu pas au notaire Troubin, qui prendrait hypothèque sur notre propriété du Pigeonnier ?

— Il ne nous reste que ce parti, quoique notre mère n'ait jamais voulu consentir à ce qu'on grevât d'hypothèques notre pauvre domaine... Enfin, puisqu'il n'y a pas moyen de faire autrement !

Et l'agriculteur poussa un profond soupir.

Louise n'avait pas perdu un mot de cette conversation et ne cessait de donner des signes d'une agitation extrême. Bailleul, voyant que tout était convenu avec les deux frères, dit à sa nièce, d'un ton de bonne humeur en lui remettant une clef :

— Tiens, petite, va me chercher, là haut dans la commode, mon portefeuille pour les valeurs... Tu sais? le portefeuille rouge.

— Oui, oui, mon oncle, répliqua la jeune fille.

Et elle s'empressa d'obéir.

Depuis quelques instants, on entendait, dans la cuisine qui précédait la salle à manger, un chant rauque et discordant, quoique prétentieux, en même temps qu'une danse lourde ébranlait les dalles. Quand Louise passa pour monter à l'étage supérieur et s'acquitter de sa commission, elle put connaître la cause de ce bruit insolite dans la paisible auberge.

Au milieu d'un cercle composé de Mme Labiche, de ses servantes et de quelques voisins désœuvrés, se démenait un de ces vagabonds qui parcourent les villages pour glaner quelques sous ou un morceau de pain.

Celui-ci était un grand gaillard, sec, brun, à la barbe noire, à l'œil cave, qui pouvait avoir du sang de bohémien dans les veines. Il portait un vieil habit rouge tout rapiécé et un pantalon en velours de couleur indéfinis-

3.

sable. Il avait pour coiffure un antique tricorne, surmonté d'une plume cassée, et pour chaussure de gros
souliers ferrés, sur lesquels il avait ajusté quelques fils
de laine écarlate.

Ainsi accoutré, il était entré peu d'instants auparavant,
sous prétexte de demander un verre d'eau, ce que l'on
ne refuse à personne dans les campagnes. Puis, il avait
déposé sur une chaise son bâton de voyage, et une espèce
de bissac, qui contenait tout son avoir. Alors, annonçant
d'un ton emphatique qu'il était « bouffon de profession »
il s'était mis à chanter et à danser, sans attendre qu'on
le lui eût permis.

La qualité qu'il prenait était assez mal justifiée, car
rien ne semblait moins plaisant que sa personne et ses
manières. Sa figure avait une expression presque farouche ; sa danse rappelait pour la grâce « la bourrée »
des charbonniers auvergnats. Il chantait d'une voix
fausse, éraillée, une chanson en langue étrangère.
Comme pourtant cet homme était, en définitive, un
pauvre diable qui se trémoussait de son mieux, un sourire de pitié effleurait les lèvres des spectateurs, et la
bonne hôtesse songeait à le réconforter d'un verre de
vin.

Louise, trop préoccupée pour lui donner une attention
sérieuse, traversa rapidement la cuisine et gagna l'escalier. Malgré sa légèreté, elle resta absente pendant
plusieurs minutes, et lorsqu'elle revint, on eût pu remarquer qu'elle était très pâle et qu'un faible tremblement agitait ses membres. Aussi, passa-t-elle encore
sans songer au vagabond, qui maintenant, assis devant

un coin de table, se remettait de ses lugubres contorsions en dévorant des reliefs du dîner. En revanche, l'homme à l'habit rouge jeta un regard étincelant, quoique oblique, sur le portefeuille que la jeune fille tenait à la main.

Après s'être acquittée de sa commission, Louise ne s'arrêta pas longtemps dans la salle à manger, où se trouvait son oncle avec les messieurs de Beauregard. Elle ressortit bientôt, plus pâle, plus troublée que jamais, et rentra dans la cuisine, où tout le monde se tut par respect. Mme Labiche, s'étant approchée pour lui offrir ses services, la jeune fille lui dit avec une sorte d'égarement :

— J'éprouve un peu de souffrance, ma chère dame ; je vais prendre l'air sous les beaux arbres qui sont là, devant la maison.

Comme cette promenade ne présentait aucun inconvénient, l'hôtesse se contenta d'approuver par un sourire, et Louise sortit, sans s'apercevoir que le regard étincelant du chanteur la suivait jusqu'à la porte.

Jean-Baptiste et Amédée de Beauregard eux-mêmes ne tardèrent pas à quitter l'auberge pour retourner chez eux. Une soirée sereine succédait à une journée de vent et de giboulées, comme il arrive parfois. Le soleil venait de disparaître, et bien [qu'une lumière pourprée tombât encore du ciel, un calme profond régnait déjà dans le village, ainsi que dans la campagne.

Non loin de l'auberge s'élevait un bouquet de vieux ormes, sous lesquels jouaient d'habitude les enfants du pays. Cette espèce de place était solitaire et l'obscurité commençait à l'envahir, quand les deux frères Beau

regard parurent. Une forme svelte sortit de derrière un
des plus gros ormes, et quelqu'un dit d'une voix tremblante :

— Une minute, messieurs, je vous prie... j'aurais
quelque chose à vous communiquer.

C'était la nièce du brocanteur.

Amédée et Jean-Baptiste s'arrêtèrent en la reconnaissant et ne purent dissimuler leur surprise. Louise reprit avec volubilité :

— Messieurs, j'ai eu la curiosité d'examiner par moi-
même, et à l'insu de mon oncle, le meuble d'ébène que
vous nous avez vendu aujourd'hui. M. Bailleul avait
bien raison de penser que ce meuble recélait une seconde
cachette, quoiqu'il n'ait pu la découvrir. J'ai été plus
heureuse, et ce que contenait cette cachette vous revient
de droit... Le voici.

Elle retira de dessous son ample pèlerine le portefeuille trouvé en dernier lieu et le leur présenta.

Jean-Baptiste le prit et l'examina à la lueur mourante
du jour.

— De par le ciel ! s'écria-t-il, ce portefeuille est celui
de feu notre grand-oncle, dont notre mère était l'unique
héritière... Il n'y a pas à en douter, car le nom et les
armes de Florac sont gravés en or sur le maroquin.

— Est-il possible ! dit Amédée ; alors ce serait le com-
plément de l'héritage dont les bijoux n'étaient que la
moindre partie ?

— Certainement, puisque mademoiselle assure...
Voyons cela.

L'agriculteur ouvrit le portefeuille avec empressement.

Il y avait encore assez de jour pour que les deux frères pussent distinguer les liasses de billets de banque que contenait la poche de maroquin.

— Regarde, Amédée, reprit Jean-Baptiste avec explosion ; la somme paraît énorme ! Voilà donc la fortune dont la disparition était si singulière ! Aussi, quelle idée bizarre d'aller la cacher dans un tiroir dont personne ne soupçonnait l'existence !... Nous n'avons plus à craindre les poursuites de Renaud maintenant. Ses maudits six mille francs lui seront payés sans délai... Pourquoi notre pauvre mère ne peut-elle se réjouir avec nous de la solution d'une affaire, qui lui a causé de si cruelles inquiétudes et a peut-être hâté sa fin ?

Des larmes roulaient sur ses joues brunes. Amédée, à peine moins ému, finit par se tourner vers Louise, qui restait muette et les yeux baissés devant eux.

— Et c'est à vous, mademoiselle, dit-il, que nous devons cette restitution !... Recevez nos plus sincères, nos plus chaleureux remerciements... Néanmoins, pourquoi votre oncle...

— Mon oncle ne sait rien, ne doit rien savoir, répliqua Louise. S'il le faut, je lui expliquerai moi-même... Mais il se fait tard et vous avez hâte sans doute de retourner chez vous... Adieu, messieurs.

Elle voulut s'enfuir.

Amédée la retint doucement par le bras.

— Mademoiselle, lui dit-il, vous êtes bonne autant que charmante. Cependant, je vous répète que je ne comprends pas... Je soupçonne...

— Il n'est pas difficile de comprendre, répliqua déli-

bérément la jeune fille. Ce portefeuille est à vous, n'est-
ce pas ? On vous le rend, rien n'est plus simple.

Et elle voulut encore s'éloigner.

Cette fois, ce fut Jean-Baptiste, le comte-paysan, qui
la retint, en emprisonnant la main blanchette de Louise
dans ses mains calleuses.

— Mon frère a raison, dit-il ; vous êtes bien la plus
adorable créature qui ait paru dans le monde depuis
cent ans !... Nous nous reverrons ; en attendant, il faut
qu'on vous embrasse.

Avant que la petite eût pu s'en défendre, il lui donna
deux gros baisers.

Amédée paraissait honteux du sans-façon de son frère,
et peut-être allait-il essayer de l'excuser.

Louise se dégagea modestement.

— Nous ne devons plus nous revoir, messieurs, dit-
elle, car demain matin, mon oncle et moi, nous quitte-
rons Saint-Amand... Je vous souhaite toutes sortes de
prospérités !

Puis, rouge et frémissante, elle s'éloigna en courant.

Les deux frères la suivirent des yeux, ce fut seulement quand elle eut disparu qu'ils se remirent en
marche.

— L'oncle ignore tout, reprit Amédée, et peut-être se
serait-il opposé... Nous devons la restitution à cette honnête enfant seule.

— Un ange ! un véritable ange du bon Dieu ! répliqua
Jean-Baptiste avec vivacité. Tu vas voir, Amédée : l'argent qui nous arrive par ses mains nous portera bonheur !

Louise, en approchant du Grand-Cerf, avait ralenti le pas. A présent que l'exaltation était passée, elle se demandait avec inquiétude ce qu'allait dire Bailleul dès qu'il constaterait la disparition du portefeuille, et elle savait le brocanteur terrible dans ses colères. Comme elle réfléchissait aux moyens de se faire pardonner son audacieuse initiative, elle rencontra l'homme à l'habit rouge, qui sortait de l'auberge. Le vagabond lui tendit son chapeau empanaché et marmotta, dans son jargon presque inintelligible :

— N'y a-t-il rien pour le chanteur, la petite mère ?

Louise, malgré l'impression désagréable que lui causait la vue de cet homme, tira de son porte-monnaie une pièce blanche qu'elle laissa tomber dans le feutre graisseux. Le vagabond s'en saisit avec avidité, puis, après avoir balbutié quelques mots en forme de remerciement, il lança encore à la jeune fille un de ces regards de feu qui contrastaient avec sa profession de « joyeux ménestrel » et partit.

Louise entra timidement dans la salle basse, où elle comptait rencontrer son oncle ; mais déjà le brocanteur n'y était plus. Elle hésita un moment. Enfin, comme, en dépit de son tempérament délicat, elle était d'une nature vaillante et courageuse, elle prit brusquement sa détermination.

— Eh bien ! soit, pensa-t-elle ; advienne que pourra

Et elle monta au premier étage.

Elle trouva, en effet, Bailleul dans la chambre. Debout près de la fenêtre, il examinait, aux dernières lueurs du crépuscule, les bijoux dont il venait de faire l'acquisition.

— Décidément, petite, s'écria-t-il tout joyeux, j'ai conclu un excellent marché. C'était une frime quand je disais que les souvenirs historiques ne comptaient pas. Je suis, au contraire, en rapport avec de riches amateurs qui payeront très cher la bonbonnière du prince de Condé et la bague de Marie-Antoinette... Rien qu'avec un de ces bijoux, je rentrerai dans mes déboursés.

Louise ne répondit pas. Bailleul, levant les yeux, la vit morne et abattue.

— Oncle Bailleul, dit-elle d'une voix faible quoique distincte, vous allez être fort irrité contre moi ; mais j'ai cru remplir un devoir... Je viens de restituer aux messieurs de Beauregard le portefeuille qui était caché dans le meuble d'ébène.

— Hein ! que me chantes-tu là ? s'écria le brocanteur en s'élançant d'un bond vers la commode, qu'il ouvrit.

Elle était vide, comme on sait.

— Misérable enfant ! tu n'as pas eu l'audace... tu ne te serais pas permis...

Louise tomba à genoux.

— Je l'ai fait, répliqua-t-elle avec un accent de résignation ; vous pouvez me tuer... J'irai rejoindre au ciel ma pauvre mère, qui m'aimait tant !

Bailleul poussa un cri farouche et s'élança sur elle, le poing levé. Au moment de l'écraser d'un coup, il s'arrêta ; son bras s'abaissa le long de son corps, et il dit d'une voix profondément altérée :

— Relève-toi, Louise... Je crois que c'est moi qui ai tort... Ce n'est la faute de personne si tu es une sainte et moi... un marchand !

Il se jeta, accablé, sur une chaise et se couvrit le visage de ses mains.

Louise courut à lui, le prit dans ses bras, le combla de caresses. Elle pleurait, elle demandait pardon. Bailleul finit par se redresser et dit avec rondeur :

— N'en parlons plus ... Ces émotions pourraient être contraires à ta santé... L'honneur est sauf, puisque ces messieurs ignorent la mauvaise inspiration que j'ai eue, et je ne veux même pas, pour l'amour de toi, réclamer dans ce trésor la part que la loi m'accorde !... Le mieux est que nous partions d'ici le plus tôt possible. Justement, le lieutenant de Beauregard m'a donné des indications sur les grosses maisons du voisinage ; je tâcherai de prendre ma revanche... Seulement, petite, soit dit sans rancune et sans colère, n'y reviens plus !

— Ah ! oncle Bailleul, s'écria Louise, je savais bien que vous êtes le meilleur des hommes !

V

PAR LA FENÊTRE.

Le lendemain matin, Bailleul, à la suite d'un excellent déjeuner et après s'être exactement renseigné sur les chemins qu'il avait à suivre, prenait congé de l'hôtesse du Grand-Cerf et montait dans la carriole où sa nièce l'attendait déjà. Un clappement de langue suffit pour faire partir la jument Fanchette, qui semblait elle-même bien reposée, bien pansée, et on quitta le village de Saint-Amand.

Comme l'on s'éloignait, Louise, emmitouflée dans une pelisse de soie pour se garantir de la fraîcheur du matin, ne put s'empêcher de se pencher hors du cabriolet afin de jeter un dernier coup d'œil sur l'habitation des frères Beauregard, qui s'élevait à quelque distance, et elle poussa un soupir. Peut-être songeait-elle que, s'il

y avait à présent un peu de joie dans cette humble demeure, c'était elle qui en était la cause.

Bailleul avait passé par-dessus ses vêtements sa blouse
de coutil et s'était coiffé de son bonnet de velours ; le
fouet à la main, il sifflottait un air d'opéra qu'il entre-
coupait par des « hue ! Fanchette », dont Fanchette ne
s'inquiétait pas outre mesure. Il était d'excellente humeur
et ne semblait pas garder rancune à sa nièce pour ce qui
s'était passé entre eux le jour précédent. Au contraire, il
l'agaçait, lui adressait des sourires en la voyant pensive ;
on eût dit qu'il voulait effacer jusqu'au souvenir de ses
convoitises coupables.

La matinée était superbe. Le soleil, vainqueur des
nuages, montait dans un ciel tout d'azur.

Néanmoins, Louise demeurait sombre et taciturne ;
elle répondait à peine par un monosyllabe ou par un
sourire distrait aux observations amicales de son oncle.
Elle éprouvait une tristesse qu'elle ne pouvait cacher, et
Bailleul crut plus d'une fois voir des larmes dans ses
yeux.

On s'engagea bientôt dans un chemin de traverse, plus
pittoresque encore que la grande route. Tantôt il s'enfonçait entre deux haies fleuries, où bruissaient les insectes, où sautillaient les rouges-gorges ; tantôt il traversait des blés en herbe, de vastes prairies, de belles
châtaigneraies. Il longeait toujours la petite rivière que
nous connaissons, et dont les eaux limpides se montraient çà et là, au milieu des saules. A chaque instant,
il offrait un nouveau paysage, plus vert, plus frais, plus
riant que les autres. En revanche, il était fort solitaire,

et les voyageurs le suivirent pendant près d'une lieue sans avoir rencontré une créature humaine.

Louise, malgré sa préoccupation, ne tarda pas à remarquer cette solitude et à s'en alarmer.

— Oncle Bailleul, demanda-t-elle timidement, où allons-nous donc ? Nous ne voyons plus personne, nous sommes comme dans un désert.

Bailleul se mit à rire.

— Ah ! dit-il, te crois-tu encore dans les environs de Paris, où les villages, les bourgs, les fermes se multiplient sous les pas ? Nous sommes en rase campagne, ma chère, et c'est seulement dans ces pays écartés que l'on a chance de trouver de bons marchés à faire. Les villes, les maisons situées sur les grandes voies de communication, ont été, depuis longtemps, exploitées par les fureteurs... Pour le moment, je suis à la recherche de cinq ou six habitations qui m'ont été indiquées par ce brave garçon, le lieutenant de Beauregard.

Ce nom appela une légère rougeur sur les joues de la jeune fille. Elle retomba dans sa rêverie, et ne parut plus songer à la longueur et à la solitude du chemin.

On finit pourtant par apercevoir, à travers les arbres, un groupe de grands et vieux bâtiments. A mesure que l'on en approchait, le chemin s'élargissait, semblait mieux battu. L'oncle et la nièce elle-même devinrent attentifs, et bientôt la voiture déboucha sur une espèce de place, autour de laquelle s'élevaient ces moroses constructions.

Elles étaient vastes, comme nous l'avons dit ; on y reconnaissait aisément un ancien couvent, quoique des appropriations modernes en eussent, sur beaucoup de points, altéré le caractère et que l'édifice monacal d'autrefois ne fût plus de nos jours qu'une usine. On avait d'autant moins sujet d'en douter, que des bruits puissants et caractéristiques en partaient. C'était d'abord le grondement d'une chute d'eau empruntée à la rivière voisine, le grincement d'une roue à auges, et enfin un battement régulier et continuel comme celui de marteaux à foulons. Un certain nombre d'ouvriers s'agitaient sous un hangar, attenant au corps de logis principal.

Bailleul avait ralenti le pas de la jument.

— Où diable sommes-nous ? dit-il à sa nièce ; je ne crois pas qu'aucune des indications qu'on m'a données se rapporte à cet endroit... Cependant on pourrait très bien faire ici des trouvailles. Partout où les moines ont séjourné, on a l'espoir de découvrir des tableaux, des manuscrits, des ivoires.

Comme Louise, incapable de répondre à sa question, continuait d'examiner distraitement cette usine en activité, Bailleul avisa un jeune garçon d'une douzaine d'années, vêtu seulement d'une chemise et d'un pantalon, qui semblait être un apprenti en tournée de maraude. Le brocanteur l'appela d'un signe auprès de la voiture, qui venait de s'arrêter.

— Eh ! petiot, demanda-t-il, quel est l'endroit où nous sommes ?

— Té ! c'est le Prieuré, donc ! répliqua l'apprenti avec un fort accent limousin.

— Qu'est-ce qu'on fait au Prieuré ?

— Té ! du papier... Est-ce que ça ne se voit pas ?

— Ah ! c'est une papeterie !... Comment s'appelle
maître ?

— M. Dumirail, pardi !... Mais laissez-moi m'en aller.
Gandelet, le contre-maître, me tirerait les oreilles s'il m
voyait jacasser, té !

Et le polisson se sauva en gambadant.

Bailleul était fort perplexe.

— Le Prieuré... M. Dumirail, répétait-il ; ni le maîtr
ni l'habitation n'est sur ma liste... Néanmoins, il doit
avoir des antiquités, peut-être des curiosités artistiques
dans cet ancien couvent... Je vais demander à le visiter.

— Y pensez-vous, mon oncle ? dit Louise ; on ne vou
connaît pas ici. Vous vous exposez à un mauvais accuei
de la part de ce monde occupé.

— Bah ! tu ne sais pas encore les rubriques du métier
ma chère... J'ai l'habitude de ces choses-là, et je pé
nètre partout, qu'on le veuille ou non. Mon flair m'aver
tit qu'il y a de ce côté quelque bonne affaire à bâcler
et j'entrerai, mordicus !... Tiens la bride de Fanchett
pendant que je parcourrai la maison, et si cette maison
contient quelque objet bon à acquérir, je te le rapportera
avant un quart d'heure.

Louise n'osa rien objecter, et on conduisit la voiture
devant l'usine. Alors, pendant que la jeune fille, qui
avait déjà l'habitude de cette manœuvre, prenait les rênes
de la jument, Bailleul se débarrassa de sa blouse et
sauta à terre.

Il hésita d'abord entre deux portes principales, situées
l'une à droite, l'autre à gauche des bâtiments. La pre-

mière, qui était toute grande ouverte, donnait dans les ateliers de la papeterie ; on voyait à l'intérieur d'énormes marteaux de bois se soulever et retomber successivement sur les chiffons mouillés. La seconde, qui semblait être l'entrée d'honneur, conduisait dans un corps-de-logis plus orné que les autres, où devait demeurer autrefois le supérieur de la communauté, et où sans doute logeait maintenant le chef de l'usine ; Bailleul tourna donc ses pas vers elle.

Ayant franchi quelques marches, il se trouva dans un vaste et sonore vestibule. Sur une porte intérieure, on voyait écrit en gros caractères le mot : BUREAU, et c'était là évidemment qu'il fallait s'adresser. Le brocanteur continuait d'avancer, quand il entendit parler avec beaucoup de chaleur de l'autre côté. Si plein de confiance qu'il fût en lui-même, il s'arrêta, de peur d'arriver dans un mauvais moment et de s'exposer à être éconduit.

Les causeurs invisibles n'étaient qu'au nombre de deux, et tandis que l'un s'exprimait sur un ton bas et timide, l'autre avait une voix forte, dure, impérieuse, qui s'entendait jusque dans le vestibule.

— Je vous répète, Renaud, disait la grosse voix, que je n'accorderai aucun délai, aucune faveur. Je vous ai escompté le billet, quoiqu'il soit encore entre vos mains, et je ne permettrai pas qu'on fasse de la générosité à mes dépens. On n'est pas en mesure de payer et on ne le sera pas le jour de l'échéance. Je veux que vous agissiez avec la plus grande rigueur. Vingt-quatre heures après la présentation de l'effet, il faudra que le protêt soit dressé et qu'on demande le jugement pour saisir.

Prévenez dès à présent l'huissier Poitevin... S'il ne marche pas vite, je m'en prendrai à lui comme à vous.

La voix timide sembla risquer quelques observations.

— Se rendre odieux... Faire crier ! répliqua l'autre impétueusement ; que m'importe !... Eh bien ! oui, je veux *les* ruiner... je veux me venger... là !... N'en ai-je pas sujet ? Mille millions de tonnerres ! tout le pays ne connaît-il pas l'insulte qui m'a été faite ?... Je me venge comme je peux... en attendant mieux !

Ces dernières paroles étaient prononcées avec un accent réellement formidable. Renaud, effrayé sans doute, protesta de son obéissance et de son zèle.

Bailleul ne comprenait rien à ce que l'on disait, sinon que le moment n'était décidément pas favorable pour demander au maître de visiter la maison. Il songeait donc à se retirer, lorsque la porte s'ouvrit et les deux causeurs sortirent, l'un reconduisant l'autre qui partait.

Renaud avait l'apparence d'un bourgeois campagnard et ses manières cauteleuses trahissaient un usurier de village. L'homme à la grosse voix était M. Dumirail, le maître de l'usine.

M. Dumirail, âgé de quarante-cinq ans environ, avait au moins deux mètres de haut, avec la carrure d'un géant. Son visage large, sanguin, encadré de favoris roux, exprimait l'irascibilité la plus brutale. Sa tournure était commune, et son habillement, malgré la liberté que donne la campagne à cet égard, dépassait la négligence permise. Il portait un pantalon de toile à sac ; son buste de colosse était enserré dans un grossier tricot de laine, débraillé sur la poitrine. Sa coiffure consistait en une casquette de forme baroque, munie d'une visière de cuir et entourée d'une bande d'astrakan gris. Avec cette mine et cet équipement, le fabricant de papier n'inspirait nullement la sympathie.

A la vue de Bailleul, immobile et décontenancé, il dit assez rudement :

— Que vous faut-il, monsieur ?

Le brocanteur recouvra tout à coup son sang-froid ; il répondit avec son aplomb habituel :

— Je cherche le maître de cette maison et j'aurai peut-être à lui proposer un marché avantageux.

Ce mot de « marché » dérida Dumirail ; quelque chose de semblable à un sourire apparut sur sa figure refrognée.

— Ah ! vous venez pour affaires ? répliqua-t-il ; c'est bon... Entrez, ajouta-t-il en désignant le bureau ; je suis à vous dans un instant.

Bailleul s'inclina et entra avec assurance dans la salle voisine, pendant que Dumirail prenait congé de Renaud.

Cette salle devait avoir servi jadis de parloir au couvent, et par dessous la couche de badigeon dont les murs étaient recouverts, on pouvait distinguer des traces de sculptures. Mais vainement l'œil exercé du brocanteur chercha-t-il dans cette pièce des tableaux, des tapisseries, des meubles d'art. Il n'y avait là qu'une table de bois noirci, un casier plein de registres, des chaises de paille et surtout de hautes piles de papier qui semblaient attendre l'acheteur.

Pendant que Bailleul se livrait rapidement à cet examen, il eût pu entendre Dumirail dire avec vivacité :

4

— Tenez-vous bien pour averti, mon cher ; il faut être impitoyable avec ces gens-là. La mort récente de la vieille ne fait rien à l'affaire. Allez de l'avant et ne manquez pas de me mettre au courant de ce qui arrivera... Bonjour !

Et il rentra dans le bureau.

Le brocanteur cherchait un moyen d'aborder la difficulté ; Dumirail ne lui laissa pas le temps d'y réfléchir.

— Voyons! que voulez-vous? demanda-t-il; m'acheter du papier, n'est-ce pas ?

— Non, monsieur, répondit Bailleul gravement ; il ne s'agit pas de papier ; mais je suis prêt à faire ici d'autres acquisitions qui ne seront pas moins à votre avantage.

En même temps, il exposa qu'il était « négociant en objets d'art » à Paris, et il sollicitait la permission de visiter les bâtiments de l'ancienne communauté, en compagnie de M. Dumirail, s'engageant à payer comptant les curiosités dont on consentirait à se défaire.

Pendant qu'il débitait son boniment, Dumirail le regardait d'un air qui n'avait rien d'aimable.

Sans lui permettre de finir, le manufacturier s'écria :

— Comment! vous êtes un marchand de bric-à-brac!... Que le diable vous emporte !... C'était bien la peine de me déranger ! Filez plus vite que ça... Il n'y a rien pour vous ici.

L'attitude du géant prouvait qu'il ne serait pas sage de résister à ses injonctions.

Mais Bailleul, avec la ténacité de ses pareils, n'était pas homme à se retirer devant une première rebuffade.

— Vous ne savez pas, monsieur, ce que vous refusez, répliqua-t-il d'un ton sentencieux; cette maison renferme certainement des richesses inconnues de vous, et si vous me permettiez de jeter un coup d'œil dans l'intérieur...

— Ah ça ! allez-vous me ficher la paix ? interrompit Dumirail avec colère. Décampez, car si vous continuez à m'échauffer les oreilles... Est-ce que je vous connais, moi ? Vous êtes peut-être un voleur, venu pour étudier les êtres de la maison, avant de faire un coup !

— Monsieur, répliqua le brocanteur en redoublant de dignité à mesure que sa dignité semblait plus compromise, je vous répète que je suis un négociant du boulevard Haussmann à Paris, et ma voiture m'attend là, à la porte... D'ailleurs, ajouta-t-il, je pourrais me recommander auprès de vous des MM. de Beauregard, que vous devez connaître et qui demeurent près de Saint-Amand. Hier, ils m'ont fait le plus obligeant accueil au Pigeonnier, où j'ai conduit, dans ma voiture, le lieutenant Amédée de Beauregard, un charmant garçon.

Bailleul, afin de se concilier les bonnes grâces du marchand de papier, poursuivait l'éloge de la famille Beauregard, lorsqu'il remarqua l'effet extraordinaire que ses paroles produisaient sur Dumirail. La face du colosse s'était crispée ; il rougissait et pâlissait tour à tour ; les yeux lui sortaient de la tête.

Le brocanteur s'arrêta ; Dumirail eut un mouvement furieux.

— Hein ! s'écria-t-il, le lieutenant de Beauregard est de retour... Vous l'avez vu ? Il est chez son frère, au Pigeonnier ?

— Encore une fois, je l'y ai conduit moi-même ; de plus, j'ai acheté à ces messieurs diverses choses précieuses... un meuble, des bijoux... pour une grosse somme... Vous voyez donc que vous pouvez, comme eux, avoir en moi toute confiance, et si vous vouliez bien me permettre...

Le manufacturier ne l'écoutait plus. Il allait et venait dans le bureau, en proie à une épouvantable colère.

— Ah ! *il* est revenu ! grondait-il ; à la bonne heure ! Je me doutais bien que la mort de la vieille le ramènerait !... A nous deux maintenant, mon bel officier, mon bel enjôleur de femmes !... Je te tiens cette fois, et tu vas savoir de quel bois je me chauffe !

Il s'approcha d'une armoire et en tira deux vieux pistolets d'arçon, qu'il se mit à charger en marmottant des paroles inintelligibles. Il semblait avoir complètement oublié Bailleul. Celui-ci eut le tort de se rappeler à son souvenir.

— Monsieur, reprit-il avec cette importunité qui triomphe parfois quand la persuasion est impuissante, si vous n'avez pas le temps de m'accompagner vous-même dans cette visite, vous pouvez me faire accompagner par un de vos ouvriers ou un de vos domestiques. Je suis incapable d'abuser...

Dumirail se retourna brusquement.

— Tonnerre ! vous êtes encore ici ? s'écria-t-il ; je vous ai dit de me laisser tranquille... Faudra-t-il donc que je vous jette à la porte ?

— Monsieur, répliqua le brocanteur en enflant sa voix, on ne jette pas à la porte les gens tels que moi. Si dans ce trou de campagne, on connaissait la politesse des gens bien élevés...

— C'est comme ça ! reprit Dumirail en s'élançant sur le majestueux brocanteur ; puisque vous ne voulez pas sortir par la porte, vous sortirez par la fenêtre !

Le colosse, avant que Bailleul eût pu se mettre en garde, le saisit dans ses bras, l'enleva de terre et l'emporta vers une des grandes fenêtres qui éclairaient la salle. Quoique le brocanteur fût d'une certaine corpulence et se débattît de son mieux, Dumirail le fit basculer sur l'appui de la croisée et le lança dehors avec autant d'insouciance que de facilité ; après quoi il referma bruyamment le volet et ne parut plus songer à sa victime.

Heureusement pour le pauvre Bailleul, la fenêtre était au rez-de-chaussée, et la terre au-dessous avait été fraîchement remuée pour y semer des fleurs. Il ne se fit donc pas grand mal en tombant. Néanmoins, il resta sur place, un peu étourdi de sa chute.

Louise, qui guettait son retour, se mit à crier, en le voyant sortir de la maison par cette voie insolite.

Elle s'élança de la voiture et courut vers lui ; mais déjà il se relevait, plus furieux et plus humilié que malade.

Sa nièce, en reconnaissant qu'en définitive il n'avait aucune blessure, essaya de le calmer par de bonnes paroles. Elle n'y aurait peut-être pas réussi tout de suite, si l'on ne se fût aperçu que des ouvriers se groupaient en ricanant à la porte des ateliers et se montraient du doigt le malencontreux brocanteur.

— Le butor ! le manant ! disait Bailleul ; on ne m'a jamais traité ainsi... Je porterai plainte à la justice. On verra s'il est permis d'en agir de cette façon avec un hon-

4.

nête homme !... Ne restons pas ici davantage, mon enfant, poursuivit-il en regagnant la voiture, sans même accepter le bras que Louise lui offrait ; continuons notre
tournée... Les gens de la fabrique semblent aussi gros-
siers que le maître, et je ne veux pas t'exposer dans une
bagarre ; mais si j'étais seul !... Enfin, partons ; nous
avons encore beaucoup d'habitations à visiter dans le
voisinage.

Ils remontèrent dans la carriole et s'éloignèrent au plus
vite de cet endroit inhospitalier.

VI

A la suite de sa mésaventure, Bailleul semblait un peu penaud et osait à peine regarder sa nièce. Mais Louise était trop bonne, elle avait elle-même trop conscience d'un tort récent, pour railler le pauvre brocanteur. D'autre part, elle était toujours en proie à une sorte de tristesse et parlait à peine.

Les opérations commerciales de la journée ne furent pas de nature à consoler Bailleul de sa disgrâce. D'après une liste qu'il devait à la complaisance d'Amédée de Beauregard, il parcourut plusieurs villages ; mais, dans toutes ces stations, il ne fit que des acquisitions insignifiantes, quelques lambeaux de tapisseries, des faïences ébréchées. Aussi, lorsque, vers le soir, on quitta la dernière de ces stations, disait-il à sa nièce d'un ton de mauvaise humeur :

— Un jour malencontreux, petite ! Il a mal commencé ; pourvu qu'il ne finisse pas plus mal encore !... Voyons un peu où nous sommes.

Il tira d'une poche de la voiture une carte détaillée du département et l'examina avec attention.

— Croirais-tu, mignonne, reprit-il bientôt, que nous ne nous trouvons guère ici à plus d'une lieue de Saint-Amand, où nous avons couché la nuit dernière ? Depuis ce matin, nous avons constamment tourné autour de ce village, et la grande route, que nous ne tarderons pas à rejoindre, peut nous y conduire en une heure... Que dirais-tu si nous allions encore dîner et coucher chez notre hôtesse, Mme Labiche ?

— Est-il possible, mon oncle ? demanda Louise, qui se redressa vivement, et dont les yeux brillèrent.

— Juges-en par toi-même.

Louise s'empressa de vérifier le fait.

— Eh bien ! dit-elle en essayant de dissimuler le tremblement de sa voix, rien ne s'oppose à ce que nous nous rendions à Saint-Amand, car aussi bien la nuit approche... Ne vous semble-t-il pas que nous devrons aussi passer devant le domaine du Pigeonnier ?

— Oui ; mais on n'a plus rien à nous vendre par là... En route donc ! Nous ferons un bon souper chez la mère Labiche ; demain matin, nous poursuivrons notre voyage.

Et on partit vivement, afin de gagner la grande route.

De ce moment, Louise, qui pendant toute la journée avait été pensive et taciturne, redevint gaie. Elle ne cessait de babiller et de rire, à la grande satisfaction de son oncle, qui ne pouvait comprendre ce changement d'humeur.

Il eût été sage, toutefois, de prendre garde aux diffi-cultés du chemin de petite vicinalité, montueux, étroit, sillonné d'ornières, où l'on venait de s'engager. Tantôt il s'enfonçait entre deux talus surmontés de haies épineuses, tantôt il s'épandait dans des marécages ou au milieu de chataigneraies hérissées d'énormes racines. Les cahots ne tardèrent pas à devenir assez forts pour obliger les voyageurs de se cramponner aux banquettes ; souvent la pauvre jument, malgré sa bonne volonté, avait toutes les peines du monde à franchir les mauvais pas. Pour comble de malheur, le soleil se couchait et, dans certains bas-fonds boisés, l'obscurité était déjà sensible.

Rien n'annonçait les approches de la route que l'on avait crue si voisine. On n'apercevait non plus aucune habitation, et, depuis le dernier village, on n'avait rencontré aucun être humain. Bailleul, qui ne brillait pas par la patience, jurait entre ses dents, tandis que Louise, fidèle à son optimisme de fraîche date, continuait de rire, et les embarras, peut-être les dangers du voyage ne pouvaient altérer sa bonne humeur.

La voiture finit par pénétrer dans une espèce de gorge, qui se rétrécissait de plus en plus et se glissait entre de hautes roches couvertes d'arbustes sauvages. Cette gorge était ténébreuse, et, avant de s'y enfoncer, la jument renâcla en dressant les oreilles. Comme Louise cherchait la cause de cet effroi, un cri d'un caractère bizarre se fit entendre à quelque distance. En levant les yeux, elle remarqua, au sommet d'une de roches qui surplombaient le chemin, une forme humaine se détachant en noir sur le ciel encore lumineux. Elle avança le bras pour la montrer à Bailleul, mais déjà l'être inconnu s'était éclipsé, comme s'il était rentré dans le sol.

Cette apparition, ce bruit insolite avaient frappé de terreur la jeune fille. Passant subitement d'un excès de confiance à un excès de timidité, elle s'écria :

— Avez-vous entendu ce cri, oncle Bailleul ? Et puis cet homme qui était là-haut sur cette roche...

— A l'instar de Fra Diavolo, répliqua le brocanteur en riant. Ah ! çà, mignonne, est-ce que tu as peur, comme hier ? Tu as pu t'assurer pourtant qu'il n'y avait aucun motif d'alarme.

— Ecoutez donc, mon oncle... Dans ces campagnes désertes...

— Bah ! ce cri provient de quelque berger qui rappelle son chien ou son troupeau. Tu voudrais bien avoir une aventure de voleur à raconter plus tard, petite friponne ! N'y compte pas ; ce beau temps est passé.

Comme Bailleul achevait ces paroles, un événement se produisit avec une soudaineté inexplicable.

Le cheval s'abattit, soit qu'il eût rencontré un obstacle naturel, soit qu'on eût employé un moyen quelconque pour l'arrêter, et les voyageurs faillirent être précipités hors de la voiture. Au même instant, un homme, qui sortait on ne savait d'où, sauta sur le brancard, et la voiture fut envahie de différents côtés. L'oncle et la nièce sentirent des mains vigoureuses se poser sur eux.

Louise poussait des cris aigus, Bailleul se démenait avec énergie.

— Des voleurs ! disait-il, des voleurs !... Il y en a donc ?

Il essaya de résister, mais ses efforts étaient instinctifs, mal combinés. Tout à coup un couteau s'enfonça dans sa poitrine, et il retomba en arrière, en poussant une plainte déchirante.

Louise se débattait, sans cesser d'appeler au secours. On lui adressa quelques paroles inintelligibles ; puis on jeta sur elle la mante qu'elle avait déposée sur la banquette, et on l'entortilla dedans pour la réduire à l'impuissance. La pauvre enfant, croyant son oncle mort, s'évanouit, la tête appuyée contre la traverse en bois qui servait de dossier au cabriolet.

Nous ne saurions dire combien de temps elle demeura dans cet état ; mais, lorsqu'elle recouvra ses esprits, tout était redevenu immobile et silencieux. Elle n'entendit d'autre bruit que les gémissements de Bailleul, qui avait roulé au fond de la voiture. Suffoquant elle-même, elle fit quelques mouvements convulsifs pour écarter l'étoffe dont elle était garrottée, et eut la satisfaction de sentir qu'elle y arrivait peu à peu. Enfin elle réussit à dégager sa tête et respira longuement.

Quoique l'obscurité fût assez épaisse, elle put s'assurer que l'intérieur de la carriole était bouleversé. La bâche avait été détachée en partie, et divers objets faciles à emporter avaient disparu.

Louise eût pu constater aussi qu'un petit coffre, dans lequel Bailleul serrait son argent et les choses précieuses, avait été ouvert et vidé complètement. Mais ce ne fut pas de ces pertes matérielles qu'elle s'occupa d'abord ; le brocanteur, étendu à ses pieds, poussait toujours de sourds gémissements ; il importait de le secourir au plus vite.

Elle tâtonna dans l'ombre et sentit des habits imbibés de sang.

— Oncle Bailleul, m'entendez-vous ? demanda-t-elle.

Quelques plaintes étouffées lui répondirent. Soupçonnant que Bailleul aussi était garrotté, elle promena de nouveau les mains sur lui et reconnut qu'en effet il avait la tête entortillée dans sa blouse. Elle se hâta de le débarrasser de cette espèce de bâillon, et, le soulevant avec effort, elle appuya la tête sur ses genoux. Bailleul, un peu ranimé, murmura :

— Est-ce toi, mon enfant ? Ils ne t'ont donc pas tuée ?

— Non, non ; grâce au ciel, je n'ai pas grand mal... Mais, vous, n'êtes-vous pas blessé ?

— J'ai reçu le coup de la mort, je le crains... Les scélérats m'ont lardé avec leurs couteaux... Il y a surtout une blessure à la poitrine qui me fait horriblement souffrir...

Il s'arrêta, haletant.

— Mon Dieu ! que faire ? dit Louise avec angoisse.

Elle enflamma une allumette-bougie et put, au moyen de cette lumière blanche, se rendre un compte exact de l'état des choses.

L'intérieur de la carriole, comme nous l'avons dit, était tout en désordre ; mais, sauf l'argent et les bijoux que contenait le coffre, sauf le portefeuille du brocanteur, on n'avait rien emporté.

Sans doute, sachant d'avance que Bailleul était muni de valeurs pour son commerce, les malfaiteurs s'étaient contentés de ces valeurs portatives et d'une défaite facile.

Mais, encore cette fois, Louise s'occupa d'abord de son oncle.

Le pauvre homme avait la figure pâle, décomposée ; ses vêtements étaient déchirés, imprégnés de sang.

Elle s'empressa de faire une compresse avec son mouchoir ; elle glissa cette compresse sur la blessure de la poitrine et la fixa du mieux qu'elle put. Ce pansement si simple parut soulager Bailleul, qui la remercia tout bas.

— Et maintenant, mon oncle, que ferons-nous ? demanda-t-elle.

Bailleul tarda à répondre et, pendant qu'il réfléchissait, il fut facile de s'assurer que le calme le plus profond régnait autour d'eux.

— Ils sont partis décidément, reprit le blessé de sa voix gémissante ; satisfaits de ce qu'ils nous ont pris, ils s'éloignent sans doute au plus vite... Si nous pouvions atteindre Saint-Amand ! Mais je ne me sens pas la force... Je suis incapable de me mouvoir, même de penser...

— Eh bien ! dit résolument la jeune fille, je vais essayer de conduire.

Louise, habituellement si réservée et si timide, était de ces femmes qui, au moment du péril, montrent autant de présence d'esprit que de courage. Ce ne sont pas

5

seulement les Parisiens qui sont *débrouillards*, c'est-à-
dire, qui savent se débrouiller au milieu de difficultés
inattendues. Les Parisiennes ont parfois aussi cette fa-
culté précieuse, qui se révèle au besoin, et la nièce du
brocanteur en fut la preuve.

Elle alluma la lanterne, suspendue à l'avant-train de
la carriole et qui était toujours prête pour le cas où l'on
serait surpris par la nuit en voyageant ; puis, elle tenta
de relever son oncle et de l'étendre sur la banquette.
Trop faible pour y réussir, elle l'affermit avec les coussins de la voiture, de manière à ce qu'il ne souffrît pas
des cahots. Alors elle sauta à terre, et s'armant de la
lanterne, examina l'endroit sauvage où l'on se trouvait.

Nous avons dit que le chemin était resserré entre deux
énormes roches, hérissées de broussailles, et peut-être
cette disposition des lieux avait-elle déterminé les malfaiteurs à s'y mettre en embuscade. Louise chercha
l'obstacle qui arrêtait la carriole ; c'était tout bonnement
un amas de pierres, qui semblaient avoir été transpor-
tées à la hâte au milieu de la voie, et contre lesquelles
la jument avait butté dans les ténèbres. Mlle Bailleul en
écarta quelques-unes ; et, prenant Fanchette par la
bride, lui fit franchir cet embarras peu sérieux.

La besogne achevée, elle éprouva une certaine hésita-
tion. Devait-elle avancer en dirigeant la bête, jusqu'à ce
que la voie devînt plus commode ? Peut-être les scélérats étaient-ils cachés à quelques pas ; une balle de pistolet, un coup de couteau pouvait punir un acte
trop hardi. Comme rien ne bougeait autour d'elle,
la pauvre enfant, tenant toujours Fanchette par la bride,

la remit en marche d'abord lentement, puis plus vite.
Encouragée par l'impunité, elle poursuivit son chemin,
et bientôt la voiture sortit du défilé pour déboucher
dans une lande plate et nue, où le ciel donnait encore
quelque lumière.

L'attention de Louise se porta d'abord sur une longue
ligne d'arbres qui s'élevait à moins de cent pas en avant.
C'était la grande route, que rejoignait en cet endroit
l'abominable chemin de traverse, et il semblait à la
jeune fille qu'on n'avait aucun danger nouveau à craindre.

Elle se pencha vers l'intérieur de la carriole et s'é-
cria :

— Courage ! mon oncle... Nous allons trouver des
secours.

Le blessé ne répondit que par de faibles plaintes.

Louise arrêta le cheval et remonta dans la voiture.
Bailleul n'avait presque plus de connaissance ; son existence ne se trahissait que par des gémissements. Il était
évident que le moindre retard pouvait lui être fatal.

Louise, voyant qu'elle ne devait plus compter que sur
elle-même, saisit les rênes et ne tarda pas à atteindre la
grande route. Mais alors un embarras inattendu se révéla :
elle ne savait s'il fallait prendre à droite ou à gauche,
et, à cette heure du soir, tous les points de repère lui
faisaient défaut.

— Mon oncle, demanda-t-elle, de quel côté se trouve
Saint-Amand ? Un mot, je vous en supplie... Votre salut
en dépend peut-être !

Elle ne reçut pas de réponse.

— Allons ! murmura-t-elle ; à la grâce de Dieu !

Et elle lança le cheval dans la direction où elle supposait être le village. On marchait avec lenteur et on
suivait les bas-côtés de la route, afin d'éviter les secousses sur le pavé. Les plaintes de Bailleul devenaient
de plus en plus douloureuses. La pauvre petite, tout en
avançant dans la nuit, à travers ce pays solitaire, se
demandait si elle allait arriver à Saint-Amand, ou bien
tomber dans quelque endroit inconnu, où les soins les
plus indispensables manqueraient à son oncle mourant.
Ces angoisses prolongées excédèrent ses forces ; elle finit
par rester complètement inanimée à côté de Bailleul.

VII

L'ALTERCATION

Il nous faut ici dire ce qui s'était passé au Pigeonnier, pendant la journée qui avait fini d'une manière si tragique pour le brocanteur et pour sa nièce.

Les deux frères de Beauregard en avaient employé une partie à causer de leurs affaires de famille. Ces affaires, qui semblaient s'être compliquées encore par la mort de la vieille comtesse, venaient de prendre une face nouvelle, grâce à la somme considérable dont Louise avait opéré la restitution. La propriété du Pigeonnier était indivise entre les frères et la sœur, et aucun d'eux ne songeait à séparer son intérêt de celui des autres. Or, la fortune commune avait, comme nous le savons, couru un grand danger. L'année précédente, à la suite d'une épizootie qui avait fait périr tout son bétail, Jean-Baptiste s'était trouvé dans la nécessité d'emprunter une somme de six

mille francs, et de souscrire un billet à une année d'é-
chéance. Les rentrées, sur lesquelles il avait compté pour
s'acquitter de sa dette, n'avaient pas eu lieu, et en voyant
approcher la date fatale, on avait éprouvé une anxiété
cruelle. La mort de la mère, en obligeant les enfants
aux dépenses d'usage, était venue empirer leur situation.

Toutes ces difficultés se trouvaient levées à cette heure.
Non seulement on avait la certitude de solder le billet
souscrit à Renaud, cet usurier de village qui tripotait
des affaires avec le fabricant de papier Dumirail, mais
encore Jean-Baptiste comptait en employer une partie à
exécuter des améliorations importantes dans la propriété ; le reste devait être converti en rente, pour former
une modeste dot à Mlle de Beauregard, quand elle serait
en âge de se marier.

Les deux frères s'étaient entretenus longuement de
ces détails.

— Et penser, Jean-Baptiste, dit Amédée, que nous
devons ce retour de fortune à ce brave brocanteur,
M. Bailleul, surtout à sa charmante nièce !

— Oui, surtout à Mlle Louise, s'écria l'agriculteur avec
une véhémence qu'il montrait rarement ; je te l'ai dit,
Amédée, c'est cette belle jeune fille qui a tout fait... Le
marchand m'a l'air d'un finaud, et il n'eût jamais consenti à nous restituer cet argent, du moins sans en réclamer une part.

— Je suis de ton avis, Jean-Baptiste... Quel dommage
que nous n'ayons pu reconnaître d'une manière quelconque les généreux procédés de cette aimable enfant ! Mon

cœur se serre à la pensée que, selon toute apparence, nous ne la reverrons plus.

— Moi, j'y penserai toujours. Mes idées à moi ne courent pas, comme les tiennes, à la suite de toutes les femmes qui se rencontrent sur mon chemin ; quand j'aime, c'est pour la vie.

— Pourquoi supposes-tu, Jean-Baptiste, que je ne pourrais éprouver une affection durable ?

— Bah ! tu es officier... un militaire ça va, comme le papillon, de fleurs en fleurs. Au lieu que les rustres tels que moi... Tu te souviens, mon pauvre Amédée, que tu nous a donné des preuves de ce que j'avance.

— Quoi ! toujours cette ancienne histoire ?

— Pas si ancienne ! Elle est même si peu ancienne qu'elle n'a pas pris fin encore, et qu'à ce sujet il nous faut un brin causer ensemble, car on ne sait ce qui peut arriver.

Amédée l'interrogeait du regard, quand Mariette entra.

— Mon frère, reprit Jean-Baptiste en se levant, tu n'as pas encore, depuis ton retour, visité notre domaine ; viens donc que je te montre les travaux accomplis, et je t'exposerai ceux que je prépare.

— Volontiers, dit Amédée.

— Méchants ! vous allez encore me quitter ! s'écria Mariette, avec une petite mine boudeuse ; Amédée aura bien le temps d'aller voir des prairies et des pièces de blés.

— Tu crois, chère enfant ? répliqua l'officier ; dans huit jours mon congé expire, et je devrai retourner au régiment.

— Huit jours ! répéta Mariette, dont les yeux se remplirent de larmes ; mon Dieu ! que la vie sera triste pour nous quand tu ne seras plus là !

— Rien ne peut remplacer la bonne mère que nous avons perdue, dit Jean-Baptiste, ému lui-même. Cependant, pauvre petite, tu aurais, en effet, besoin d'une compagne de ton âge... comme il y en a... Viens-tu, Amédée ?

— Me voici !

L'officier prit une canne dans un coin et Jean-Baptiste s'arma d'un hoyau à long manche, avec lequel il déracinait par-ci par-là une mauvaise herbe en se promenant à travers ses champs. Puis, les deux frères sortirent, après avoir adressé quelques paroles affectueuses à Mariette, qui continuait de pleurer tout bas.

On parcourut les terres dépendant du Pigeonnier ; la propriété n'était pas très grande, mais elle était très bien cultivée. A chaque instant Jean-Baptiste s'arrêtait, appuyé sur son hoyau, et expliquait à son frère les améliorations qu'il méditait.

Il avait toutes les manies de l'agriculteur et du propriétaire ; il développait longuement ses projets, se hâtant de répondre aux objections qu'on n'élevait pas. Amédée l'écoutait avec un peu d'impatience, mais sans la faire voir, et, à chaque bout de champ, il lui fallait essuyer une explication nouvelle.

Aussi était-il presque nuit lorsque les deux frères eurent terminé leur promenade. Ils se rapprochèrent de la maison et, comme ils traversaient la route qui passait devant le Pigeonnier, ils aperçurent un cavalier

se dirigeant vers eux au grand trot. Jean-Baptiste s'arrêta.

— De par tous les diables ! dit-il à demi-voix, n'est-
ce pas M. Dumirail ? Si c'est lui, je gage qu'il vient
chez nous.

— C'est lui, en effet, répondit Amédée.

— Voilà ce que je craignais ! Je voulais te prévenir...
C'est certainement toi qu'il cherche.

— Eh bien ! il me trouvera.

— Je n'ai pas eu le temps de t'apprendre... Cet homme
est un vrai sauvage, capable de tout. Tu ferais bien de
ne pas te montrer et de me laisser avoir avec lui la conversation qu'il désire peut-être.

— Il n'est pas plus redoutable pour moi que pour toi,
et, s'il devenait par trop brutal, il me semble qu'à nous
deux... Mais il nous voit, il nous a reconnus, et, que
nous le voulions ou non, nous ne pouvons l'éviter.

— Alors prends garde à ce que tu vas dire et méfie-toi
des coups de traître...

Amédée fit un geste d'insouciance. Dumirail arrivait
sur eux de toute la vitesse de son cheval.

— Ah ! vous voilà donc, mon beau militaire ! s'écria-
t-il d'un ton insolent et sans même porter la main à son
chapeau. Je vous attends depuis longtemps ; nous allons,
s'il vous plaît, nous regarder un peu dans le blanc des
yeux.

— A vos ordres, monsieur, répondit Amédée froidement.

Dumirail mit pied à terre, et, passant le bras dans la
bride de son cheval, se campa devant les deux frères,

5.

comme pour leur barrer le passage ; en même temps, sa
main se posait sur sa poche, où il était facile de deviner
une arme cachée.

Pour faire bien comprendre le motif de la querelle
entre Amédée de Beauregard et le manufacturier, nous
sommes encore dans la nécessité d'entrer dans quelques
détails rétrospectifs.

Peu d'années avant l'époque dont il s'agit, Dumirail,
qui venait de succéder à son père dans la direction de
la papeterie du Prieuré, avait épousé une jeune et jolie
femme, pourvue d'une belle dot. Mme Dumirail était la
fille d'un fonctionnaire public, résidant au chef-lieu du
département, et jusqu'à son mariage, elle avait habité
une grande ville, où elle avait pris le goût de la vie
mondaine et des plaisirs.

Avec de semblables habitudes, elle avait dû se trouver
bien dépaysée à la papeterie, au milieu du fracas des
machines et du grondement des eaux. A quoi lui servaient son frais minois, ses gracieuses manières, ses
élégantes toilettes, au fond de cette campagne ?

D'autre part, elle n'avait pas tardé à s'apercevoir que
son mari, d'abord tout sucre et tout miel, était l'homme
le plus grossier, l'ours le plus mal léché du monde entier.
Aussi ne passait-elle pas pour être heureuse, et elle inspirait une véritable compassion aux gens du voisinage.

On ne s'étonnera pas trop que la belle et sémillante
Mme Dumirail eût cherché autour d'elle toutes sortes de
distractions. Elle allait souvent en visite dans les châteaux et les maisons bourgeoises des environs ; elle-
même recevait au Prieuré nombreuse compagnie. Le

manufacturier était très jaloux et passablement avare ;
mais il s'absentait fréquemment pour le besoin de ses
affaires, et, d'ailleurs, sa position l'obligeait à tenir un
rang honorable. Sa femme avait donc trouvé moyen de
voir du monde, et on lui attribuait certaines aventures
qui défrayaient la chronique scandaleuse du pays.

Tel était l'état des choses, quand, une année auparavant, Amédée de Beauregard, récemment sorti de Saint-
Cyr, était venu passer un congé dans sa famille, au Pigeonnier. Peut-être le jeune officier avait-il déjà rôdé,
les années précédentes, autour de la belle Mme Dumirail :
mais jamais il n'avait été, au Prieuré, sur le pied
d'une intimité aussi grande que cette année-là. Jusqu'où
alla cette intimité ? Amédée ne le disait pas, quoique
tout le monde assurât qu'il avait été une des « distractions » que la belle papetière ne se refusait guère dans
sa solitude.

Cette intrigue, à supposer qu'elle fût réelle, aurait
pourtant passé inaperçue comme les autres, si une circonstance particulière ne lui eût donné une extrême importance.

Amédée, son congé expiré, avait dû quitter sa famille
pour retourner au régiment. Or, le lendemain du jour
de son départ, Mme Dumirail avait disparu, de son côté,
en emportant une somme assez ronde, prise dans la
caisse de son mari, et, depuis ce moment, on n'avait
plus eu de ses nouvelles.

Ce fut, comme on peut croire, un scandale énorme ;
il n'y eut personne qui ne fût persuadé que Mme Dumirail et le jeune officier se trouvaient ensemble dans

quelque endroit inconnu. Vainement la famille de Beauregard combattit-elle avec verdeur cette supposition ; le fabricant de papier lui-même ne doutait pas que sa femme ne fût partie avec Amédée, et il en avait conçu une haine féroce contre tous les deux.

Un homme du monde, en pareil cas, se serait mis à la poursuite du ravisseur et eût essayé de venger d'une manière quelconque son honneur outragé ; le manufacturier, après avoir d'abord jeté feu et flammes, en avait pensé différemment. Son industrie lui interdisait une absence prolongée, et peut-être, malgré sa force colossale, avait-il aussi peu de courage que d'intelligence. D'ailleurs, il songeait qu'un éclat amènerait forcément une séparation judiciaire entre lui et sa coupable épouse, qu'il serait alors condamné à restituer la dot de la fugitive, et cette éventualité lui inspirait des réflexions salutaires.

Il n'avait donc pas bougé, attendant les événements. En revanche, il s'était répandu en menaces contre Amédée, criant bien haut que l'officier « lui passerait par les mains, » s'il osait reparaître dans le pays. Amédée n'avait tenu aucun compte de ces menaces ; peut-être même les ignorait-il. Depuis la disparition de Mme Dumirail, il n'était pas revenu dans sa famille, et il avait fallu une circonstance aussi grave que la maladie et la mort de sa mère pour l'y rappeler.

Telle était la situation respective de nos personnages, au moment où Dumirail se trouva en présence des deux frères de Beauregard sur la route de Saint-Amand.

Le papetier dit à Amédée avec ironie :

— Vous plairait-il, monsieur, de me donner des nouvelles de ma tendre épouse, Mme Dumirail ?

Un sourire, qu'il réprima aussitôt, effleura les lèvres du militaire.

— Eh ! monsieur, répliqua-t-il, est ce que vous me l'avez donnée à garder ?

— Ne me répondez pas sur ce ton ! s'écria Dumirail en grinçant des dents ; je serais capable...

— Ét ! comment voulez-vous qu'il vous réponde ? interrompit Jean-Baptiste. Je vous ai affirmé déjà, monsieur Dumirail, que mon frère était étranger à l'événement... malheureux dont il s'agit. Il s'en est défendu très chaleureusement dans toutes ses lettres, et ma pauvre mère, comme moi, avait la certitude...

— Paix ! ce n'est pas à vous que je parle, répliqua le manufacturier ; laissez-moi m'expliquer avec ce damoiseau.

— Et moi, monsieur, dit Amédée avec fermeté, je n'ai aucune explication à vous fournir. J'ignore absolument où peut être Mme Dumirail. Je ne l'ai pas vue depuis le jour où je suis allé prendre congé d'elle et de vous au Prieuré, il y a un an environ... Je l'affirme sur l'honneur !

Il s'exprimait avec tant d'assurance, il y avait sur son visage, dans son attitude, tant de franchise, que Dumirail en resta un moment interdit.

— Ça ne prendra pas ! dit-il enfin ; vous vous posez en chevalier discret ; les galantins de votre sorte ne se gênent pas pour prodiguer les paroles d'honneur...

— Monsieur !

— Je sais ce que je sais, tonnerre !... Prétendriez-vous, par hasard, que vous n'avez pas fait un doigt de cour à la dame en question et qu'elle ne vous a pas accueilli... comme elle en a accueilli bien d'autres ?

Amédée sembla perdre beaucoup de son assurance et baissa la tête.

— Monsieur, balbutia-t-il, un honnête homme ne peut répondre que par une négation à semblable demande...

— Ne niez pas... La personne dont nous parlons n'avait pas beaucoup d'ordre et laissait souvent traîner ses lettres. J'ai découvert, après son départ, certaine correspondance signée de vous...

— Eh bien ! monsieur, répliqua l'officier en se redressant, si vous vous croyez réellement offensé, je suis prêt à vous rendre raison... Il n'est pas besoin ni de bruit ni de scandale... Envoyez-moi vos témoins, et je trouverai sans doute ici deux amis qui régleront avec eux les conditions d'une rencontre.

— Voyons ! voyons ! reprit Jean-Baptiste, n'allons pas si vite... Monsieur Dumirail, je vais vous parler à la bonne franquette. Les mauvaises langues se sont exercées plus d'une fois... oh ! bien à tort sans doute, au sujet de cette dame, et si vous vouliez chercher querelle à tous ceux que l'on disait être ses amoureux, vous auriez fort à faire, je vous en avertis !

— Moi, répliqua Dumirail, je m'en prends à celui qui a fait scandale, à celui qui a détourné cette femme de son ménage et a partagé peut-être avec elle l'argent qu'elle m'a volé...

— Monsieur, s'écria l'officier impétueusement, je proteste de toutes mes forces contre une pareille infamie... C'est vous qui m'offensez à présent, et c'est moi qui vous en demande raison.

— Sois calme, mon frère, reprit Jean-Baptiste de son ton posé ; encore une fois, monsieur Dumirail, vous avez tort d'attribuer à Amédée une vilenie dont il est innocent... Voyons, cherchez bien ; ne se pourrait-il pas, par exemple, que la belle voyageuse fût partie en compagnie d'une autre personne et que l'on eût, par quelque diablerie, fait coïncider ce départ avec celui de mon frère, pour donner le change à tout le monde ?

— Non, répondit le papetier ; j'avais pensé à cela, et quoique la scélérate créature ait la finesse d'un démon, je suis certain...

— Et pourquoi, monsieur, interrompit Amédée, qui sembla ne plus pouvoir se contenir, Mme Dumirail ne serait-elle pas partie seule et sans assistance aucune ? Il est notoire qu'elle n'avait pas beaucoup de bonheur là-bas dans votre lugubre demeure du Prieuré. Bien des personnes ont eu occasion de voir sur son visage des traces de larmes. On parle de scènes violentes, d'actes de brutalité qu'elle aurait supportés presque chaque jour... Est-il donc besoin d'imaginer une intervention étrangère pour expliquer que la pauvre femme a voulu se soustraire à ces mauvais traitements, à cette affreuse existence ?

— Vous en avez menti ! s'écria Dumirail en fureur.

Depuis un instant, il tâtait dans sa poche la crosse

d'un pistolet. Tout à coup, il leva la main et fit feu sur Amédée de Beauregard.

Son action avait été si rapide qu'Amédée n'eut pas le temps de reculer pour éviter le coup. Mais on se souvient que, pendant cette conversation, le manufacturier avait le bras passé dans la bride de son cheval. Quand il leva la main, la bête, qui était ombrageuse, se rejeta vivement en arrière ; elle entraîna Dumirail, et la balle du pistolet, au lieu d'atteindre Amédée en pleine poitrine, effleura seulement son épaule, sans lui faire aucun mal.

Jean-Baptiste, tout pâle, s'élança sur le papetier, qui avait été presque renversé par la secousse, et lui saisit le bras, pour l'empêcher de renouveler sa tentative, en criant :

— Assassin !... vous êtes donc un assassin ?

— A ton tour, mon frère, reste calme, dit Amédée. Je serai indulgent pour un mouvement de colère dont un mari offensé n'a pas été maître, et je m'abstiendrai de qualifier son acte comme il le mérite .. Mais cette entrevue sur la voie publique n'a plus sa raison d'être ; rentrons, Jean-Baptiste... Si M. Dumirail persiste dans ses intentions à mon égard, il sait où me trouver, et j'attendrai la visite de ses amis. Toutefois, je l'invite à se hâter, car je n'ai qu'une permission de huit jours.

Le manufacturier ne parut nullement touché de cette longanimité du jeune Beauregard, longanimité qu'on pouvait attribuer à la conscience de quelque tort. Grâce à sa force herculéenne, il était parvenu à se dégager des étreintes de Jean-Baptiste, qui était lui-même

d'une vigueur peu commune. Dumirail cependant n'essaya pas de faire usage de son second pistolet, car l'agriculteur, avec son lourd hoyau, surveillait tous ses
gestes, et il sentait qu'une nouvelle agression pourrait
avoir des conséquences fâcheuses pour lui.

— C'est bon ! dit-il en se disposant à remonter sur son
cheval ; nous nous reverrons, messieurs, et j'aurai mon
tour.

— Si vous voulez parler du billet de six mille francs
que votre ami Renaud doit toucher chez nous, répliqua
Jean-Baptiste, votre vengeance pourra manquer, je vous
en avertis. L'argent est prêt, quoique l'échéance ne
tombe que dans deux jours, et si Renaud a besoin de
cette somme, il n'a qu'à se présenter ce soir... demain...
quand il voudra.

Dumirail eut encore un mouvement de rage.

— Mille millions de tonnerres ! s'écria-t-il, auriez-
vous découvert des trésors dans les frusques de votre
mère défunte ? On la disait ruinée, elle n'était donc
qu'avare ? Ce marchand, qui est venu aujourd'hui es-
pionner chez moi et que j'ai reçu de la bonne façon,
m'avait bien fait entendre... Mais en voilà assez...
D'une manière ou d'une autre, nous nous rencontrerons
encore, je vous le garantis.

La nuit était tombée et l'on n'y voyait plus à
quelques pas. Comme Dumirail se mettait en selle
pour partir, une ombre légère s'agita sous les arbres
qui formaient la petite avenue du Pigeonnier, et
une voix féminine demanda, avec l'accent de l'inquiétude :

— Est-ce vous, mes frères ? J'ai entendu un coup de fusil... Mon Dieu ! que vous est-il arrivé ?

Mariette de Beauregard, appuyée sur un long bâton qu'elle prenait dans ses promenades autour du domaine, déboucha sur la route.

— Nous voici, petite, répondit Jean-Baptiste, tranquillise-toi ; nous rentrons.

La jeune fille finit par reconnaître le manufacturier, dont la taille colosale était célèbre dans le pays.

— Oh ! dit-elle, je comprends... Le monsieur du Prieuré est venu... Mais il ne nous fait pas peur !

Et elle brandissait son bâton d'un air martial. Dumirail partit d'un éclat de rire.

— Bon ! voici la nabotte à présent ! dit-il avec mépris. Ma foi ! la clique tout ensemble est trop forte pour moi... Bonsoir la compagnie !

Et il partit dans la direction du village de Saint-Amand, qu'il devait traverser pour retourner au Prieuré.

Les frères et la sœur demeuraient immobiles, comme s'ils craignaient un retour offensif de l'ennemi.

Mariette, en regardant machinalement le côté opposé de la grande route, remarqua une lumière d'un caractère particulier qui s'avançait lentement vers eux. Cette lumière était moitié rouge et moitié verte.

— Bon Dieu ! s'écria Mlle de Beauregard, ne serait-ce pas la voiture de mon amie Mlle Bailleul ? Oui, c'est elle, car voici la lanterne rouge et verte qui m'a tant étonnée.

— Serait-il possible ! demanda Jean-Baptiste avec un mouvement de joie.

— En effet, dit Amédée, qui parut oublier tout à coup la scène violente dont il venait d'être l'occasion, si M. Bailleul a suivi l'itinéraire que je lui ai tracé, il a dû se trouver assez tard à la Maison-Blanche, non loin d'ici, et l'idée lui sera venue peut-être...

— Quel bonheur ! fit Mariette en battant des mains ; je vais pouvoir embrasser encore ma chère Parisienne !

— Attendons-la ; après la rencontre désagréable que nous venons de faire, la présence de cette charmante enfant sera pour nous tous comme un rayon de soleil après une bourrasque.

On se tint donc à l'entrée de l'avenue, les yeux fixés sur cette lumière bicolore qui approchait.

Elle approchait avec une lenteur désespérante.

On n'entendait aucun bruit de roues, aucun claquement de fouet, aucun cri d'excitation pour le cheval, au milieu du silence de la campagne. Cette lumière étrange semblait se mouvoir seule dans la brume, comme un météore d'espèce inconnue.

On finit néanmoins par distinguer la voiture, qui suivait le bord de la route. Par un mouvement spontané, les deux frères et la sœur s'élancèrent au devant d'elle.

— Est-ce vous, monsieur Bailleul ? demanda Amédée.

— Mademoiselle Louise ! s'écria Mariette, ne voulez-vous pas nous dire bonsoir ?

On ne reçut pas de réponse.

— Monsieur Bailleul ! appela Jean-Baptiste.

Toujours même silence ; on crut seulement entendre de faibles plaintes au fond de la voiture.

— Il se passe quelque chose d'extraordinaire ! reprit

l'agriculteur, qui saisit le cheval par la bride et l'arrêta ;
on dirait qu'il n'y a personne pour conduire.

— Voyons cela, dit Amédée en montant sur le brancard.

Il décrocha la lanterne, l'ouvrit, et quand il eut dirigé
le jet lumineux vers l'intérieur de la carriole, un spectacle affreux frappa ses regards.

Tout y était boulversé, comme nous savons. Bailleul,
étendu, les traits livides, ne faisait aucun mouvement.
Quant à Louise, à demi-couchée au bout de la banquette,
elle paraissait morte ou évanouie. Sa tête s'appuyait sur
le tablier du cabriolet et ses longs cheveux dénoués flot-
taient en dehors. Elle tenait toujours les rênes d'une
main crispée, mais elle ne remuait non plus que son
oncle, qui pourtant continuait de gémir. La banquette,
la capote et le tablier de la voiture étaient souillés de
sang.

Un cri d'horreur s'échappa de toutes les bouches. Mariette se cacha le visage dans ses mains.

— Ils auront été attaqués par des malfaiteurs, dit
Jean-Baptiste, et on les a tués pour les voler.

— Ils ne sont morts ni l'un ni l'autre ! s'écria le militaire après avoir examiné rapidement l'oncle et la nièce ;
et j'imagine qu'avec de prompts secours...

— Conduisons-les chez nous, dit Mariette ; es-tu bien
sùr, Amédée, que ma gentille Parisienne...

— Elle est seulement évanouie, je crois. Jean-Baptiste,
que faisons-nous ?

— Il n'y a pas à hésiter ; nous ne devons pas abandonner ces pauvres gens... Amenons-les au Pigeonnier ;

et quelqu'un ira bien vite à Saint-Amand chercher le docteur Boutillon.

— Alors, prends le cheval par la bride ; moi, je vais soutenir la pauvre demoiselle, que les cahots de la voiture pourraient faire tomber.

Il replaça la lanterne et s'assit sur le brancard. Jean-Baptiste dirigea le cheval avec précaution dans l'avenue du Pigeonnier, tandis que Mariette marchait à côté d'eux.

Amédée, pour empêcher la jeune fille évanouie de tomber en avant, avait dû lui appuyer la tête sur son épaule, et un de ses bras entourait la taille de Mlle Bailleul. Ils étaient ainsi enveloppés l'un et l'autre dans les longs cheveux de Louise, qui formaient comme un voile soyeux. Cette attitude causait des distractions à Jean-Baptiste, et il retournait fréquemment la tête. L'officier était assez près pour sentir que le cœur de Louise battait encore, et que même les battements s'accéléraient de minute en minute.

Bientôt en effet, elle s'agita et respira d'une manière sensible. Elle finit par murmurer :

— Qui est là ?... Oncle Bailleul, est-ce vous ?

— Courage ! mademoiselle, répondit Amédée ; vous êtes avec des amis.

— Monsieur Amédée ! balbutia Louise.

Elle essaya de se dégager, mais elle ne put y parvenir. Sa voix avait fait tressaillir Jean-Baptiste, qui allait aussi lui adresser quelques mots, quand on franchit l'arcade ruinée, et la voiture fit halte devant l'habitation.

A l'appel de Mariette, les domestiques de la ferme,

revenus du travail des champs, accoururent avec de
lumières. Avant même que Mariette eût pu expliquer
de quoi il s'agissait, Amédée, enlevant dans ses bras
Louise, qui faisait entendre un petit murmure d'étonnement et d'effroi, se mit en devoir de la transporter
dans la salle basse. Jean-Baptiste tenta de la lui disputer
en disant d'un ton où il y avait presque de la colère :

— Moi !... Donne-la moi !

Amédée n'eut pas l'air d'entendre et alla déposer la
jeune fille dans un fauteuil de paille, au coin du feu.
Alors, la confiant aux soins de Mariette et des servantes,
il revint vers la voiture.

— Aide-moi, Jean-Baptiste, dit-il.

Et tous les deux se disposèrent à transporter Bailleul
à son tour, dans la maison.

La tâche présentait quelques difficultés. Si robustes
que fussent les deux jeunes gens, le bonhomme était
lourd, et on eut besoin de réclamer l'assistance d'un
valet. Bailleul se débattait, en poussant des gémissements et en prononçant des paroles sans suite.

On l'installa dans la salle basse, sur un matelas que
l'on venait d'apporter en toute hâte ; puis, tandis que
Jean-Baptiste conduisait dans la grange la voiture et le
cheval, une fille de ferme fut expédiée à Saint-Amand,
afin de ramener au plus vite le médecin du village.

Jean-Baptiste, en rentrant, trouva que Louise avait
repris complètement ses sens. Mariette lui faisait boire
un peu de vin pour la réconforter, tandis qu'Amédée
lui tenait la main et continuait de lui adresser des paroles encourageantes.

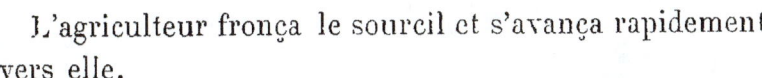

L'agriculteur fronça le sourcil et s'avança rapidement vers elle.

— Mademoiselle, dit-il avec une sorte de rudesse, en ma qualité d'aîné, c'est moi qui gouverne la maison... Vous et votre oncle, vous pouvez compter sur moi à la vie et à la mort.

Amédée le regarda avec surprise, mais les circonstances nécessitaient la coopération de tous.

VIII

L'ENQUÊTE

Au premier étage de la maison, était une chambre qu'avait occupée longtemps la comtesse et où elle était morte. Cette pièce, au mobilier vieux et suranné, contrastait pourtant avec celles qu'occupait la famille, et qui différaient peu, comme nous savons, des logements de paysans. Elle avait pour principal agrément d'être éclairée par deux fenêtres, dont l'une donnait sur la cour et sur l'avenue, l'autre sur la campagne.

Dans cette chambre, qui avait pour eux un caractère presque sacré, les Beauregard avaient installé Bailleul et sa nièce. Le blessé reposait sur le vieux lit à baldaquin de la défunte, tandis qu'une couchette était disposée à côté pour Louise, la jeune fille n'ayant pas voulu être séparée de son oncle.

Le lendemain du jour où s'étaient accomplis les événements que nous venons de raconter, vers midi, un grand mouvement se faisait autour de la maison et dans la maison même. On parlait bruyamment au rez-chaussée ; dans la cour, il y avait de nombreuses allées et venues, des piaffements de chevaux. Cependant tout restait calme au premier étage, et Bailleul causait avec sa nièce, qui lui faisait boire à petites gorgées une boisson fortifiante. Dans un coin, une servante, après avoir passé une partie de la nuit au chevet du blessé, dormait à moitié sur une chaise.

— Comme ça, ma chère, disait le brocanteur d'une voix faible mais nette, c'est toi qui as ramené la carriole ? Ah ! tu es une brave enfant et tu n'es pas « empotée »... Qui se serait attendu qu'une petite fille... Et pourtant on dit que, quand nous sommes arrivés, tu n'étais pas en meilleur état que moi !

— Ne m'en parlez pas, mon oncle, répliqua Louise ; j'en ai honte moi-même.

— N'importe ! tu n'es pas « empotée ; » j'ai en toi une courageuse camarade... Et il est vrai... là... bien vrai que le médecin ne désespère pas de me guérir ?

— Très vrai, oncle Bailleul, répondit Louise qui croyait peut-être devoir se montrer plus affirmative que le docteur. Ce médecin est un jeune homme, arrivé de Paris depuis peu et qui paraît très habile. Il assure que vos blessures sont insignifiantes, excepté celle de la poitrine. Votre faiblesse provenait de la grande quantité de sang que vous avez perdue... Quoique la guérison puisse être lente, le docteur répond de vous... à moins d'accident.

— A la bonne heure ! nous l'avons échappé belle !. .

Mais nous voilà ruinés, n'est-ce pas ? Ils ont pris tout
ce que nous avions.., tout ?

— Ruinés, mon oncle ! à quoi pensez-vous ? Ils ont
emporté votre argent comptant, votre portefeuille, vos
lettres de crédit ; ils se sont emparés aussi des bijoux
que vous avez achetés aux messieurs de Beauregard...
Si, ajouta-t-elle en baissant la voix, vous aviez conservé
la grosse somme trouvée dans le meuble d'ébène, ils
s'en fussent emparés de même, et vous ne devez pas
regretter, à cette heure, d'avoir rempli un devoir de
probité. Enfin, vous n'êtes pas ruiné pour cela. Les
lettres de crédit ne seront d'aucun usage à ces malfaiteurs... Et vous voyez, acheva-t-elle, en désignant deux
coffres qu'on avait déposés dans un coin de la chambre,
qu'ils ont respecté vos effets et les miens.

— Oui, oui, ces scélérats sont des malins ; sauf les
bijoux, ils n'ont rien pris qui puisse les faire retrouver.
Je pense, comme toi, qu'ils n'auront pas l'audace de
présenter les lettres de crédit ; aussi bien y mettrai-je
bon ordre, en écrivant à mes correspondants... Du
diable, si je ne donnerais pas tout ce qu'on m'a volé
pour que mes voleurs fussent pincés et envoyés au
bagne ou à l'échafaud !

— Justement, Mlle de Beauregard m'annonçait tout à
l'heure qu'un juge d'instruction, appelé de Limoges par
dépêche télégraphique, vient d'arriver ici avec un greffier
et des gendarmes. Voyons, mon oncle, seriez-vous en
état de répondre aux questions du magistrat ?

— Je me sens faible, il est vrai ; mais, dès qu'il s'a-
git de faire empoigner ces bandits...

On frappa doucement à la porte et Amédée entra. Il était accompagné d'un homme âgé d'environ trente ans, vêtu en bourgeois campagnard, mais d'une figure ouverte et intelligente ; c'était le docteur qui venait, à son tour, s'assurer si le blessé pouvait subir un interrogatoire.

Il n'y avait aucun motif de retarder cette formalité, et quelques minutes plus tard, le juge d'instruction, assisté du maire de Saint-Amand et d'un greffier, s'installait à une table, devant le lit de Bailleul, tandis qu'un gendarme, appuyé sur son sabre, gardait la porte.

Nous n'entrerons pas dans le détail des faits déjà connus du lecteur. Du reste, l'oncle et la nièce ne purent donner aucune indication précise sur les auteurs de la criminelle agression. Elle avait été conduite avec tant d'habileté, l'obscurité était si profonde, tout s'était fait si lestement, que les victimes ne pouvaient même dire avec exactitude le nombre des malfaiteurs. Louise affirmait en avoir vu deux sur la roche, au moment de l'attaque, mais à raison des violences exercées et de la rapidité de l'opération, on pouvait supposer qu'ils étaient plus de deux.

Il fallut énumérer minutieusement les objets disparus. Environ trois mille francs en argent, les lettres de crédit, les bijoux acquis la veille aux messieurs de Beauregard et jusqu'au porte-monnaie de Louise avaient été enlevés ; si bien, disait Bailleul, qu'ils restaient, lui et sa nièce, « comme des petits Saint-Jean, » en attendant qu'il eût écrit à Paris pour demander de nouveaux fonds.

Le juge d'instruction et les personnes présentes

avaient écouté attentivement ces détails ; toutes les têtes travaillaient pour chercher la solution du problème qu'offrait cette mystérieuse affaire.

— Monsieur le juge, dit enfin le maire de Saint-Amand, homme d'expérience, ancien avoué d'une ville voisine, quoique les auteurs du crime semblent connaître parfaitement le pays, j'ai la certitude qu'ils n'habitent pas les environs. Ce doit être des gens qui, sachant les habitudes nomades de M. Bailleul, l'ont suivi à la piste et ont fini par lui tendre un piège dans un endroit qu'ils jugeaient convenable pour leur entreprise. Cet endroit était bien choisi : on l'appelle le « Saut-de-la-Chèvre, » parce que, dit-on, une chèvre peut sauter d'une roche à l'autre par-dessus le chemin. Je vous le montrerai en passant... Selon moi, ce crime audacieux a dû être perpétré par des vagabonds, de prétendus marchands forains, des saltimbanques, que sais-je ? tous étrangers à la commune.

— On vérifiera, dit le juge, s'il ne se trouvait pas, hier, des gens de cette espèce dans le voisinage. La gendarmerie bat déjà les routes du canton ; mais les coquins ont pu, le coup fait, marcher toute la nuit, et il sera difficile dans ce cas...

Bailleul fut frappé d'une idée.

— Messieurs, dit-il, le seul homme de ce genre que nous ayons rencontré depuis peu est un chanteur, assez ridiculement vêtu, qui s'était arrêté l'autre soir à l'auberge du Grand-Cerf. Il se tenait dans la cuisine, tandis que je concluais avec MM. de Beauregard le marché des bijoux dans la salle à manger. Il a donc pu voir et en-

tendre bien des choses... Je suis certain notamment
qu'il m'a vu, par la porte entr'ouverte, peser les matières
d'or et les pierres précieuses, peut-être même remettre
à ces messieurs plusieurs billets de banque pour prix
de mon acquisition.

— Ah voilà un indice ! s'écria le juge ; monsieur le
maire, savez-vous qui est cet homme ?

— Nullement ; ce doit être un de ces mendiants qui
parcourent les villages et ne se soucient pas de se mettre
en contact avec les autorités locales.

— N'importe ! il faudra que cet individu se retrouve.

— Messieurs, dit Louise avec timidité, mon oncle se
trompe peut-être. J'ai fait l'aumône au pauvre diable
dont il s'agit, et il m'a paru plus capable d'inspirer la
pitié que la crainte. Je croirais, quant à moi, que les
auteurs du crime sont deux hommes, que nous avons
rencontrés sur la grande route, pendant la pluie, et qui
semblaient nous guetter au passage.

Elle raconta comment ces gens, qu'on pouvait croire
en embuscade, s'étaient éclipsés subitement à la vue de
M. Amédée de Beauregard, qui se rendait à Saint-
Amand.

— Eh ! eh ! dit le juge d'un air pensif, cette circonstance pourrait aussi avoir de la gravité.

Bailleul hochait la tête et semblait convaincu que sa
nièce avait éprouvé une terreur puérile. Tout en notant
le fait relevé par Louise, on revint au chanteur de l'auberge du Grand-Cerf.

Amédée et Jean-Baptiste se souvenaient également de
lui. Ils affirmèrent qu'il avait pu avoir connaissance du

6.

marché conclu entre eux et le brocanteur, et ce fut sur
le chanteur que se fixèrent décidément les soupçons.

Bailleul était fatigué ; le médecin, après lui avoir tâté
le pouls, fit signe au juge qu'il fallait terminer l'interrogatoire. Un point important restait néanmoins à régler.
Il s'agissait de décrire les bijoux dérobés, dont la découverte pouvait déceler les voleurs. Heureusement,
Bailleul avait conservé un chiffon de papier sur lequel
étaient inscrits le prix et le poids de chacun de ces
objets, et il fournit à cet égard les indications les plus
précises.

— Tenez, monsieur le juge, poursuivit-il, si vous
voulez me permettre de vous donner un conseil, vous
enverrez cet état de mes bijoux à la police de Paris. Il y
a surtout la tabatière du prince de Condé et la bague de
la reine Antoinette, dont il pourrait ne pas être aisé de
tirer parti en province... A Paris, c'est beaucoup plus
facile. Nous savons cela, nous autres !... Non pas,
ajouta-t-il aussitôt, que j'aie jamais acheté à Paris ou
ailleurs, des bijoux volés ; mais je n'ignore pas que
certains de mes confrères ne sont pas très scrupuleux à
cet égard. L'idée viendra peut-être aux malfaiteurs de se
rendre là-bas pour se défaire avec plus de sûreté du
produit de leur vol.

Et il se renversa, épuisé, sur son oreiller.

— Vous paraissez à bout de forces, dit le magistrat
avec bienveillance en se levant ; je ne vous tourmente-
rai donc pas davantage pour aujourd'hui, et je vais continuer en bas mon enquête... J'en sais assez déjà pour
commencer des recherches avec quelque espoir d'aboutir.

Les officiers de justice redescendirent à l'étage inférieur, où venait d'arriver l'hôtesse du Grand-Cerf, et
le malade resta avec sa nièce, le docteur et les frères
Beauregard.

Pendant que le médecin s'occupait de préparer un
nouvel appareil pour la blessure, Jean-Baptiste, se
penchant vers le blessé, lui dit d'un ton amical :

— Monsieur Bailleul, vous n'êtes pas comme « un
petit Saint-Jean, » et si vous voulez de l'argent, nous
en avons dont vous connaissez l'origine.

Une offre de ce genre, de la part de Jean-Baptiste,
avare et soupçonneux comme tous les paysans, était
significative. Aussi Bailleul, qui pouvait à peine parler,
l'en remercia-t-il par une poignée de main.

De son côté, Amédée s'était approché de Louise, très
inquiète de l'état de son oncle, et lui avait adressé quelques paroles encourageantes.

— Merci, monsieur Amédée, répliqua Louise toute
rouge ; Dieu nous protège sans doute, puisqu'il nous a
conduits dans cette maison hospitalière.

Jean-Baptiste s'avança brusquement.

— Amédée, dit-il, on nous attend dans la salle...
viens !

Il prit son frère par le bras et l'entraîna. Sur l'escalier, il demanda avec un accent presque farouche :

— Que lui disais-tu donc ?

L'officier ne répondit pas ; mais, pour la première
fois depuis qu'ils étaient au monde, les deux frères
échangèrent un regard d'inimitié.

IX

LE COMPLOT

Trois jours plus tard, le manufacturier Dumirail se trouvait, en compagnie de son ami Renaud, dans son bureau du Prieuré. Ils étaient assis devant un secrétaire, sur lequel s'étalaient plusieurs billets de banque. Cependant, cette vue ne paraissait réjouir ni l'un ni l'autre ; au contraire, Dumirail avait le sourcil froncé et ses gros poings se fermaient convulsivement.

— Ainsi donc *ils* ont payé ! disait-il avec un mélange de douleur et de colère ; jusqu'au dernier moment j'ai cru qu'il s'agissait seulement de gasconnades et que, quand on en viendrait au fait et au prendre... Allons ! ma vengeance s'en va à tous les diables !... Mais y comprenez-vous quelque chose, Renaud ? D'où peut provenir cet argent ?

— Je n'en sais rien... Plus moyen de causer dans

cette maison-là ; on n'y est occupé que du marchand et de sa nièce, qui ont été dévalisés au Saut-de-la-Chèvre, le jour même où ils sont venus ici...

— Ah ! oui, je me souviens... un gaillard insupportable, et que j'ai remis à sa place... Est-il mort ?

— Non, on espère même qu'il s'en tirera, à ce que m'a dit le docteur Boutillon. On lui a volé gros, et notamment des bijoux vendus par les Beauregard...

— Ainsi, ils possédaient encore des bijoux ! Qui eût soupçonné pareille chose, dans cette maison de famine ? Ces nobles ruinés ont toujours des objets précieux en réserve... Et, dites-moi, Renaud, a-t-on découvert les auteurs du coup, ou du moins sait-on qui ils peuvent être ?

— On ne les connaît pas. Les messieurs de la justice, la gendarmerie se démènent pourtant beaucoup et même les journaux de Paris s'occupent de l'affaire. On a arrêté deux colporteurs en bijoux faux, qui fréquentent les foires du département pour débiter leurs marchandises de pacotille ; mais leurs balles ne contenaient rien de suspect, et leurs papiers étaient en règle. On a arrêté également une sorte de chanteur ambulant, à moitié idiot, qui s'est montré à Saint-Amand la veille du crime et qui, croyait-on, avait assisté les marchands forains dans l'affaire du Saut-de-la-Chèvre ; il a été prouvé que les colporteurs et lui ne s'étaient jamais vus. Aussi les marchands ont-ils été remis en liberté, et ils se sont empressés de détaler.

Quant au chanteur, il est encore détenu dans la prison de la mairie de Saint-Amand ; mais aucune charge

sérieuse ne s'élevant contre lui, on va sans doute le re-
lâcher de même... Eh ! parbleu ! monsieur Dumirail, il
ne serait pas impossible que vous fussiez interrogé à
propos de ce paroissien-là, car il prétend avoir travaillé
autrefois dans votre papeterie.

— Tiens ! comment s'appelle-t-il ?

— Dié... Diégo, je crois.

— Diégo ! Ah ! oui, je me souviens... un bohémien
portugais, ou quelque chose d'approchant. Il vint ici un
soir, en baragouinant le français, et demanda un morceau de pain. J'en eus pitié et je lui trouvai un petit
travail dans l'usine. Je ne tardai pas à m'en repentir ;
c'était un fainéant, qui ne songeait qu'à déranger, par
ses stupides bouffonneries, les ouvriers laborieux. Je le
mis à la porte avec tous les égards qu'il méritait, et,
depuis ce temps, je n'ai plus entendu parler de lui.

— Hum ! votre témoignage ne lui sera pas d'un grand
secours !... Autre chose, voisin Dumirail : j'ai une commission pour vous.

— Pour moi ? Et de qui donc ?

— D'un des frères Beauregard, l'officier... Ils étaient
là tous les deux quand je suis allé toucher le billet, et le
plus jeune m'a dit, de son air crâne : « Vous rappellerez
à votre ami, M. Dumirail, que je pars dans deux jours
pour rejoindre mon régiment, et que si je dois recevoir
de ses nouvelles, il faut qu'il se hâte. Mon congé expire
après-demain. »

Malgré son arrogance habituelle, le manufacturier
parut décontenancé.

— Eh ! tonnerre ! que veut-on que je fasse ? reprit-il.

J'ai réfléchi, et je ne vois pas la nécessité de me battre en duel. Je ne suis pas militaire, moi ; je n'ai touché de ma vie un sabre ou une épée, et je ne me soucie pas de me faire tuer par un vaurien qui m'a déjà outragé d'une manière sanglante... J'aime mieux l'assommer à coups de canne ou à coups de poing partout où je le rencontrerai... si je le rencontre.

Renaud approuva la manière de voir de son patron.

— En effet, répliqua-t-il ; les gens posés, comme nous, doivent se respecter et ne pas se compromettre avec des blancs-becs et des traîneurs de sabre... Ah ! par exemple, si l'on trouve sa belle à se venger...

— C'est mon avis, et je cherche un moyen. Si j'avais seulement trois ou quatre jours devant moi...

— Ne comptez pas qu'il retardera son départ. On ne mène pas une vie très folichonne au Pigeonnier, et il doit être impatient de retourner faire la noce dans sa ville de garnison... D'ailleurs, savez-vous que si, son congé expiré, il restait seulement quelques jours absent de son régiment, il passerait en conseil de guerre et serait déclaré déserteur ?

— Tiens ! tiens! vous croyez? demanda Dumirail, très peu ferré lui-même sur le code militaire.

— C'est certain ; on ne marchande guère les soldats, sans cela on n'en viendrait plus à bout... Et ce beau monsieur n'aura garde d'être en retard d'une heure, je vous le garantis !

Le manufacturier devint pensif ; les assertions de Renaud, que, dans son ignorance profonde de campagnard, il ne révoquait pas en doute, semblaient avoir éveillé dans son esprit certaines idées.

Comme il demeurait absorbé par ses réflexions, le facteur rural, en casquette à cocarde et en blouse bleue, couvert de la poussière des chemins, entra dans le bureau et tira de sa boîte une correspondance assez volumineuse.

Dumirail, oubliant tout le reste, s'en saisit avec empressement et dit au facteur :

— Va demander un verre de vin à la cuisine, Jacques, et je m'assurerai si, parmi ces lettres, il n'en est pas quelqu'une dont tu pourras emporter la réponse... Reviens dans cinq minutes ; je n'en demande pas davantage.

Le pauvre diable, éreinté, ne se fit pas prier et gagna, en traînant la jambe, une pièce voisine.

Renaud se leva pour prendre congé ; le manufacturier, qui venait d'ouvrir avec précipitation plusieurs lettres, s'écria tout à coup :

— Qu'est ceci ? Une communication de Me Moulinard, avoué à Limoges ! Que peut-il me vouloir ? Je n'ai pas d'affaire litigieuse pour le quart-d'heure.

Il rompit le cachet et parcourut avidement la lettre.

Rien ne saurait peindre l'expression de colère, d'inquiétude et en même temps de stupéfaction qui se montra sur ses traits à cette lecture. La lettre de l'avoué en contenait une seconde, qu'il parcourut avec plus d'émotion encore.

— En voilà bien d'une autre ! s'écria-t-il avec impétuosité ; ma femme revient sur l'eau et me fait savoir,

par le ministère de maître Moulinard, qu'elle va m'in-
tenter un procès en séparation de corps et de biens...
Vous seriez-vous attendu à cela Renaud ?

— Pas possible ! répliqua Renaud en ouvrant de
grands yeux, à la fois bêtes et méchants.

— Vous qui connaissez les lois, lisez et donnez-moi un
bon conseil... Que l'enfer me confonde si j'aurais
imaginé celle-là !

Renaud prit les deux lettres, et les lut attentivement.
L'une, celle de l'avoué, se bornait à faire, au nom de
« l'honorée dame Cécile Dumirail » des ouvertures en
conciliation, à l'égard du dissentiment survenu entre
elle et son mari ; faute de quoi, il serait recouru à Justice dans le plus bref délai.

Celle de « l'honorée dame » était moins laconique.
C'était une sorte d'élégie sur les souffrances, les mauvais traitements, les odieux sévices dont Cécile avait été
victime dans la maison conjugale, mauvais traitements
et sévices qui l'avaient mise, bien à regret, dans l'obligation de chercher asile chez des personnes respectables.
Néanmoins, ne pouvant rester plus longtemps à la
charge de ses protecteurs, elle croyait devoir demander
une séparation légale, devenue nécessaire, et en même
temps la restitution de sa dot.

— Cela signifie, reprit le manufacturier en grinçant
des dents, qu'elle a croqué les huit ou dix mille francs,
qu'elle a pris dans ma caisse et dont j'aurais dû déjà lui
demander compte devant les tribunaux... Hein ! Renaud,
qu'en dites-vous ? Peut-on pousser plus loin l'effronterie ?

— Il serait bon d'examiner votre contrat de mariage, répliqua l'usurier ; si elle prouvait ce qu'elle avance, elle pourrait obtenir la séparation à son bénéfice ; dans ce cas, vous seriez, en effet, condamné à lui rendre sa dot ou du moins à lui payer une forte pension.

— La dot ! une pension ! s'écria Dumirail, dont ces mots semblèrent redoubler la fureur ; j'aimerais mieux brûler mon usine, jeter mon argent dans l'écluse de la papeterie ! Après m'avoir couvert de honte, après m'avoir quitté scandaleusement pour courir les aventures, cette malheureuse s'imagine-t-elle que je consentirai à me ruiner ? Pas de ça, mille millions de diables !

— Peut-être conviendrait-il d'essayer de la voir... Quand on se voit, on s'arrange ensemble... à moins que ce ne soit tout le contraire.

— Si je la voyais, je ne résisterais pas à la tentation de lui moudre les os... Et puis, où voulez-vous que je la trouve ? Sa lettre n'est pas datée, ne porte aucun timbre de poste... Elle m'annonce qu'elle élit domicile chez M⁰ Moulinard, qui a sa procuration, et peut-être est-elle bien loin... Cependant, une chose ne vous frappe-t-elle pas comme moi, Renaud ? C'est que cette coquine recommence à faire parler d'elle ici, juste au moment où le petit freluquet d'officier vient de reparaître dans le pays.

— Tiens ! c'est vrai ; vous êtes un malin, monsieur Dumirail.

— Ils s'entendent, je parie qu'ils s'entendent, et je voudrais les écraser tous deux !

Il réfléchit de nouveau pendant quelques minutes :

puis, il s'assit devant son bureau et écrivit rapidement deux lettres. L'une fut enfermée dans l'autre, comme celle de sa femme dans celle de l'avoué. Il venait de tracer la suscription, lorsque le facteur rural entra, sa casquette à la main.

— Voilà pour vous, Jacques, dit le manufacturier ; c'est très pressé.

Jacques jeta un regard sur l'adresse.

— Suffit, monsieur, répliqua-t-il ; ça va à Limoges... Eh bien ! ça partira de suite et ça sera distribué ce soir même... Salut !

Et il quitta l'usine.

Dumirail était retombé dans ses méditations. Son front se crispait ; il serrait ses gros poings velus. Renaud l'observait timidement, comme si la rage intérieure de ce géant lui causait une certaine appréhension. Enfin, il dit d'un ton doucereux :

— Je crois, monsieur, que vous aviez un conseil à me demander... De quoi s'agit-il ?

— Mon parti est pris, répliqua le papetier d'un ton sombre, et vous m'aiderez à exécuter ce que j'ai résolu... Je me suis occupé de l'un... voyons l'autre, à présent !

Ils causèrent à voix basse, jusqu'à ce que la cloche de l'usine annonçât la fin de la journée.

X

JALOUSIE

Quoique l'ancien château du Pigeonnier, habité par la famille de Beauregard, n'eût plus guère que l'aspect d'une ferme, comme nous savons, il lui restait de vastes jardins, qui témoignaient de son importance d'autrefois.

Ces jardins ne conservaient plus les belles charmilles, les pelouses et les parterres du temps passé ; ils ne présentaient à cette heure que les carrés utilitaires de choux, de pommes de terre, de carottes, avec lesquels s'alimentait la cuisine. On y voyait seulement quelques étroites plates-bandes, où la défunte comtesse avait semé des fleurs communes, qu'elle cultivait elle-même. Ils s'étendaient derrière les bâtiments d'habitation et étaient bordés, à droite et à gauche, par une haie touffue ;

ils se terminaient par une espèce de terrasse, om-
bragée de vieux tilleuls, d'où l'on dominait la campagne.

Sur cette terrasse, se promenaient certains habitants
du Pigeonnier, le lendemain du jour où avait eu lieu à
la papeterie la scène que nous venons de raconter.

Bailleul était maintenant tout à fait hors de danger, et,
à l'issue du repas de midi, il avait été le premier à sup-
plier Louise de prendre l'air dans le jardin. La pauvre
petite, depuis l'accident, n'avait quitté, ni le jour ni la
nuit, le chevet du malade, et ces fatigues pouvaient altérer sa santé. Elle avait donc consenti à descendre avec
Mariette. Le lieutenant Amédée les accompagna sans
affectation, tandis que Jean-Baptiste, ayant à surveiller
des ouvriers dans un de ses champs, s'éloignait de son
côté, appuyé sur une houe à long manche, selon son
habitude.

Les deux jeunes filles et Amédée parcouraient à pas
lents la terrasse, où l'herbe perçait de toutes parts à
travers le sable. Un beau soleil brillait ; les effluves
printaniers se répandaient dans l'atmosphère tiède. En
quelques jours, la végétation avait fait des progrès mer-
veilleux, et les tilleuls développaient, pour ainsi dire, à
vue d'œil, leur jeune feuillage au-dessus de la tête des
promeneurs. Aussi loin que la vue pouvait s'étendre, la
campagne accidentée, onduleuse, glacée de vapeurs
transparentes, était verte et fleurie. Il en montait un
murmure harmonieux, formé du bourdonnement des
insectes, du chant des oiseaux, du susurrement des
ruisseaux dans les rigoles des prairies. C'était une de

ces journées de renouveau où l'être le plus positif et le plus froid se sent réchauffé, rajeuni, où un feu secret pénètre, comme dit une vieille chanson,

> Et dans les fleurs
> Et dans les jeunes cœurs.

Peut-être Louise et Amédée éprouvaient-ils cette douce influence, car ils marchaient les yeux baissés et ne parlaient que par monosyllabes. En revanche, Mariette de Beauregard sautillait sans cesse et soutenait presque seule la conversation, accablant Louise de questions sur Paris, ses usages et ses habitants.

La promenade durait depuis une demi-heure déjà, quand la petite campagnarde se souvint d'une besogne dont elle avait à s'acquitter. Depuis la mort de sa mère, c'était elle qui dirigeait le ménage, et elle remplissait ce devoir avec autant de zèle que de ponctualité. Elle se prépara donc à rentrer, sans se douter le moins du monde qu'il pût ne pas être convenable de laisser son amie en compagnie avec son frère, dans cette partie écartée du jardin.

Louise s'arrêta et lui dit d'un air embarrassé :

— Quoi ! mademoiselle Mariette, est-ce que vous nous quittez ? En ce cas, je vais avec vous.

— Oh ! pour cela non, répliqua Mariette avec vivacité ; cela fâcherait votre oncle... Il dit que vous avez besoin de grand air et de soleil.

— C'est que je crains... Il serait peut-être temps de rentrer ?

— De quoi auriez-vous peur ? Amédée ne reste-t-il pas ?... Je reviendrai bientôt... si je le peux !

Et elle partit en courant.

Louise avait fait un mouvement, comme pour la rejoindre ; mais, son regard ayant rencontré un regard doux et suppliant d'Amédée, elle ne donna pas suite à son désir.

— Allons, mademoiselle, dit l'officier presque à voix basse, c'est l'ordre de votre oncle et... le temps est si beau !

Elle essaya de sourire et ils se remirent à se promener. Amédée n'osait lui offrir le bras ; ils marchaient côte à côte, en silence. Ils étaient émus, sans que rien semblât justifier cette émotion.

Enfin pourtant Amédée se mit à causer de la blessure de Bailleul, de l'espoir que l'on avait de voir le malade se rétablir promptement, du regret que son frère et Mariette éprouveraient, quand l'oncle et la nièce quitteraient la maison pour continuer leur tournée commerciale.

— J'ignore, répliqua Louise, si mon oncle, après sa guérison, sera en état de poursuivre son voyage. Nous attendons aujourd'hui même une lettre de ma tante, qui indiquera le parti que nous devrons prendre dans tous les cas... Ma tante est une maîtresse femme, ajouta-t-elle avec un léger sourire, et son mari ne fait rien sans la consulter !

— Quoi qu'il arrive, mademoiselle, je ne crois pas que vous puissiez vous remettre en route avant plusieurs semaines... un mois peut-être... Et cette certitude me rend plus douloureuse la nécessité où je suis de rejoindre mon régiment, car vous savez que je pars demain.

Louise tressaillit et devint pâle.

— J'espérais... Mlle de Beauregard espérait, murmura-t-elle d'une voix tremblante, que vous obtiendriez une prolongation de congé...

— Je l'avais demandée, en effet. Par malheur, un télégramme, que j'ai reçu hier au soir de mon colonel, m'enjoint de partir sans retard.

Mlle Bailleul ne répondit pas ; mais, comme ses jambes fléchissaient, elle s'assit sur une tablette moussue servant de parapet à la terrasse.

Amédée demeura debout devant elle, et tous les deux se turent encore. On n'entendit plus que le rire musical d'un merle, qui sautillait dans une touffe de sureaux, à l'extrémité du jardin.

Louise, sentant les yeux d'Amédée attachés sur elle, n'osait relever la tête. Son sein virginal palpitait, et tout à coup, sans qu'elle pût s'en défendre, des larmes abondantes inondèrent ses joues rosées.

Le jeune homme feignit d'abord de ne pas s'en apercevoir ; mais comme Louise, en dépit de ses efforts, laissait échapper de véritables sanglots, il s'assit à côté d'elle, lui prit la main et dit d'une voix altérée :

— Peut-on espérer, mademoiselle, que la pensée de vous séparer de nous est pour quelque chose dans les larmes que vous versez ?

Elle se dégagea et fit un signe pour le prier de ne pas l'interroger. Amédée reprit :

— Si vous éprouvez quelque regret à quitter cette humble maison, dont vous avez été le bon ange, vous y laisserez, vous aussi, de profonds et chers souvenirs...

Tout le monde ici vous aime, et, moi surtout, je ne pourrai plus vous oublier.

Louise surmonta son attendrissement convulsif.

— Vous ! monsieur Amédée, balbutia-t-elle ; mais vous me connaissez à peine !

— Ai-je donc besoin, mademoiselle, de vous connaître depuis des années pour apprécier ce qu'il y a en vous de grâce, de beauté, de désintéressement, de noblesse d'âme ? N'est-ce pas à vous que nous devons l'aisance relative qui règne maintenant à notre foyer, et qui, venue plus tôt, eût comblé de joie la pauvre vieille mère, dont nous pleurons la perte ? Quant à moi, je sens en votre présence autant de tendresse que d'admiration et de respect, et ces sentiment ne s'effaceront plus de mon cœur.

— Mon oncle et moi, nous avons fait seulement notre devoir... et l'hospitalité honorable que nous recevons chez vous, à la suite d'un événement horrible, compense largement...

— Et nous, faisons-nous autre chose que de remplir envers M. Bailleul un devoir d'humanité ? Ah ! chère Louise, ne songez pas à diminuer la reconnaissance que, tous ici, nous éprouvons pour vous, et qui chez moi, est devenue un sentiment plus pur, plus sérieux... plus puissant.

— Monsieur, interrompit Louise en se levant tout à coup, permettez-moi de retourner auprès de mon malade.

— Oh ! restez, restez encore, s'écria Amédée en l'obligeant doucement à se rasseoir ; songez, je vous en conjure, que je pars demain et que peut-être nous serons

7.

longtemps sans nous rencontrer... à moins que des circonstances nouvelles... Louise, charmante Louise, cette idée de ne plus vous voir me brise le cœur !

— Et cependant, monsieur le vicomte, il est bien vrai que, lorsque nous nous séparerons de votre famille, ce qui sera bientôt, rien ne pourra plus nous rapprocher les uns des autres. Nous habitons des pays différents, nous y vivons dans des mondes différents. Vous appartenez à la noblesse ; nous ne sommes que des marchands, et encore dans un genre de commerce qui n'inspire que peu d'estime à beaucoup de personnes. Quand les circonstances actuelles n'existeront plus, quel lien pourrait nous réunir ?... Vous voyez donc bien que le moment est venu de nous dire adieu, et cet adieu devra être éternel !

Ses larmes recommencèrent à couler, en dépit d'elle-même.

— Si nous ne devons plus nous revoir, Louise, ce ne sera pas pour les motifs que vous alléguez. Que parlez-vous de noblesse, de différence de rangs ? Ce sont là les idées d'un autre âge. Le comte de Beauregard, le chef de la famille, conduit souvent la charrue. Celui que vous appelez « le vicomte » Amédée, est un pauvre diable de sous-lieutenant, obligé de suffire à ses besoins avec de modestes appointements ; et leur sœur Mariette, malgré l'éducation qu'elle a reçue, remplit ici l'emploi d'une petite fermière. Il y a des situations où un nom et un titre deviennent des embarras ; cette situation est la nôtre. Où voyez-vous là pour nous des motifs de nous montrer fiers, de nous croire supérieurs aux plus

humbles représentants du commerce ou de l'industrie ?...
Et lorsque notre cœur, ajouta-t-il en baissant la voix,
nous entraîne vers une belle et honnête enfant, pleine
d'intelligence et de nobles qualités, n'est-ce pas nous
qui pourrions craindre d'être mal accueillis ?

— Ne dites pas cela, monsieur de Beauregard, reprit
Louise en s'agitant d'un air de détresse ; si peu expérimentée que je sois, il existe encore aujourd'hui, je le
sais, des lignes de démarcation infranchissables... Et
c'est pour cela que je ne peux entendre des paroles trop
flatteuses qui me troublent... qui me désolent.

Elle voulut de nouveau s'éloigner ; Amédée la retint.

— Calmez-vous, mademoiselle, reprit-il en joignant
les mains, et je vous en supplie, écoutez-moi.

Il se mit à lui parler avec une chaleur, une verve en-
traînantes. Ce qu'il disait, on le devine. Il répétait cette
chanson d'amour, vieille comme le monde, mais toujours fraîche et toujours charmante quand elle sort
d'une bouche aimée. Aussi, peu à peu, les larmes de
Louise se séchèrent ; l'incarnat reparut sur ses joues,
le sourire sur ses lèvres. Elle ne répondait pas aux protestations brûlantes du jeune homme, mais elle n'eût
voulu pour rien au monde qu'il cessât de parler.

Et, tandis qu'ils étaient assis l'un près de l'autre, sous
des flots de lumière, au milieu de la verdure et des
fleurs, en présence d'une riante nature, les tourterelles
roucoulaient dans les châtaigniers voisins, les papillons
se poursuivaient sur l'aubépine de la haie, les insectes
s'appelaient par de petits sons argentins parmi l'herbe
odorante. Jeunes et beaux tous les deux, ils étaient le

plus gracieux épisode de cette fête de l'amour et du printemps.

La conversation, qui avait tant de charme pour l'une
et pour l'autre, pouvait se prolonger, quand un bruit
subit se produisit à quelques pas. Au bout de la terrasse, se trouvait, dans le vieux mur, une brèche assez
large qu'on n'avait pas pris la peine de boucher, car il n'y
avait pas de maraudeurs aux environs. Les jeunes gens
entendirent rouler les pierres sous les pieds de quelqu'un qui escaladait cette brèche, et tout à coup un
homme, la poitrine haletante, les traits animés par la
rapidité de sa course ou peut-être par la colère, s'élança
sur la terrasse. C'était Jean-Baptiste, toujours appuyé
sur l'instrument de labourage qui lui servait de
canne.

A sa vue, Louise et Amédée s'éloignèrent l'un de
l'autre. La jeune fille rougit comme une cerise mûre,
tandis que l'officier fronçait le sourcil et ne pouvait retenir un mouvement d'impatience.

Jean-Baptiste, de son côté, arrivait avec impétuosité ;
mais en approchant il parut se modérer. L'expression
irritée de son visage s'effaça, et il dit en affectant un
ton jovial :

— Je vous ai vus de loin au-dessus du parapet, et ma
foi ! j'ai quitté mes journaliers pour venir prendre part
à la conversation... Vous ne m'attendiez pas, hein ?

La jeune fille détourna la tête.

Amédée répondit avec humeur :

— En effet, tu pouvais nous voir du Champ-des-
Lauves... Mais je m'imaginais que tu avais à surveiller

tes ouvriers... Notre conversation ne saurait présenter aucun intérêt pour toi.

Jean-Baptiste lui lança un regard de colère.

S'adressant à Louise, il dit de sa voix contenue :

— Voyez-vous, mademoiselle, Amédée est militaire, et en cette qualité, il a pris l'habitude de débiter aux femmes de jolies choses... qu'elles ne sont parfois que trop disposées à écouter.

— Jean-Baptiste ! gronda Amédée.

— Il est vrai, poursuivit l'agriculteur, que, même dans notre pays, ce langage lui a réussi autrefois ; seulement, ce n'était pas avec une femme simple, bonne et honnête, comme... comme il y en a.

— Jean-Baptiste ! répéta Amédée avec violence.

Louise, éperdue, se leva précipitamment.

— Monsieur Jean-Baptiste, dit-elle, le langage de votre frère est celui d'un homme du monde et d'un homme délicat... c'est le seul que je consentirais à entendre... Du reste, je me préparais à rentrer, car mon oncle doit s'impatienter de ma longue absence.

Au moment de reprendre le chemin de la maison, elle songea que, si elle laissait les deux frères ensemble, un conflit pourrait éclater entre eux.

— Ne rentrez-vous pas aussi, messieurs ? dit-elle. Dans ce cas, je me sens si faible et si souffrante, que je n'aurai pas trop de votre bras à tous deux pour m'appuyer.

Réellement, la pauvre petite tremblait comme la feuille, et l'expédient que lui suggérait son instinct féminin était peut-être une nécessité.

Les deux Beauregard s'avancèrent, chacun de son
côté, pour la soutenir.

— Appuyez-vous sur moi, mademoiselle, dit l'aîné ;
je suis solide et sûr.

— Je le sais, monsieur le comte.

Amédée se taisait, mais il serra doucement contre sa
poitrine le bras qu'il tenait, et il lui sembla qu'une
pression, à peine sensible, répondait à la sienne.

On n'était pas au milieu du jardin, que l'on vit accourir la petite Mariette. Ses tresses blondes sautillaient
sur ses épaules, un peu maigres sous sa robe de laine
noire, et elle tenait à la main une lettre qu'elle élevait
au-dessus de sa tête.

— Pour Amédée ! cria-t-elle tout essoufflée ; voilà ce
que le facteur vient d'apporter.

— Pour moi ! dit Amédée avec surprise en prenant la
lettre ; d'où peut-elle venir ?

— Elle est timbrée de la ville... Voilà tout ce que
j'en sais.

— Je n'attends rien de la ville... où je ne connais
personne.

— Cela te regarde... Et, continua la fillette en se tournant vers Louise, le facteur avait pour M. Bailleul une
autre lettre, fermée de cinq gros cachets, qu'il n'a voulu
remettre qu'à lui. Il a fallu le faire monter dans la
chambre du malade, et M. Bailleul a signé, comme il a
pu, sur un registre... Il est vrai que l'on avait écrit sur
l'adresse : *Valeur, quatre mille francs.*

— Ce paquet, dit Louise, vient de Mme Bailleul, qui
nous envoie des fonds pour remplacer ceux dont les

malfaiteurs se sont emparés... Comme ça, je vais avoir desnouvelles de ma tante, qui était si inquiète de notre accident, et je devrai sans doute lui répondre ce soir même !

Par un mouvement plein de naturel, elle dégagea ses bras, sans cesser de marcher entre les deux frères.

— Eh bien ! Amédée, demanda Mlle de Beauregard, tu ne lis pas ta lettre ?

— Rien ne presse.

— C'est sans doute quelque chose, grogna Jean-Baptiste, qui ne saurait être lu devant les dames !

Amédée, sans s'arrêter, déchira l'enveloppe par un mouvement brusque, comme s'il voulait faire à haute voix la lecture du contenu. Mais, à peine eut-il promené les yeux sur le papier, où il y avait seulement deux ou trois lignes, qu'il devint très pâle. Au lieu de tendre la lettre à son frère, ainsi qu'il en avait peut-être l'intention, il la froissa entre ses doigts crispés.

Tout le monde remarqua son trouble. Jean-Baptiste sourit d'un air moqueur. Mariette reprit :

— Certainement, Amédée, il s'agit de quelque chose qui ne te fait pas plaisir ?

— Bah ! rien... une circonstance inattendue... Il faudra que je m'absente ce soir une heure ou deux.

On était arrivé à la maison. Jean-Baptiste s'approcha de son frère et lui dit, cette fois avec un accent d'intérêt véritable :

— Est-ce que cette lettre serait de Dumirail ?

— Non, répliqua sèchement le jeune militaire.

— Alors ça ne me regarde plus.

Amédée demanda, à son tour :

—Tu vas sans doute retourner au Champs-des-Lauve

— Oui ; il y a de l'ouvrage aujourd'hui, et quand
suis absent, les journaliers ne travaillent guère. ·

— Il a fallu, en effet, un motif particulier pour que t
te relâches de ta surveillance habituelle... Eh bien
écoute : il est nécessaire, avant mon départ, que nou
ayons ensemble un entretien. J'irai te prendre au Cham
des-Lauves et, tout en nous promenant, nous causeron:

— Je ne demande pas mieux... Moi aussi, je désir
causer avec toi... Je t'attendrai.

Quoiqu'ils eussent parlé à demi-voix, Louise, qui s'er
tretenait avec Mariette, les avait entendus. Frappée d
leur attitude hostile, elle eût bien voulu intervenir er
core dans un but de conciliation, mais elle ne l'osa pas
et d'ailleurs, qu'eût-elle pu dire ?

Jean-Baptiste retourna au champ, et Amédée remont
chez lui. Mlle Bailleul elle-même ne tarda pas à alle
rejoindre son oncle.

Pendant assez longtemps, elle entendit l'officier s
promener d'un pas saccadé dans sa chambre. Enfin, i
descendit, et Louise eut la curiosité de se mettre à l
fenêtre pour le voir sortir.

Il était en tunique et en képi, sans sabre et même
sans canne. Il avait toujours un air sombre, agité.

En traversant la cour et en se dirigeant vers l'arcade
en ruine, il se retourna pour regarder la fenêtre de Bailleul. Il aperçut la jeune fille, et s'inclina. Elle lui adressa
un signe suppliant, et joignit les deux mains. Comme
s'il l'eût comprise, il répondit par un sourire et s'éloigna.
La soirée et la nuit suivante se passèrent sans qu'il reparût.

XI

OU VONT-ILS ?

Le lendemain, dans la matinée, l'auberge du Grand-Cerf, toujours si triste et si solitaire, avait une aubaine inattendue. Deux belles voitures, attelées chacune de trois chevaux, le postillon en selle, s'arrêtèrent devant la maison, et il en descendit sept ou huit personnes, bien mises, tant hommes que femmes, qui semblaient appartenir au monde de plaisir.

Comme Mme Labiche, la maîtresse de l'auberge, accourait, escortée de ses servantes, pour recevoir les étrangers, une jeune dame fort jolie, mais vêtue avec excentricité et coiffée d'un petit feutre que surmontait une aile d'oiseau, sauta lestement à terre, et dit d'un ton délibéré :

— Bonjour, la mère Labiche : je vous amène de la

compagnie... Nous voulons déjeuner et bien déjeuner...
Il s'agit de vous surpasser, de nous servir chaud, et
promptement !

Un éclat de rire termina l'allocution.

L'aubergiste était tellement interloquée, qu'elle ne
répondait pas et restait bouche béante, en regardant la
sémillante voyageuse.

— Bon Dieu ! madame Dumirail, dit-elle enfin, est-
ce-vous ?

— Eh ! oui, c'est moi, répliqua la petite dame en
riant toujours ; une ancienne voisine, maman Labiche...
et même on peut dire que je le suis encore, car mon
domicile légal ne se trouve pas loin d'ici. Je viens rendre
visite à mon aimable époux, qui pourrait finir par s'impatienter de mon absence ; seulement, comme la maison
n'est pas gaie, je me suis fait accompagner de quelques
amis.

L'hôtesse semblait ne pouvoir revenir de sa surprise,
et, d'ailleurs, sa réserve bourgeoise s'effarouchait de ces
airs évaporés.

— Madame, balbutia-t-elle, je dois vous prévenir que
votre arrivée pourra être prise en mauvaise part et même
causer un scandale... dangereux !

— Du scandale ! répéta Mme Dumirail en riant plus fort,
et qui vous dit, ma chère, que j'en aie peur?... Allons,
ne perdons pas de temps en bavardages, car je n'ai guère
qu'une heure ou deux à passer chez vous. Faites mettre les chevaux à l'écurie, et songez à notre déjeuner...
En vins et en comestibles, servez-nous ce que vous avez
de meilleur... Nous tâcherons de nous en contenter.

Et la folle rejoignit ses compagnons de voyage, qui venaient de mettre pied à terre de leur côté.

Mme Labiche hésita un moment. Comme nous l'avons dit, les allures de ce monde là choquaient. Néanmoins, aubergiste avant tout, elle ne pouvait faire fi des bénéfices de sa profession. Elle se décida donc à profiter de la circonstance et donna des ordres pour la réception des nouveaux venus.

Ceux-ci, en descendant de voiture, s'étaient mis à considérer d'un air dédaigneux l'auberge et ses environs. Il y avait deux femmes assez jolies, et vêtues avec la même excentricité que Mme Dumirail ; puis quatre messieurs, dont la mise et les manières annonçaient des viveurs, de cette bohême qui fréquente le boulevard des Italiens. L'un d'eux, un bellâtre, remarquable par la brièveté de son veston et par l'excessive échancrure de son gilet en cœur, avait incrusté dans l'orbite de son œil un lorgnon d'écaille, et examinait la maison du haut en bas.

— Ah ! çà, ma chère Cécile, dit-il à Mme Dumirail, quelle idée avez-vous donc de nous faire arrêter ici ? C'est un cabaret, ma toute belle, et encore un cabaret rural, où l'on ne doit recevoir que des maquignons et des marchands de bœufs !

— Tranquillisez-vous, baron, répliqua Mme Dumirail avec son rire éternel ; je connais cette auberge de longue date et il ne faut pas s'effrayer de son enseigne en fer-blanc... Demandez plutôt à M. de Savry, qui a dû y venir souvent, quand il était en déplacement de chasse au château de M***, à une lieue de la papeterie.

— Cécile a raison, dit Savry, petit homme brun, à l'œil de feu, vêtu d'un *complet* en étoffe anglaise qui lui donnait l'aspect d'un sportsman ; « le Grand-Cerf, tenu par Labiche », nous ne connaissions que ça, et la coïncidence des noms nous faisait toujours rire... comme les maris. Rassurez-vous, baron ; la cuisine de la mère Labiche n'est pas mauvaise, et son vin est très vieux, car elle n'en a pas grand débit.... Il est sage de déjeuner avant d'arriver au Prieuré, où nous trouverons peut-être une laide réception !

Et il souriait dans son épaisse barbe noire.

— Alors, dit une des dames en rajustant son chignon jaune un peu dérangé par les cahots de la voiture, on pourra nous servir une omelette aux truffes... mon plat de prédilection en voyage ?

— Et du champagne Moët, s'écria l'autre dame ou demoiselle en défripant la *balayeuse* de sa jupe ; c'est le seul qui laisse mes pauvres nerfs tranquilles.

— Du champagne Moët, des truffes ! répliqua Mme Dumirail ; ah ! çà, mes petites, vous ne songez donc pas que vous êtes ici dans un trou de campagne, au fin fond du département de la Haute-Vienne ?

Pendant cette conversation, on était entré dans l'auberge. Les dames demandèrent une chambre pour réparer le désordre de leur toilette ; les hommes s'attablèrent dans la salle basse et se firent servir de l'absinthe, en attendant le déjeuner.

Mme Labiche n'avait pas perdu un mot de ce qui venait de se dire, et, si ses yeux eussent été des pistolets, elle n'aurait pas manqué de venger l'honneur outragé de la vieille maison. Son attention s'était portée particulièrement sur ce M. de Savry, qui semblait être un personnage important de la bande. Elle se souvenait de l'avoir vu plusieurs fois, l'année précédente, quand il venait avec les messieurs de M***, riches propriétaires et grands chasseurs du voisinage, faire des parties à Saint-Amand. Son retour dans le pays, en compagnie de Mme Dumirail, donnait à penser que peut-être le pauvre Amédée de Beauregard n'était pour rien dans le rapt dont on l'accusait. Aussi l'hôtesse se promettait-elle, le cas échéant, de demander à Cécile, dont les manières pourtant ne lui inspiraient aucune sympathie, certaines choses au sujet desquelles elle désirait être éclairée.

Mais elle avait trop d'occupations dans ce premier moment pour y songer ; il lui fallait mettre elle-même la main à l'ouvrage, afin de satisfaire aux exigences de cette société turbulente.

Moins de trois quarts d'heure après l'arrivée des voyageurs, le déjeuner était servi sur une nappe bien blanche, dans la salle à manger, et les plus difficiles durent convenir qu'il avait fort bon air. Le Grand-Cerf ne manquait jamais de volailles dans sa basse-cour, de poissons dans son vivier ; aussi le menu était-il varié.

Au vif regret de Coralie et de Joséphine, deux cocotes parisiennes de la plus belle eau, il n'y avait ni truffes ni champagne Moët ; mais les truffes étaient convenablement remplacées dans l'omelette par du lard exquis et le champagne était suppléé par un gentil petit vin pelure d'oignon, appelé « vin gris » dans la contrée, qui enleva tous les suffrages.

Pendant le repas, les convives furent d'une gaieté étourdissante.

Le déjeuner ne se prolongea pas outre mesure. On était impatient de partir, et dès qu'on eut absorbé le café et les liqueurs, on se leva. Les postillons, qui avaient été bien traités eux-mêmes dans la cuisine, aux frais des voyageurs, attelaient déjà les chevaux.

L'hôtesse profita du moment où Mme Dumirail lissait ses cheveux devant la glace enfumée de la salle à manger, pour s'approcher d'elle et lui dire avec timidité :

— Tenez, chère dame, vous êtes en train de faire une sottise... Vous allez à la papeterie ; mais êtes-vous certaine que, vous et tous ces fous et folles, vous y serez bien reçus ?

— C'est mon affaire, maman Labiche, répliqua légèrement Cécile.

— Sans doute, sans doute... Néanmoins, moi qui sais de quoi il retourne là-bas, je vous conseille de prendre garde... Sur ma foi ! il serait capable... de vous battre !

Mme Dumirail partit d'un éclat de rire.

— Eh bien ! mère Labiche, une femme dit, dans une comédie de Molière :

Et s'il me plaît à moi, monsieur, d'être battue ?

L'aubergiste, qui n'avait pas lu Molière, demeura stupéfaite.

— Ah ! c'est différent, balbutia-t-elle.

Comme Cécile allait s'éloigner en chantonnant, l'aubergiste reprit :

— Voyons, madame, ne vous fâchez pas si je vous

adresse encore une question : Est-ce que votre retour, passablement inattendu, se rattacherait à la disparition du jeune officier, M. Amédée de Beauregard, dont on n'a pas de nouvelles au Pigeonnier depuis hier ?

Cécile se retourna vivement :

—Tiens ! tiens ! dit-elle, Amédée serait-il revenu dans sa famille ?

— Oui, madame, il y est revenu ces jours-ci, à cause de la mort de sa mère, et ce matin, il devait repartir... même qu'il avait retenu notre cabriolet et que notre valet devait le conduire au chemin de fer... Mais nous avons vu M. Jean-Baptiste tout à l'heure ; il était bouleversé, car son frère ne se retrouve pas et personne ne sait ce qu'il est devenu.

— Où voulez-vous donc que je le prenne ? répliqua Cécile d'un ton railleur ; ensuite, le pauvre garçon, je ne lui souhaite pas de mal, et on assure qu'il a eu bien des misères à mon sujet... Il se retrouvera, maman Labiche. Ces jeunes et beaux officiers ne se perdent pas comme ça. Vous verrez que celle qui l'a enlevé finira par le rendre... D'autres l'ont bien rendu !

Elle partit encore d'un éclat de rire et rejoignit ses compagnes.

Mme Labiche était révoltée de l'effronterie de cette ci-devant bourgeoise, en rupture de ban conjugal. Elle se souvenait du temps où Mme Dumirail, nouvellement mariée, se montrait si timide et si modeste, quoique toujours un peu rieuse, et elle se demandait quel pouvait être son but en se présentant au Prieuré avec cette nombreuse escorte.

— Au fait ! ça la regarde, murmura-t-elle enfin ; s'*il* lui casse les os, elle ne l'aura pas volé !

Tout était prêt pour le départ. Les chevaux attelés secouaient leurs grelots ; les postillons en selle brandissaient leurs fouets. Les voyageurs, hommes et femmes, s'entassèrent dans les voitures, en plaisantant et faisant grand bruit. Ils étaient déjà presque tous placés, quand Mme Labiche accourut.

— Ah ! çà, dit-elle en s'adressant à la bande joyeuse, qui donc paye le déjeuner... et celui des postillons... et celui des chevaux ? Il y en a pour plus de soixante francs !

Un rire général fut la réponse.

— Voyons ! voyons ! reprit l'hôtesse, qui, sur certain chapitre, n'entendait pas raillerie : les choses ne se passeront pas comme ça... Qui va me payer ?

— Vous porterez tout cela sur la note, dit une voix d'homme d'un ton moqueur.

— La note ! Je n'ai pas de note à faire... Je ne vous connais pas, et j'entends être payée.

— Vous me connaissez, moi, dit Cécile Dumirail en montrant à la portière d'une voiture son visage mutin et narquois ; c'est moi qui ai invité ces messieurs et ces dames à descendre chez vous... C'est moi que la dépense regarde.

— Et qui sait quand je vous reverrai ? Qui sait si vous pourrez ou si vous voudrez jamais vous acquitter envers moi ?

— Ignorez-vous, ma chère, que je suis en puissance de mari et que toutes mes dépenses, de quelque nature qu'elles soient, doivent être à la charge de mon bon, tendre et gracieux époux, M. Dumirail « du Pricuré », comme on l'appelle ? Vous lui présenterez la note du déjeuner... Et, tenez, ajouta Cécile en désignant un des voyageurs dans un coin de la voiture, voici M. Lapoussette, un homme de loi, qui vous dira si je vous en impose.

M. Lapoussette était un grand gaillard, maigre, blême, à l'œil clignotant, qui, vêtu d'un habit noir râpé sous son paletot en étoffe commune, se tenait modestement à l'écart et semblait ne prendre aucune part à la gaieté exubérante des autres.

En revanche, à table, où nul ne s'occupait de lui, il avait fonctionné mieux que personne ; et, en ce moment, il dissimulait dans ses poches, des fruits et des gâteaux dont il s'était emparé à l'issue du déjeuner.

— Mme Dumirail a raison, répliqua-t-il d'un ton emphatique ; la séparation de corps et de biens n'ayant pas été prononcée entre elle et son mari, le susdit mari, en vertu de l'article... du code, est responsable des dettes de sa femme, à moins qu'il n'ait rempli certaines formalités, dont il n'a pas été question dans l'espèce. Madame l'aubergiste peut donc en toute assurance présenter sa note au sieur Dumirail ; elle est en droit de le poursuivre en justice, et de le faire condamner, même par corps, à payer une dette contractée par la communauté.

Après avoir prononcé ces paroles, M. Lapoussette se renfonça dans son coin et redevint muet.

— Vous voyez bien ! s'écria Cécile triomphante ; et maintenant, vous nous permettrez sans doute de partir... En route, messieurs !... Adieu, maman Labiche !

8

— Minute ! s'écria l'hôtesse ; M. Dumirail, qui est fort dur à la desserre, refusera certainement de solder cette dépense. Je ne dois pas permettre... je ne souffrirai pas...

— Adieu, maman Labiche ! répéta en chœur la troupe joyeuse.

Les postillons fouettèrent leurs chevaux, et les voitures s'ébranlèrent. La pauvre aubergiste fit quelques pas pour les rejoindre.

— C'est une indignité ! s'écriait-elle ; je porterai plainte... je m'adresserai aux tribunaux...

Une immense risée couvrit sa voix ; les deux voitures, s'éloignant avec un grand bruit de ferraille et de claquements de fouet, ne tardèrent pas à disparaître dans un nuage de poussière.

Mme Labiche, sur le seuil de la porte, continuait de se lamenter au milieu de ses valets et de ses servantes ; mais ceux-ci ne semblaient nullement sympathiser avec sa douleur. Un des convives avait donné quarante francs pour le « service » ; c'était presque ce que valait le déjeuner, et, en se partageant ce magnifique pourboire, ils n'étaient pas trop disposés à plaindre leur malencontreuse patronne.

XII

LA PAPETERIE

Nous laisserons cette agitation se calmer au Grand-Cerf, et nous allons accompagner les voyageurs jusqu'au lieu de leur destination.

Les voitures s'engagèrent dans les mauvais chemins de traverse et bientôt les soubresauts furent si nombreux, si violents, que les dames ne pouvaient retenir des cris de frayeur. A mesure que l'on approchait du Prieuré Mme Dumirail devenait inquiète et taciturne. Son frais visage pâlissait, un frisson parcourait tout son corps. Quand on commença d'entrevoir, au milieu dès arbres, les antiques bâtiments, elle dit à ses compagnons de voyage :

— Ah çà ! mes amis, je compte sur vous pour me défendre, s'il y a lieu... Ce « monsieur » est très fort et très brutal... Vous ne vous imaginez pas comme il est fort et brutal !

— Courage ! ma chère, dit Savry en riant ; ne serons-nous pas là ? Que diable ! on ne peut faire une omelette sans casser des œufs. Vous seriez bien attrapée si votre butor vous accueillait à bras ouverts et nous faisait fête à tous !... Qui veut la fin veut les moyens, n'est-ce pas, monsieur Lapoussette ?

— Plus les sévices seront graves, répondit Lapoussette de son ton doctoral, plus nous aurons chance d'atteindre le résultat poursuivi.

— N'importe, messieurs, tenez-vous prêts à intervenir promptement... Je sais à quoi je m'expose, et cette aubergiste me le disait encore tout à l'heure.

— Bon ! reprit Savry avec dédain, voilà Cécile qui va fléchir au dernier moment ! Elle a peur, elle fera la câline, et comme elle sera jolie à croquer, son « légitime » la gardera malgré.... malgré les anciennes histoires.

— Oh ! pour cela non, Savry, s'écria Cécile en se redressant ; je le hais trop. Vous verrez !.. Mais nous voici arrivés.

En effet, les voitures débouchaient sur l'espèce de place qui s'étendait devant la papeterie.

Les bâtiments avec leurs murs noirs, leurs hautes fenêtres, dont plusieurs manquaient de châssis, leurs toits aigus couverts de mousses et de joubarbes, avaient un air plus renfrogné que jamais. C'était l'heure du repos, et les machines étaient arrêtées. La grande roue restait immobile, tandis que l'eau grondait sourdement dans les conduits souterrains. Les ouvriers, qui, au nombre d'une vingtaine, formaient le personnel actif de l'usine, étaient groupés dans la cour, en attendant que la cloche donnât le signal de la reprise des travaux. Les uns, assis sur des bancs de pierre, achevaient leur dîner ; d'autres se promenaient en fumant leur pipe ; d'autres enfin, étendus au pied des deux noyers qui ombrageaient la place, faisaient la sieste sur un gazon poudreux.

A la vue des voitures, conduites par des postillons et pleines de monde élégant, ils manifestèrent une vive curiosité, car un pareil spectacle n'était pas commun à la fabrique. Sans s'occuper d'eux, les voyageurs contemplaient avec stupeur la lugubre habitation.

— Hein ! comme c'est plaisant, ici ! dit Cécile à demi-voix ; et dire que j'ai passé plus de deux ans dans cette horrible masure !.. Mais ce n'est rien encore auprès du maître du logis que vous allez voir.

— Hum ! je le connais, murmura Savry.

— Alors, je me recommande à vous... Ayez tous l'œil sur moi, et ne me quittez pas d'une semelle.

Les voitures firent halte devant la porte. Les ouvriers continuaient de regarder, bouche béante, sans approcher. Le manufacturier lui-même se montra à la fenêtre, mais il rentra aussitôt, attendant sans doute qu'on lui apprît de quoi il s'agissait.

Les voyageurs avaient mis pied à terre. Tous s'étaient tus subitement, comme s'ils comprenaient que ce qui allait arriver pouvait être grave et même tourner au tragique.

Mme Dumirail avait voulu descendre la dernière, et

8.

elle se dirigea vers la porte d'entrée. Elle tenait à la main un petit sac en cuir de Russie, qui représentait son bagage, et, quoiqu'elle essayât de marcher d'un pas ferme, elle était plus pâle que jamais.

Dans le corridor précédant le bureau, elle rencontra une espèce de maritorne campagnarde qui accourait.

Cette femme reconnut son ancienne maîtresse, et, levant les deux bras au-dessus de sa tête, elle s'écria en patois :

— Ah ! pauvre de Dieu ! pauvre de Dieu !

— Bonjour, Jeanneton, dit Mme Dumirail ; il est là, n'est-ce pas ?

La servante n'avait pas la force de répondre. Cécile, s'étant assurée que ses compagnons la suivaient, passa outre et entra dans le bureau.

Dumirail portait encore ce costume de travail, qui consistait en un gilet de tricot et une casquette à visière de cuir. On pouvait ainsi juger de sa puissante carrure, tandis que sa figure bestiale demeurait dans l'ombre de la visière. Il s'était avancé pour recevoir les visiteurs. En apercevant sa femme, il ouvrit démesurément les yeux et son visage devint cramoisi.

Cécile affectait, à cette heure, autant d'aisance que de hardiesse.

— C'est moi, monsieur, dit-elle ; peut-être ne m'attendiez-vous guère ; mais il vaut mieux tard que jamais, n'est-ce pas ?

Et elle déposa son sac sur le bureau.

Dumirail, que la colère et la surprise avaient d'abord rendu muet, poussa une espèce de rugissement.

— Abominable femme ! s'écria-t-il, que venez-vous faire ici ? Qui vous a appelée ? Qui sont ces gens-là ?... Ah ! çà, mille tonnerres ! se moque-t-on de moi ?

Sans s'émouvoir, du moins en apparence, Cécile s'assit sur une chaise.

— Eh bien ! quoi ? reprit-elle, je suis la brebis égarée qui revient au bercail ou, si vous aimez mieux, l'Enfant prodigue qui rentre à la maison paternelle... et j'espère que, selon la tradition, vous voudrez bien tuer le veau gras... Quant aux personnes qui m'accompagnent, ce sont des amis ; je les ai invitées afin qu'elles assistent à la fête de notre réconciliation, et je vous prie de leur faire bon accueil... Tenez, voulez-vous que je vous les présente ? Voici d'abord...

— Mais, de par tous les diables ! elle me nargue ! hurla le colosse, qui frémissait de rage ; insolente ! sors à l'instant ou je t'écrase... Et vous aussi, ajouta-t-il en s'adressant aux voyageurs qui s'étaient groupés autour d'eux, tournez-moi les talons bien vite... Je ne vous connais pas, et vous voir en compagnie de cette misérable me fait penser que vous ne valez pas mieux qu'elle... Triple démon ! ne suis-je plus maître ici ?

Malgré son attitude menaçante, personne ne bougea, et Cécile reprit de son ton léger :

— Vous vous moquez, à votre tour, monsieur ; ne suis-je pas ici chez moi aussi bien que vous ? Cette maison n'est-elle pas le domicile légal de la communauté ? Je m'en suis absentée quelque temps pour... pour mes affaires ; mais j'y reviens et je m'y installe, comme c'est mon droit... Il me plaît d'y amener quelques gens du

monde... Cela n'est-il pas naturel de la part d'une maîtresse de maison ?... J'attends donc que vous nous trai-
tiez tous avec égards.

— Très bien ! murmura une voix derrière elle.

Le manufacturier sentait vaguement que cette étrange
manifestation cachait un piège et qu'il lui importait
d'être modéré dans ses actions comme dans ses paroles.
Mais sa rude et inculte nature ne s'accommodait pas
des ménagements que lui conseillait la prudence. Il tré-
pignait, grinçait des dents et tout à coup il s'écria avec
une violence nouvelle :

— C'est un coup monté, sans doute ; mais on ne me
fera pas la loi. Scélérate ! continua-t-il en se tournant
vers sa femme, je t'ai commandé de sortir... Je ne te
connais plus, je te renie et je te défends de porter mon
nom désormais... Sors donc, ou sinon... Regarde cette
fenêtre ; il n'y a pas longtemps que j'ai fait passer par là
un homme qui se montrait insolent... Tu vas avoir ton
tour !

Cécile, qui tenait à bien jouer son rôle devant de
nombreux spectateurs, répondit en minaudant et en se
carrant dans sa chaise :

— C'est vous qui voulez rire, monsieur ; ne suis-je
pas ici chez moi, je vous le répète ?... Où pourrais-je
aller ? J'ai dépensé l'argent que j'avais emporté et qui
provenait de ma dot... Me mettrez-vous dans la nécessité de demander l'hospitalité à des personnes... qui,
peut-être, seraient fort contentes de me l'accorder ?

— Vas-y donc ! s'écria le manufacturier d'une voix
terrible.

Et, d'un revers de main, il fit voler à dix pas le petit chapeau à plume que portait Cécile. Le peigne se détacha, et les cheveux de Mme Dumirail tombèrent sur ses épaules.

— Il m'a frappée ! s'écria-t-elle d'un air triomphant ; vous êtes tous témoins qu'il m'a accablée d'injures et qu'il m'a frappée avec brutalité, quand je venais prendre ma place au foyer conjugal.

— C'est un procédé odieux ! dit Savry.

— C'est une indignité ! s'écrièrent les femmes.

— Il sera tenu compte de ces faits, dit Lapoussette en enflant sa voix, dans le procès-verbal qu'en ma qualité d'huissier près le tribunal du ressort, je vais dresser sans retard ; et toutes les personnes présentes seront appelées à le signer.

Cette fois, Dumirail comprit nettement quel était le but de cette mise en scène.

— Un huissier ! des témoins ! s'écria-t-il ; on a voulu m'obliger... Eh bien ! sacrebleu ! puisque c'est un complot, je traiterai de la même façon les comploteurs et les comploteuses... Que tout le monde sorte à l'instant, ou l'on va voir de quel bois je me chauffe.

— Monsieur, dit Lapoussette, je suis légalement requis pour remplir mes fonctions, et si vous osiez exercer des violences contre un officier ministériel...

— Souvenez-vous qu'il y a ici des gens du monde, dit M. Savry.

— Et des hommes d'honneur, ajouta le baron, disposés à demander raison de la moindre insulte.

Dumirail hésita quelques secondes ; mais, pris d'un

nouvel accès de rage, il se rua, les poings fermés, su
les assistants en s'écriant :

— A tous les diables, les femmes, les huissiers, le
gens d'honneur et le reste !... On me brave, on me raille
on m'insulte... Voici pour vous !... pour vous !... c
pour vous !

En même temps, il allongeait des coups de poing
ceux qui se trouvaient à sa portée.

On criait, on courait, on se bousculait. La brute, ivr
de fureur, tapait à tort et à travers. Savry, le baron, La
poussette lui-même voulurent faire quelque résistance
mais comment résister à cette espèce d'Hercule, dont l
colère décuplait les forces ?

Les dames avaient déjà pris la fuite en poussant de
cris aigus ; aussi bien, l'une d'elles avait eu sa robe dé-
chirée, l'autre avait perdu sa fausse natte, et Cécile ve
nait de recevoir un nouveau coup en plein visage. Le
hommes ne tinrent guère plus longtemps ; tous trè
maltraités, ils finirent par battre en retraite, tandis qu
Lapoussette, sur le point de se trouver seul en face du
redoutable manufacturier, sautait avec agilité par cett
fenêtre, que Bailleul avait franchie on sait comment.

L'ignoble scène de pugilat avait fait grand bruit. Le
ouvriers s'étaient assemblés dans la cour et essayaien
de comprendre ce qui se passait. En voyant les vaincus
fuir piteusement et en reconnaissant que leur patron
était le héros de l'affaire, ils se mirent à rire, et bientô
ils ne se gênèrent pas pour pousser des huées.

Les dames, toujours pleurant et criant, s'étaient jetées
dans les voitures, pendant que les postillons se hâtaient

de remonter en selle. Les derniers fuyards ne tardèrent
pas à paraître, et, tout en jurant, s'entassèrent dans les
voitures à leur tour.

— Le résultat que nous poursuivons est heureusement atteint ! disait Lapoussette ; maintenant, nous
n'avons plus qu'à retourner à la ville... Grâce au procès-
verbal que je vais rédiger, il sera facile d'obtenir du tribunal la séparation de corps et de biens au bénéfice de
Mme Cécile Dumirail, ainsi que la restitution intégrale
de la dot... Nous avons parfaitement réussi.

— Nous avons trop réussi ! dit Cécile d'une voix gémissante, en essuyant son visage tout sanglant ; je resterai peut-être défigurée.

Dumirail, fort échauffé de la lutte, s'était arrêté sur
le seuil de la porte et promenait autour de lui des regards sombres.

— Monsieur le fabricant de papier, cria Savry en passant le poing par la portière, vous aurez bientôt de mes
nouvelles... je vous enverrai mes témoins.

— Et moi aussi, cria le baron.

— Et moi de même, cria l'autre invité.

— Et moi, mon beau monsieur, dit l'huissier Lapoussette en s'installant au fond de la seconde voiture,
je vous enverrai du papier timbré... Vous verrez ce qu'il
en coûte d'exercer des violences contre un officier ministériel.

— Je vous défie tous ! riposta Dumirail d'une voix de
tonnerre.

Et il rentra chez lui, en fermant la porte avec fracas.

XIII

LA DISPARITION

Il se passait, au Pigeonnier, des scènes non moins dignes d'intérêt.

On se souvient que, le jour où les deux frères Beauregard avaient eu une sorte d'altercation sur la terrasse du jardin, ils étaient convenus de se revoir dans le champ où travaillait l'aîné, et qu'à la suite de cet entretien, Amédée n'avait pas reparu.

A l'heure où la famille se réunissait pour le repas du soir, Jean-Baptiste arriva triste et rêveur. Mariette était déjà dans la salle basse ; quant à Louise, elle mangeait d'habitude dans la chambre de son oncle. L'agriculteur s'assit machinalement à sa place accoutumée.

— Eh bien ! où est Amédée ? demanda Mariette.

— Comment ! il n'est pas rentré encore ?

— Non... Tu as dû le rencontrer dans l'après-midi ; où l'as-tu laissé ?

— Près du Champ-des-Lauves. Nous avons causé... sur différentes choses... puis il est parti.

— C'est singulier ; Amédée ne se fait jamais attendre, et il a ses préparatifs à terminer pour son départ de demain... Il ne saurait tarder ; prenons patience quelques minutes.

— Soit... attendons-le.

Tout à coup, Jean-Baptiste releva la tête et demanda presque avec anxiété :

— Ne serait-il pas en haut avec... avec l'oncle de la demoiselle?

— Non, non... Même que Louise m'a demandé s'il était rentré.

— Elle s'occupe toujours de lui ! murmura Jean-Baptiste.

Et il retomba dans sa taciturnité.

Après une nouvelle pause, Mariette dit à son tour :

— Il ne vient pas. Où peut-il être allé ?

— Je l'ignore absolument... Nous nous sommes un peu chamaillés... Aurait-il pris la mouche et serait-il reparti sans nous dire adieu ?

— C'est impossible ; ses effets sont encore dans sa chambre... Vous vous êtes chamaillés, Jean-Baptiste ; à quel propos, je te prie ?

— Bah ! pour rien, pour des choses entre hommes qui ne regardent pas les petites filles... J'y songe, Mariette : Amédée a reçu aujourd'hui une lettre qui semblait l'agiter beaucoup. C'est sans doute cette lettre qui

9

est cause de son absence prolongée... Si tu veux m'en croire, nous souperons, sauf à lui réserver sa part du souper.

— Quelle affaire peut le retenir si tard ? Amédée est toujours exact... il nous eût prévenus.

— Il y a des cas où l'on se laisse entraîner... Tiens, il s'agit encore d'affaires que ne comprennent pas les fillettes de ton âge... Ces officiers vous ont des habitudes !... Soupons ; c'est ce que nous avons de mieux à faire.

Mariette n'osa répliquer, et on se mit à table. Le frère et la sœur ne mangèrent pas de bon appétit. A chaque instant, ils prêtaient l'oreille, croyant entendre le retardataire. Le repas fini, Jean-Baptiste prit son hoyau, et, quoique la nuit fût noire, il sortit pour explorer la route voisine. Quant à Mariette, après avoir donné des ordres afin que son frère trouvât à souper, quelle que fût l'heure de sa rentrée, elle monta dans la chambre de Bailleul pour causer avec son amie la Parisienne, ainsi qu'elle faisait chaque soir.

Naturellement, elle parla de l'absence inexplicable d'Amédée ; Louise, à son tour, manifesta une inquiétude extraordinaire.

— Et vous dites, Mariette, demanda-t-elle, qu'une discussion a éclaté entre les deux frères? J'ai des raisons de le penser aussi, car ils ont échangé en ma présence des paroles un peu vives... Mon Dieu ! qu'est-il arrivé ?

Cette frayeur redoubla celle de Mariette.

— Que supposez-vous donc, Louise ? demanda-t-elle. Mes frères s'aiment beaucoup ; jamais aucune mésin-

telligence ne s'est élevée entre eux. Jean-Baptiste est,
pour Amédée comme pour moi, un véritable père...
Aucun motif n'aurait pu les pousser l'un envers l'autre
à quelque extrémité... fâcheuse.

— A moins qu'il ne s'agisse d'amourettes, dit en riant
Bailleul, qui écoutait la conversation, et il n'existe rien
de pareil entre ces braves messieurs de Beauregard...
Ayez l'esprit en repos, mademoiselle ; votre frère reviendra.

— Ainsi, monsieur Bailleul, demanda la petite, les
larmes aux yeux, vous ne croyez pas qu'à la suite d'une
brouille avec ce frère aîné, qu'il est habitué à chérir et à
vénérer, Amédée aurait été capable de se porter à...
quelque acte de désespoir ?

— Allons donc ! ce ne serait pas dans le caractère de
ce bon et intelligent jeune homme... Ma foi, j'ignore
quelle peut être la cause de son absence ; mais certainement cette cause est très simple, très naturelle et vous
reverrez bientôt le beau garçon égaré.

Mariette et Louise elle-même écoutaient avidement
ces assurances données par un homme mûr et expérimenté, bien que, peut-être, elles ne partageassent pas son
espoir.

Il était assez tard quand Jean-Baptiste rentra. Mariette
se hâta de descendre, et Louise sortit du corridor pour
écouter ce qui se passait en bas. Elle entendit Jean-Baptiste adresser à sa sœur quelques paroles brèves ; mais
il était seul, et rien n'annonçait qu'il eût fait des décou-
vertes au sujet d'Amédée.

Sauf Bailleul, personne ne dormit cette nuit-là au Pigeonnier. Jean-Baptiste s'agitait continuellement dans sa chambre, au moindre bruit du dehors. Si un chien aboyait au loin, si un bœuf remuait dans l'étable, si une girouette rouillée grinçait sur les toits, la pauvre Mariette, en léger costume, entr'ouvrait sa fenêtre et prêtait l'oreille. Quant à Louise, sous prétexte de veiller auprès de son oncle, elle ne se coucha pas de toute la nuit. Debout, le front collé aux vitres, elle écoutait en silence ; parfois son cœur battait violemment, comme s'il voulait briser sa poitrine, puis des larmes abondantes tombaient de ses yeux.

Le jour n'apporta aux habitants du Pigeonnier aucune consolation. Le soleil n'avait pu encore se dégager des nuages d'un jaune pâle qui couvraient le ciel à l'orient, lorsque s'ouvrit la porte de la maison. Jean-Baptiste sortait; et Louise le vit, armé de son hoyau, s'enfoncer dans la brume matinale, sans doute pour se mettre encore à la recherche de son frère.

Elle s'éloigna de la fenêtre, ses larmes se séchèrent, ses traits prirent une expression de colère, presque de haine.

— Hypocrite ! murmura-t-elle.

Mariette ne tarda pas à monter dans la chambre de Bailleul. La pauvre enfant ne s'aperçut même pas que le lit de Louise n'était pas défait :

— Rien, rien, chère amie, lui dit-elle avec désespoir en se jetant dans ses bras ; notre pauvre Amédée est perdu... Il devait se trouver demain à son régiment... Dieu sait quelles conséquences son absence pourra entraîner de ce côté quand il reviendra... s'il revient !

— Eh ! parbleu ! dit Bailleul, qui s'était éveillé, il est peut-être parti déjà. Dans le cas d'une brouille avec son frère, il est tout naturel de croire qu'il a filé sans dire gare...

— Mais sa valise, son équipement, son sabre qu'il a laissés dans sa chambre !

— Il a sans doute l'intention de les faire reprendre. Je parierais qu'une lettre va arriver aujourd'hui pour indiquer où il faudra lui envoyer son bagage.

Cette supposition n'avait rien d'impossible et Mariette était assez disposée à l'adopter. Comme l'on discutait les probabilités qu'elle pouvait avoir, Jean-Baptiste, tout couvert de rosée, traversa la cour. Mariette descendit aussitôt, et Louise, prenant prétexte de chercher quelques objets indispensables pour son oncle, l'accompagna.

Elles trouvèrent l'agriculteur assis sur un banc dans la salle basse et mortellement accablé. Ses traits, un peu rudes, quoique non dépourvus de noblesse, exprimaient un véritable désespoir.

— Eh bien ! Jean-Baptiste ? demanda Mariette.

Pour toute réponse, l'aîné des Beauregard secoua la tête.

— Tu aurais dû t'informer auprès des personnes du pays... courir à Saint-Amand... mettre tout le monde en l'air !

— Je l'ai fait. Je suis allé à l'auberge du Grand-Cerf, j'ai questionné les travailleurs dans les champs, les cantonniers sur la grande route, personne ne l'a vu... Il n'a laissé aucune trace.

— Voyons ! Jean-Baptiste, dit la petite en se pen-

chant vers lui d'un air suppliant, réponds avec franchise :
que s'est-il passé entre toi et Amédée ? Tu peux parler
devant Mlle Bailleul, qui est notre amie et qui pleure
avec nous... Quel était le motif de votre discussion ?

— J'ai été dur, je l'avoue... Je lui ai reproché peut-
être trop amèrement certaines choses... ses galanteries
frivoles, ses habitudes militaires... Je lui ai parlé comme
un rustre que je suis ; cependant, il m'a paru plutôt
peiné qu'irrité.

— Vous lui avez causé un vif chagrin, dit Louise, les
yeux baissés ; vous lui avez brisé le cœur !

— J'avais moi-même le cœur brisé... Nous nous
sommes attendris tous les deux, et nous nous sommes
séparés presque aussi troublés l'un que l'autre.

— Et sais-tu, reprit Mariette, qui ne comprenait pas
grand'chose à ces explications, si les reproches que tu lui
as faits ont pu le pousser à quelque acte de désespoir ?

— Non... j'espère que non... Tiens ! Mariette, une
idée m'est venue. Tu te souviens qu'Amédée et le fabricant de papier étaient au plus mal ensemble à cause...
à cause d'anciennes histoires. Dumirail a tiré sur lui un
coup de pistolet, le soir même où Mlle Bailleul est arrivée ici. A la suite de cet événement, Amédée l'a pro-
voqué et ils devaient se battre en duel ; mais Dumirail
est trop lâche pour jouer loyalement sa vie contre celle
d'un autre, et il n'a pas répondu à la provocation...
Maintenant cet homme, un vrai bandit, n'aurait-il pas
tenté, sans courir aucun risque, de se venger de notre
frère ? Ne l'aurait-il pas attiré dans un guet-apens ? Cette
lettre, qu'Amédée a reçue hier en notre présence et au

sujet de laquelle il n'a voulu donner aucune explication, ne viendrait-elle pas de Dumirail ? Oui, il doit y avoir là-dessous quelque machination de ce coquin !

— Tu as peut-être raison, s'écria Mariette en donnant un nouveau cours à ses larmes ; on m'a répété d'affreuses menaces qu'il a proférées contre notre frère... Eh bien ! il faut prévenir la justice, il faut écrire au colonel d'Amédée afin qu'il vienne avec tout son régiment venger un de ses officiers et mettre à la raison les sacripants de la papeterie... Oh ! cette lettre, cette lettre ! J'étais sûre qu'elle lui porterait malheur.

— Mais cette lettre venait de Limoges ! interrompit Louise, qui ne put se contenir davantage ; j'ai vu le timbre de la poste... Si ce jeune homme a péri, comme tout permet de le croire, ce n'est pas à cause de cette lettre et ce n'est pas de la main de Dumirail...

— De quelle main alors, mademoiselle ? demanda Jean-Baptiste.

— Dieu, qui voit tout, le sait... Que l'on songe à lui répondre, s'il demandait, comme dans la Bible : « Caïn, qu'as-tu fait de ton frère ? »

Et Louise, folle de douleur, courut vers la porte.

— Mademoiselle ! mademoiselle ! appela Jean-Baptiste.

Elle ne répondit pas, monta précipitamment l'escalier, et se réfugia dans la chambre de son oncle, où elle s'enferma.

Jean-Baptiste était atterré.

— Est-il possible ! s'écriait-il, elle me croit meurtrier de mon frère !... Mais toi, Mariette, tu ne partages pas cette horrible opinion, n'est-ce pas ?

—Non, non, Jean-Baptiste, répliqua la fillette en pleurant toujours ; certainément, tu n'aurais pas voulu faire
de mal à notre cher Amédée... Mais tu n'es pas sûr toi-
même que tes reproches ne l'ont pas poussé à un acte
funeste !

Il semblait, en effet, que Jean-Baptiste conservât des
doutes à cet égard, car il se mit à se promener rapidement dans la salle. La douleur et la colère soulevaient
toute cette vigoureuse organisation. Il ne pleurait pas,
il ne criait pas, mais ses traits étaient bouleversés ; il allait et venait comme un lion dans une cage trop étroite.
Mariette en eut peur ; et, ne sachant plus que dire ni que
faire, elle se sauva dans le jardin.

XIV

LES RECHERCHES

Jean–Baptiste ne s'abandonna pas longtemps à des sentiments stériles. Homme d'action avant tout, il sentit le besoin de recommencer ses recherches sur nouveaux frais.

Il prit ses habits de ville, s'arma d'une canne à épée qui avait appartenu à son père, et il quitta la maison, en murmurant :

— Tout le monde m'accuse... Eh bien ! je ne rentrerai pas avant d'avoir le mot de cette horrible énigme !

Bien que déjà il fût allé à Saint-Amand prendre des informations, il résolut d'y retourner. L'auberge était un lieu de réunion ; c'était là que se concentraient les nouvelles, et c'était de là qu'elles partaient pour se répandre dans le pays. Il se dirigea donc vers le

Grand-Cerf, avec l'espoir d'être plus heureux que le matin.

Quand il approcha du village, une certaine agitation s'y produisait, et il vit deux voitures de poste s'éloigner à l'autre bout. Sans s'inquiéter d'une circonstance peut-être insignifiante pour lui, il s'avança vers Mme Labiche, qui gesticulait sur le seuil de la porte.

— Pour Dieu ! madame, lui dit-il, avez-vous appris quelque chose au sujet de mon frère Amédée ?

— Votre frère ! répliqua-t-elle ; non, mais je parierais que son absence tient, d'une manière ou d'une autre, à l'arrivée d'une certaine dame qui était là tout à l'heure.

— Quelle dame ?

— Eh ! la femme du fabricant de papier... celle qui a tant fait parler d'elle et... des autres ! C'est décidément une « pas grand'chose »... sans compter que les fous et les folles qui l'accompagnent ne valent guère mieux... Vous ne savez donc pas quel vilain tour on vient de me jouer ?

Et elle raconta, avec un grand flux de paroles, comment Mme Dumirail et ses amis, après avoir fait une forte dépense à l'auberge, étaient partis sans payer, en annonçant, ce qui semblait très douteux, que le mari de la dame acquitterait la carte.

L'agriculteur écoutait d'un air pensif.

— Je crois que vous dites vrai, madame, répliqua-t-il, dès qu'il put placer un mot ; la disparition de mon frère doit se rattacher d'une manière quelconque à cette femme. Il faut que je parle sans retard à Mme Dumirail... Où va-t-elle ?

— Au Prieuré... chercher une « raclée » sans doute, car son mari la traitera comme elle le mérite... Et le reste de la bande pourrait bien attraper des éclaboussures... Ma foi ! je donnerais volontiers l'argent qu'ils m'ont escroqué pour avoir la certitude qu'on leur cassera les reins à tous !

Jean-Baptiste n'eut pas l'air d'avoir entendu les souhaits peu charitables de la vindicative aubergiste.

— Je vais, dit-il, me rendre sur-le-champ au Prieuré ; ils ont pris par le chemin de la Glane, n'est-ce pas ?

— Oui, et si vous prenez le sentier de Chez-Millot, vous y arriverez presque aussi vite qu'eux... Seulement, monsieur Jean-Baptiste, la dame, à laquelle j'en ai touché deux mots, prétend ne rien savoir au sujet de votre frère l'officier.

— N'importe ! je veux causer aussi bien avec le mari qu'avec la femme, et j'exigerai que l'on m'explique... Adieu, mère Labiche... Si vous appreniez quelque chose au sujet de ce pauvre Amédée, donnez-en avis sans retard à ma sœur Mariette, au Pigeonnier.

Et il partit d'un pas rapide.

En sortant de Saint-Amand, il aperçut encore, du haut d'une colline, les voitures qui allaient à la papeterie. Elles étaient trop loin pour qu'il pût les rejoindre ; mais il quitta le chemin rocailleux et plein d'ornières où elles venaient de s'engager, et il suivit un sentier, connu seulement des gens du pays, qui accourcissait, presque de moitié, la distance entre Saint-Amand et le Prieuré.

Jean-Baptiste se croyait donc sûr d'arriver au but en même temps que les voitures, et, tout en marchant, il

regardait machinalement à droite et à gauche, pour
chercher quelque trace de son frère.

Cette partie de la contrée était stérile, âpre, et par
conséquent à peu près déserte. C'était tantôt une série
de monticules couverts de bruyères, tantôt de maigres
pâturages, parsemés de châtaigniers. Quel motif aurait
eu Amédée de venir dans cette revêche solitude ? Aussi
Jean-Baptiste, qui, depuis la veille, battait les environs
de Saint-Amand, n'avait-il pas encore visité ce canton,
et il fouillait du regard les buissons, les ravins, les
creux de rocher, qui se trouvaient sur son passage.

Il ne devait plus être loin du Prieuré et il entendait
déjà le murmure lointain de la rivière, lorsque, en traversant un taillis de sureaux et de coudriers, il remarqua de nombreuses empreintes de pas sur le sol humide,
comme si plusieurs personnes avaient piétiné à cette
place. En tout autre moment, il n'eût donné aucune
attention à cette circonstance ; mais, dans la situation
d'esprit où il était, la moindre chose mettait ses facultés
en éveil, et il s'arrêta pour se livrer à un examen plus
approfondi. Il constata alors que les arbustes voisins
étaient couchés ou brisés, et leur cassure, presque fraîche,
disait que si cet endroit avait été le théâtre d'une lutte,
cette lutte était récente.

Jean-Baptiste, avec son expérience rustique, supposa
qu'une bête échappée de quelque troupeau avait tenu
tête à son gardien, qui voulait la ramener au devoir, et
il allait continuer sa route. Tout à coup, à travers le
feuillage épais, il aperçut un objet dont la couleur éclatante tranchait sur la verdure. Il s'empressa d'écarter

les branches d'une touffe de noisetier et ramassa un
képi rouge, orné d'un galon d'or.

Il reconnut sur-le-champ ce képi pour être celui
qu'Amédée portait la veille ; le numéro du régiment de
son frère brillait sur la partie antérieure.

En faisant cette découverte, il poussa un cri doulou‑
reux.

— Plus de doutes ! dit-il ; on a assassiné mon pauvre
Amédée !... Mais ce pays est donc maudit, qu'il ne s'y
commet plus que des crimes !

Il tourna et retourna vainement le képi pour y trou‑
ver quelque déchirure ou quelque marque de violence ;
il semblait que la coiffure militaire fût tombée pendant
une lutte et que l'on n'eût pas songé à la relever. Sur
les feuilles sèches, sur le gazon, sur le sol nu, il n'y
avait aucune trace de sang ; il distingua seulement dans
le taillis des arbres froissés, aux feuilles pendantes,
comme si plusieurs personnes s'étaient frayé violem‑
ment passage au milieu d'eux.

— Ils l'ont tué pourtant ! reprit-il. Alors qu'en ont-
ils fait ? Où ont-ils caché son corps ?

Il parcourut fiévreusement le bois, soulevant les
fougères, scrutant les herbes et les broussailles qui
pouvaient recouvrir une fosse ; rien n'annonçait que le
corps eût été enterré là. Jean-Baptiste fit plusieurs fois
le tour du taillis, examina les champs d'alentour,
et se convainquit qu'il n'y avait trace de fosse nulle
part.

— Où donc peut-il être ? dit-il.

En observant avec attention les localités environnantes, il remarqua, à quelque distance, une petite maison, au toit bas, à demi cachée au milieu d'un bouquet de noyers, la seule habitation qui fût à portée. Elle était bien connue de Jean-Baptiste, ainsi que de tous les gens du voisinage. Elle avait été occupée longtemps par un ancien soldat, passablement misanthrope, qui vivait là sans autre compagnie que celle d'une vieille servante. La servante étant morte, le maître n'avait pas tardé à la suivre ; et cette maison, presque sans valeur, était devenue la propriété d'un héritier qui, habitant une province éloignée, s'était empressé de la mettre en vente. Mais, depuis plus de deux ans, il ne s'était présenté aucun acquéreur, et la maison restait déserte. On n'avait pas même jugé à propos d'y établir un gardien, et son abandon paraissait complet.

Jean-Baptiste n'ignorait pas tout cela ; mais il résolut d'aller s'assurer si, par impossible, il ne se serait pas installé depuis peu dans cette habitation quelqu'un capable de le renseigner sur l'événement accompli la veille. Il s'empressa donc de cacher le képi sous sa redingote et marcha vers l'habitation solitaire.

Le sentier y conduisait directement, et il l'atteignit bientôt. Sous les vieux arbres qui l'entouraient, elle avait bien l'aspect le plus triste que l'on pût imaginer. C'était une misérable construction, presque en ruine. La porte, munie d'un heurtoir de fer rouillé, était flanquée, à droite et à gauche, de deux fenêtres dont les volets massifs ne s'ouvraient plus. La mousse et les mauvaises herbes couvraient le seuil, les murs dénudés, le toit aux tuiles cassées, tandis que le jardin, qui s'étendait par derrière, était envahi par les orties, les ronces et les plantes grimpantes qui poussent sans culture.

Rien n'annonçait donc que des habitants fussent venus s'installer dans cette bicoque ; néanmoins Jean-Baptiste, pour l'acquit de sa conscience, souleva et laissa retomber plusieurs fois le marteau de la porte.

Le bruit se répéta d'une manière lugubre dans cette masure abandonnée. Ne recevant pas de réponse, l'agriculteur heurta plus longuement et plus fort.

Il crut entendre, dans l'intérieur, de faibles accents de voix humaine ; mais comme, à la même minute, un souffle de vent secouait les arbres et confondait les sons, il s'imagina s'être trompé et s'éloigna.

— Bah ! dit-il, je suis bien bon de perdre un temps précieux ici, où l'on n'a pas vu un être vivant depuis le vieux Millot... C'est là-bas, au Prieuré, que je trouverai l'explication de cette triste affaire.

Arrivé en vue de la papeterie, il éprouva un cruel désappointement. Les voitures, dans l'une desquelles devait être Mme Dumirail, venaient d'en partir et s'éloignaient avec rapidité par la route du Saut-de-la-Chèvre.

Jean-Baptiste ne put retenir une exclamation de colère ; mais aussitôt, il songea que peut-être Mme Dumirail était restée à l'usine, et que, dans tous les cas, il rencontrerait le mari, auteur présumé de l'attentat commis sur le jeune officier.

Au Prieuré, tout était encore en l'air, à raison de l'esclandre qui venait de s'y produire. Les ouvriers allaient et venaient dans la cour en riant et en faisant des gorges chaudes sur la bande de « Parisiens ». Jean-Baptiste ne s'occupa pas plus de leurs propos que des regards curieux qu'ils lui jetaient. Il connaissait de longue date les habitudes du manufacturier, et marcha vers le bureau du rez-de-chaussée, où il pénétra sans se faire annoncer.

Dumirail, voulant se donner un air stoïque aux yeux de ses gens, avait pris place devant son pupitre et affectait d'écrire. On eût pu voir pourtant qu'il promenait une plume dépourvue d'encre sur un papier d'une blancheur immaculée.

Jean-Baptiste, sans saluer, lui dit brusquement :

— Il y a quelques jours, monsieur, vous êtes venu nous demander votre femme ; aujourd'hui, je viens vous demander mon frère !

Le manufacturier ne put retenir une espèce de soubresaut ; cependant, il répondit avec une feinte gaieté :

— A mon tour, monsieur, vous ne me l'avez pas plus donné à garder que je ne lui avais donné à garder ma femme... qu'il a fort mal gardée, du reste, car elle sort d'ici et retourne d'où elle est venue.

— Vous ou elle, monsieur, vous aurez à rendre compte d'un meurtre... Amédée de Beauregard a été assassiné hier au soir, dans un taillis, non loin de la maison de Chez-Millot... Voici, ajouta Jean-Baptiste en montrant le képi de l'officier, ce que j'ai trouvé tout à l'heure sur le théâtre du crime.

En dépit de lui-même, Dumirail laissa encore échapper un geste d'inquiétude.

— Qu'est-ce que cela prouve? dit-il ; votre galantin aura perdu son couvre-chef en courant le guilledou... Ensuite, on rencontre des voleurs de ce côté, et les marchands de bric-à-brac, que vous hébergez, en savent quelque chose.

— Cette fois, il ne s'agit pas de voleurs, répliqua Jean-Baptiste énergiquement. La mort de mon frère est l'œuvre d'un lâche ennemi... Or, Amédée, si bon, si franc, si loyal, n'avait dans le pays qu'un ennemi, c'est vous !... N'essayez donc pas de nier... Quant à moi, si je ne venge pas mon frère bien-aimé, c'est que je veux laisser ce soin à la justice. Dans deux heures d'ici, je serai en route pour Limoges, et le procureur de la République se chargera de découvrir le coupable.

— Avec ça qu'il est habile à cette besogne ! répliqua Dumirail, poursuivant son système de raillerie ; faites ce que vous voudrez, mon cher... Moi, j'ai un travail à finir... Bonjour !

Jean-Baptiste faillit s'élancer sur lui et le prendre à la gorge ; mais, songeant que des voies de fait pourraient compromettre sa vengeance, il tourna sur ses talons et sortit, tandis que Dumirail avait l'air de se remettre à ses écritures.

Toutefois, Beauregard était à peine au bout de la place, que le manufacturier, qui ne jugeait plus nécessaire de se contraindre, manifesta une profonde terreur.

— Eh bien ! me voilà frais ! dit-il en rejetant sa plume ; ma scélérate de femme a si bien manœuvré qu'elle ne peut manquer d'obtenir la séparation à son bénéfice, ce qui entraînera ma ruine, sans compter le scandale que causera l'affaire. Et voilà que, maintenant, ce Beauregard va mettre à mes trousses les juges et les gendarmes... Oui, le pétrin est complet ; comment se tirer de là ?

Il resta quelques instants absorbé dans ses réflexions; puis, il s'approcha de la fenêtre, et s'adressant à un des ouvriers qui bavardaient dans la cour :

— Pierrot, lui dit-il, cours chez Renaud et prie-le de venir sur-le-champ... Si dans une heure il n'est pas ici, je te ferai faire un plongeon dans l'écluse.

XV

LE REVENANT

Il était presque nuit lorsque Jean-Baptiste retourna chez lui. Le pauvre garçon, malgré son robuste tempérament, paraissait épuisé à la suite de tant de fatigues. D'ailleurs, il n'avait mangé depuis la veille qu'un petit morceau de pain bis, qu'il avait pris le matin en traversant la cuisine. Il tomba haletant sur une chaise. Mariette, qui le guettait, accourut. Elle ne fit aucune question, car aussi bien la contenance morne de son frère disait assez qu'il n'avait toujours pas réussi dans ses recherches, et elle se contenta de l'embrasser en silence.

Jean-Baptiste ne parut pas s'en être aperçu. A la lueur d'une lampe que Mariette venait d'allumer, on pouvait le voir, pâle, les bras tombants, la tête penchée sur sa poitrine.

Il dit tout à coup :

— Mariette, donne-moi bien vite à dîner, car il faut que je reparte dans deux heures.

— Dans deux heures! répéta la jeune fille en s'empressant d'apporter sur la table les reliefs du dernier repas; y songes-tu, Jean-Baptiste? Il est si tard!... Où vas-tu donc?

— A Limoges. En passant à Saint-Amand, j'ai commandé le cabriolet et le cheval de l'auberge. J'aurais voulu partir sur-le-champ, mais le cheval, qui a travaillé aujourd'hui, a besoin de repos, et la voiture ne viendra me chercher qu'à dix heures. Je voyagerai la nuit, pour me trouver demain matin à la ville.

— Qu'y feras-tu ?

— Je dénoncerai au parquet l'assassinat de notre malheureux frère.

— L'assassinat ! s'écria Mariette en laissant tomber une assiette qu'elle tenait à la main, tu crois donc... tu as acquis la preuve.. ?

Jean-Baptiste, en sanglotant, lui montra le képi d'Amédée et lui expliqua comment il l'avait découvert. La pauvre enfant se mit à sangloter à son tour.

Tandis qu'ils s'abandonnaient à leur douleur, la porte s'ouvrit sans bruit, et Louise apparut dans l'encadrement.

Jean-Baptiste s'était levé pour la saluer.

Elle ne bougea pas et dit d'une voix éteinte :

— Mon oncle... m'envoie savoir...

— Ah ! mon amie, s'écria Mariette en allant se jeter à son cou, nous n'avons plus aucune espérance !

Elle lui apprit la découverte que Jean-Baptiste venait de faire, les nouvelles démarches qu'il allait tenter.

Louise dut s'appuyer contre le montant de la porte
our ne pas défaillir. Dès qu'elle se sentit plus forte, elle
avança lentement et s'assit sur un banc de bois.

— Continuez votre repas, monsieur de Beauregard,
eprit-elle ; je souhaite vivement, comme Mariette, que
a lumière se fasse sur cette horrible affaire... si la lu-
nière est possible.

Jean-Baptiste reprit sa place et se mit à manger ma-
hinalement. Il y eut un long silence, pendant lequel on
n'entendit que les sanglots de la petite Mariette.

Enfin, Louise reprit :

— Je ne suis qu'une étrangère et il ne m'appartient
oas d'élever la voix dans ces graves intérêts de famille...
Cependant, monsieur de Beauregard a-t-il bien réfléchi à
outes les conséquences que pourrait avoir l'intervention
le la justice ?

—Parfaitement, mademoiselle, répliqua Jean-Baptiste.
D'abord, il faut que la mort de mon frère soit vengée ;
ensuite, j'ai hâte d'échapper aux indignes soupçons de
ceux à qui je désire le plus inspirer de l'affection ou de
l'estime.

— Que parles-tu de soupçons ! s'écria Mariette impétueusement, qui oserait supposer... Oh ! mon bon Jean-
Baptiste ; la douleur aveugle et rend injuste, mais pas à
ce point-là !

La charmante enfant l'avait enlacé dans ses bras, et le
dévorait de baisers. Jean-Baptiste regardait Louise, qui
s'écria tout à coup en fondant en larmes :

— Oui, oui, Mariette a raison... J'étais folle ! Pardonnez-moi, monsieur de Beauregard... Si vous saviez quel

trouble m'a causé cette idée que je pouvais être pour quelque chose... Oubliez ma folie et pardonnez-la-moi !

En même temps, elle lui tendait la main.

L'agriculteur retint cette petite main blanche et délicate dans les siennes.

— Ah ! j'ai compris, mademoiselle, dit-il en baissant la voix ; vous pouvez l'avouer maintenant qu'*il* n'est plus : vous l'aimiez, n'est-ce pas ?

Louise détourna la tête, en pleurant toujours.

Jean-Baptiste acheva rapidement son repas. Les gens de la ferme, deux valets et deux servantes, étaient revenus des champs, et, après avoir vaqué à leurs travaux dans les granges et les étables, entrèrent à la maison pour dîner. Ils prirent place au bas bout de la table ; mais ils se taisaient, pleins de respect pour la douleur de leurs maîtres, quoique ce respect ne les empêchât pas de faire honneur aux pommes de terre fumantes et aux *galetous* dont se composait le menu.

Comme dix heures allaient sonner au coucou de bois, placé dans un coin de la salle basse, on entendit au dehors un roulement de voiture et les grelots d'un cheval. La voiture s'arrêta dans la cour, et un beau gars, en blouse bleue, un bonnet de coton bleu et rouge posé sur l'oreille, un grand fouet en sautoir, avança la tête dans l'ouverture de la porte.

— C'est moi, dit-il en patois ; quand vous voudrez, monsieur Jean-Baptiste !

Jean-Baptiste s'empressa de faire ses préparatifs de départ. Il donna ses ordres aux valets et aux filles de ferme pour les travaux du lendemain, au cas où il ne rentrerait

as de la journée. Puis, il embrassa sa sœur, en lui
dressant des paroles consolantes, et s'approcha de Louise
fin de prendre congé d'elle.

— Courage ! monsieur de Beauregard, lui dit-elle ;
ous avez une pénible tâche à remplir ; remplissez-la
ans pitié et sans faiblesse.

— Ne craignez rien, mademoiselle, répliqua l'agricul-
eur avec énergie ; que seulement la justice découvre les
éritables auteurs du crime, et si elle ne les punit pas,
e sera moi qui me chargerai de les punir... Ah !
est que, malgré nos discussions récentes, j'aimais mon
auvre Amédée... Je l'aimais bien !

— Merci, Jean-Baptiste, dit une voix faible derrière
ui.

Au son de cette voix, tout le monde se redressa. Un
ouveau personnage venait d'entrer et pénétra dans la
phère lumineuse où se tenaient les assistants ; c'était
Amédée.

On douta d'abord, tant on avait de peine à le recon-
aître. Il était nu tête et presque nu-pieds. Sa tunique
t son pantalon garance étaient souillés de boue. Son vi-
age et ses mains avaient des meurtrissures et des marques
e sang desséché. Il semblait enfin s'être échappé par
miracle d'une épouvantable aventure.

Après quelques secondes de stupeur, un cri de joie
ortit de toutes les bouches :

— Lui ! lui ! s'écria Jean-Baptiste avec explosion, il est
iivant !

— Mon frère !

— Monsieur Amédée !

Jean-Baptiste le serra avec transport contre sa poitrine; Mariette lui prit les mains, qu'elle pressa convulsivement contre ses lèvres; Louise, éperdue, le contemplait, comme si elle ne pouvait en croire ses yeux. Les gens de la ferme et le voiturier lui-même, qui comprenait que le voyage était fini, entouraient le jeune militaire, en lui adressant des paroles de bienvenue.

Le pauvre garçon ne paraissait guère en état de répondre à ces témoignages affectueux. Évidemment il tombait de faiblesse; ses jambes se dérobaient sous lui, la tête lui tournait; à peine pouvait-il prononcer quelques mots; il eut seulement un triste sourire pour Louise.

Jean-Baptiste, voyant ce mortel accablement, conduisit son frère à un fauteuil en bois de chêne, qui était autrefois la place de leur mère. Dès que le jeune homme y fut installé, il se renversa en arrière, ferma les yeux et sembla perdre entièrement connaissance.

— Mon Dieu! s'écria Louise avec terreur, serait-il blessé?

— Non, non! répliqua Jean-Baptiste; c'est seulement la fatigue et les privations... Sans doute on lui en aura fait de rudes quelque part !... Soutiens-le, Mariette, je vais lui rendre des forces.

Il alla prendre une bouteille d'eau-de-vie dans le buffet et en emplit un petit verre, qu'il approcha des lèvres d'Amédée.

Celui-ci but machinalement, et bientôt il éprouva l'effet de la tonique liqueur. Ses yeux se rouvrirent, un peu de rougeur reparut sur ses joues.

— A la bonne heure ! dit Jean-Baptiste tout joyeux ; eh bien ! mon pauvre ami, que t'est-il arrivé ?

— Je.... je ne sais pas, balbutia le jeune officier d'un air hébété.

— Comment ! tu ne sais pas !... Enfin, d'où viens-tu ?

— Je ne sais pas.

— Il est trop tôt pour lui adresser de pareilles questions ! s'écria Louise ; permettez-lui, monsieur Jean-Baptiste, de se reposer, de se calmer, de se recueillir.

— Mlle Bailleul a raison, dit Mariette ; notre frère nous est rendu, c'est le principal. Soignons-le, aimons-le... Plus tard, il nous contera ce qui s'est passé.

Jean-Baptiste, malgré son ardente curiosité, ne poussa pas plus loin ses questions, pour le moment. Il congédia le voiturier du *Grand-Cerf*, qui ne paraissait nullement fâché de rentrer à l'auberge, au lieu de passer la nuit sur la grande route ; puis, il renvoya dans leurs taudis respectifs les domestiques de la ferme.

Pendant ce temps, Louise s'était approchée d'Amédée qui reprenait peu à peu ses esprits.

— Je vais, dit-elle avec émotion, annoncer à mon oncle la nouvelle de votre retour... Il en sera bien heureux !

— Et vous, mademoiselle ? bégaya Amédée.

— Moi !... oh ! moi ! si vous saviez...

Elle n'acheva pas, fit un signe de la main et sortit en courant.

Jean-Baptiste dut porter son frère jusqu'à la chambre où ils couchaient l'un et l'autre, au premier étage de la maison.

10

Toute la nuit, Amédée eut une fièvre très forte, accompagnée de délire. Son aîné le veilla, et Mariette venait de temps en temps offrir ses services. Le jeune lieutenant semblait être encore sous le coup d'une violente impression. Dans son délire, il se débattait contre des ennemis invisibles. Vers le matin seulement, il put dormir quelques heures.

Quand le médecin de Saint-Amand, qui donnait des soins à Bailleul, se présenta pour faire sa visite, on le conduisit auprès d'Amédée. Comme on le supposait, le docteur ne constata l'existence d'aucune blessure. Il prescrivit une potion calmante, et, après avoir annoncé que, selon toute apparence, la maladie se bornerait à quelques accès de fièvre, il se retira.

Les pronostics favorables du docteur se réalisèrent. Amédée, à son réveil, put faire un léger repas dans son lit, et alors les souvenirs lui revinrent avec la conscience de sa situation présente.

Son premier soin fut de rédiger une dépêche télégraphique, adressée au colonel de son régiment, afin de justifier son absence, car on n'a pas oublié que, depuis la veille, son congé était expiré.

Un homme à cheval devait porter sur-le-champ cette dépêche à la plus prochaine station du chemin de fer, et le lieutenant comptait se munir d'un certificat de médecin, pour expliquer son retard, qui, sans doute, serait seulement de quelques jours.

Après qu'Amédée se fût acquitté de ce pressant devoir, Jean-Baptiste, dont la curiosité commençait à dominer tous les autres sentiments, lui demanda :

— Voyons ! à présent, me conteras-tu ce qui t'est arrivé et ce qui t'a mis dans le triste état où tu étais hier au soir ?

Amédée sourit.

— Véritablement, je ne peux que te répéter ce que je t'ai dit déjà. Je ne sais d'une manière exacte ni ce qui m'est arrivé, ni d'où je viens, ni ce que l'on voulait de moi... Écoute plutôt :

« Tu te souviens peut-être qu'il y a deux jours, au moment où éclatait entre nous un dissentiment que je déplore, — le premier depuis que nous avons l'un et l'autre l'âge de raison, — je reçus une lettre datée de Limoges. Cette lettre, qui contenait seulement quelques lignes, m'adjurait de me trouver le soir même, à la chute du jour, dans un taillis situé près de la maison de Chez-Millot, et on m'annonçait que j'aurais l'occasion de rendre un important service à... une personne dont je ne me soucie pas de prononcer le nom... »

— Une femme ! dit Jean-Baptiste en le regardant fixement ; et cette femme était Mme Dumirail.

— Peu importe, répondit Amédée avec quelque embarras ; tu es sévère, Jean-Baptiste, pour certaines relations... Malgré ta mauvaise opinion contre la personne dont il s'agit, l'honneur me faisait un devoir de répondre à cet appel.

— Je comprends ; seulement est-il bien sûr que cette lettre provenait d'elle ?

— J'avoue que je n'ai pas reconnu son écriture ; j'ignorais même que cette dame fût dans le pays.

— Elle y a fait hier une très courte et très scandaleuse

apparition... Et pourtant, encore une fois, je doute que la lettre vienne d'elle... car, à ce qu'il paraît, elle ne manquait pas d'amis pour la protéger.

— Il est des cas, mon frère, où un homme de cœur ne saurait hésiter, dût-il s'exposer à un danger réel ou même, tout simplement, au ridicule.

— Chacun peut avoir ses idées là-dessus.

— Soit ; mais en te quittant, à la suite de cette conversation, où tu t'es un peu emporté contre moi...

— J'avais tort, répliqua Jean-Baptiste avec un accent de mélancolie ; je ne te reprocherai plus tes assiduités auprès de Mlle Bailleul, pourvu que tes intentions soient droites et loyales, comme il convient envers une bonne et honnête enfant.

— Je n'en ai jamais eu d'autre, Jean-Baptiste. S'il faut l'avouer, je croyais que toi-même...

— J'ai acquis la certitude qu'elle n'aime que toi, répliqua l'agriculteur, si bas qu'on l'entendait à peine ; oublie les sottes idées que j'ai laissé voir... et conte-moi ton aventure.

Amédée reprit, après une courte pause :

« En te quittant donc, tout troublé que j'étais, je me hâtai de me rendre au taillis de Chez-Millot. Je comptais y trouver la dame en question, ou, du moins, quelqu'un envoyé par elle. Il était tard ; la nuit commençait à tomber. Ce n'était pas la première fois que je venais dans cet endroit écarté, car jadis j'étais habitué à y rencontrer... Néanmoins, cette fois, je ne voyais personne, et la solitude commençait à me faire craindre que je ne fusse la dupe d'une mystification.

» Après avoir erré assez longtemps dans le taillis, en appelant à mi-voix par intervalles, j'allais décidément me retirer, quand tout à coup je fus plongé dans une obscurité profonde ; on m'avait jeté sur la tête soit un manteau, soit une épaisse couverture. Je voulus me débattre, écarter la lourde étoffe qui m'enveloppait ; tous mes mouvements étaient paralysés. En même temps, un ou plusieurs individus s'élancèrent sur moi et je me trouvai maîtrisé par une force supérieure.

» Je suffoquais sous cette solide draperie. Je tournais sur place, envoyant des coups au hasard, jurant, menaçant, mordant. Tout fut inutile ; je fus renversé à terre. Mes ennemis inconnus me garrottèrent les pieds et les mains. Ils ne me frappaient pas, mais ce devait être finalement pour me tuer qu'ils exerçaient envers moi de pareilles violences.

» Je sentis bientôt qu'ils m'enlevaient dans leurs bras ; je ne paraissais pas beaucoup leur peser, car ils marchaient avec rapidité. J'essayais toujours de crier, de briser mes liens ; l'espèce de bâillon que j'avais sur la bouche ne me permettait que de faire entendre des sons inarticulés, et mes forces s'épuisaient. La suffocation devint si forte que je me crus à ma dernière heure et je perdis connaissance.

» En revenant à moi, je me trouvai dégagé de mes liens et étendu par terre, dans l'obscurité. Un morne silence régnait autour de moi ; je respirais un air frais, humide, moisi, comme si j'étais dans un souterrain.

» Je fus d'abord incapable de faire usage de mes bras

10.

et de mes jambes. Enfin, je parvins à me soulever, et en tâtonnant, je parcourus ma prison.

» C'était une cave, et je pouvais d'autant moins en douter que je me heurtai contre des bouteilles cassées qu'on avait entassées dans un coin. Cette découverte me rendit circonspect, car je risquais de me blesser contre ces fragments de verre, au milieu des ténèbres. La cave n'était pas grande, quoique les murs et la voûte parussent d'une solidité extrême ; je ne tardai pas à rencontrer un escalier que je montai, toujours en tâtonnant. Je fus arrêté par une porte massive, fermée au moyen de solides ferrures, et contre laquelle toutes mes attaques demeurèrent vaines.

» Force me fut de redescendre. Rien ne pouvait faire supposer qu'il y eût des habitants dans la maison. En allant et venant, je sentis quelque chose sous mes pieds ; c'était la couverture ou la tapisserie, dans laquelle on m'avait comme emmaillotté. Je m'assis de nouveau et je me mis à réfléchir sur ma position.

» Que voulait-on faire de moi ? Dans quel but m'avait-on tendu un piège, et qui pouvait être l'auteur de ce guet-apens ? Je me perdais en suppositions ; les idées les plus bizarres me bouillonnaient dans la cervelle. Cécile... je veux dire Mme Dumirail, était certainement étrangère à tout ceci. Restait son mari, qui avait voulu peut-être se venger d'une ancienne offense. Mais alors, pourquoi ne m'avait-il pas tué déjà ? Pourquoi me tenait-il enfermé dans cette espèce de cachot ? Voulait-il donc me torturer, me laisser mourir de faim, de soif et de rage impuissante ?

» De longues heures se passèrent ainsi, et je finis par m'endormir sur le misérable tapis qui me servait de couche. Le jour vint, comme je pus en juger par un étroit soupirail grillé, placé à la retombée de la voûte du caveau. Je tentai inutilement d'atteindre ce soupirail ; le mur était lisse, formé de pierres énormes, et on n'avait oublié ni un escabeau, ni un tonneau dont je pusse me servir pour y arriver. En revanche, cette ouverture donnait assez de lumière pour me permettre d'examiner, mieux que je ne l'avais fait jusque-là, l'intérieur de ma prison.

» Je découvris alors, dans un enfoncement de la muraille, une de ces grosses miches de pain de seigle, que nous appelons *tourtes*, et une cruche de grès, remplie d'eau. Je mourais de faim et de soif ; malgré mes inquiétudes, je me mis à manger et à boire avec avidité.

» Puisque l'on me fournissait de la nourriture, on ne pouvait vouloir me laisser mourir de faim ; mais, dans ce cas, quelles intentions avait-on à mon égard ? Comptait-on me retenir indéfiniment prisonnier dans cette affreuse cave ? A cette pensée, il me prenait des envies de me fracasser la tête contre les murs. Je conçus un autre projet : Sans doute un des individus qui s'étaient emparés de ma personne allait venir m'apporter de nouvelles provisions ; je résolus de me tenir au sommet de l'escalier et, dès que cet homme paraîtrait, de l'assommer avec une bouteille cassée dont je ne m'étais fait une arme.

» J'attendis en vain, assis sur la première marche de l'escalier, une visite qui n'eut pas lieu. A diverses reprises, je quittai mon poste, soit pour prendre un peu de nourriture, soit pour chercher un moyen d'évasion ; tout avait été prévu avec une habileté infernale dans le but de déjouer mes tentatives. Sauf le rayon lumineux qui venait du soupirail, je pouvais me croire déjà dans une tombe. Une seule fois je crus entendre comme le bruit d'un marteau frappant une porte au-dessus de ma tête ; j'appelai, je criai, mais le bruit cessa et tout redevint silencieux... »

— Quelle heure était-il en ce moment ? interrompit Jean-Baptiste.

— Le jour commençait à baisser... C'était environ une heure avant la nuit noire.

Jean-Baptiste fit signe à son frère de continuer :

— « La journée se passa de cette manière, poursuivit Amédée. Sur le soir, j'éprouvai un cruel accablement ; ma tête ballottait sur mes épaules, mes yeux se fermaient. Découragé de ma faction sans résultat, j'allai m'étendre sur ma couverture et le sommeil s'empara de moi.

» Ce sommeil ne pouvait avoir duré longtemps, quand un bruit assez fort m'éveilla en sursaut. Je me levai d'un bond, prêt à l'attaque comme à la résistance.

» La porte de mon caveau venait de s'ouvrir et une lumière apparaissait de ce côté. Mais, chose singulière ! on ne voyait personne, et le silence était devenu plus morne que jamais.

» Ne sachant que penser de cette étrange circonstance, je voulus du moins en profiter. Armé de ma bouteille cassée, je gravis lestement les marches et je m'élançai dans une sorte de vestibule, qui précédait l'entrée de la cave.

» Je ne vis encore personne, bien qu'une lanterne fût posée à terre et produisît la lumière qui m'avait attiré. Comme je m'arrêtais pour faire un examen rapide, je fus dupe une seconde fois de la ruse par laquelle je m'étais déjà laissé tromper. Sans doute mes ennemis, cachés derrière la porte, me guettaient et avaient soigneusement préparé leur manœuvre. Une nouvelle draperie fut lancée par derrière sur ma tête, avec une prestesse inconcevable, et je me trouvai pris comme dans un filet. Mes efforts ne réussirent pas mieux que la veille ; en un instant, je fus renversé, bâillonné, ficelé, puis on m'enleva de terre et on m'emporta je ne savais où.

» Pour le coup, je ne doutai pas que ma dernière heure ne fût venue. Selon toute apparence, on ne voulait pas me tuer dans la maison, on voulait me donner mon compte dans quelque endroit écarté. On marchait vite ; quoique mes persécuteurs dussent être deux au moins, pas plus ce jour-là que le jour précédent, je ne les ai entendus échanger un mot. Sans doute ils se parlaient par signes, ou bien ils s'étaient concertés d'avance en prévision de toute éventualité.

» Au moment où je ne m'y attendais pas, on s'arrêta et on me jeta par terre, si rudement que ma tête porta sur un corps dur et que je demeurai étourdi.

» Cet étourdissement dura peu. Redoutant toujours le coup de grâce, je me remis à me démener machinalement. Juge de ma surprise quand je reconnus que mes liens se relâchaient, que mes bras et mes jambes commençaient à se dégager. Par une série de secousses vigoureuses, je parvins à les délivrer complètement ; puis j'arrachai l'abominable draperie qui m'enveloppait le visage et je regardai autour de moi.

» J'étais seul, du moins je le croyais, car je ne voyais, je n'entendais personne. On m'avait jeté sur le gazon, et en étendant les mains, je sentis des souches d'arbres. L'obscurité m'environnait, mais ce n'était plus l'obscurité opaque du cachot ; les étoiles brillaient à travers les branches qui s'étendaient au-dessus de ma tête, et je respirais avec délices l'air frais et parfumé de la nuit.

» Il me semblait impossible que mon aventure finît de cette manière ; je craignais quelque retour offensif de mes persécuteurs. Je me levai donc, et je me hâtai de changer de place, pour déconcerter une nouvelle attaque. Rien ne bougea, et je n'entendis que le frémissement de la brise dans les feuilles.

» Un peu rassuré, j'essayai de reconnaître où j'étais. Je ne fus pas long à m'orienter ; après quelques minutes d'examen, je constatai que je me trouvais dans le taillis de Chez-Millot, juste à la place où j'avais été surpris la veille... »

— Tiens ! je m'en doutais, fit Jean-Baptiste avec un sourire.

— Le reste de mon histoire, poursuivit Amédée, ne comporte pas beaucoup de détails. Dès que je me fus reconnu, je me dirigeai vers le Pigeonnier. Le trajet fut bien pénible : je pouvais à peine me traîner, je me heurtais contre les arbres, les blocs de pierre, et tu as vu dans quel triste état je suis arrivé ici.

L'agriculteur se tut quelques minutes, autant pour permettre à son frère de se reposer que pour avoir le temps de réfléchir lui-même.

— Amédée, dit-il enfin, sais-tu quelle était la prison où l'on t'a retenu plus de vingt-quatre heures? C'est la maison vide et abandonnée depuis deux ou trois ans, que l'on appelle Chez-Millot.

— Cette idée m'est venue déjà, Jean-Baptiste ; mais comment peux-tu être certain...

— Tu m'as dit qu'hier, une heure avant la nuit, quelqu'un avait frappé à la porte au-dessus de ton cachot?

— En effet, et j'ai conçu des espérances qui ne se sont pas réalisées.

— Ce « quelqu'un », c'était moi : je parcourais le pays pour te chercher, et je m'étonne de n'avoir pas entendu tes appels... De plus, je suis convaincu que l'auteur de cette odieuse séquestration est le papetier Dumirail, soit seul, soit assisté d'un de ses ouvriers.

— Encore une fois, Jean-Baptiste, quelle pouvait être l'intention de Dumirail en m'enfermant pour si peu de temps dans cette maison écartée?

— Je n'en sais rien ; il est aussi bête que méchant, et il a cédé sans doute à quelque idée stupide. Il te hait et peut-être ne comptait-il pas te lâcher si vite... Mais, après avoir frappé à la porte de Chez-Millot, je suis allé au Prieuré ; j'ai vu Dumirail, je lui ai parlé d'un ton ferme, je l'ai menacé d'une plainte immédiate au procureur de la République et j'ai été tout près de réaliser ma menace. Le gredin, quoiqu'il ait fait le rodomont en ma présence, a pris peur peut-être, et il s'est décidé à te donner la clef des champs, le soir même.

— Tu as raison, Jean-Baptiste ; ton intervention m'a, sans aucun doute, sauvé de la mort ou du moins d'une captivité indéfinie... Je te remercie de toute mon âme.

— A présent, il faut songer à l'avenir. Je n'entends pas que Dumirail ait la liberté de te jouer quelque nouveau tour, et sa coquinerie imbécile doit être punie. Je persiste donc dans mon projet d'aller à la ville, de porter plainte à un magistrat...

— Et moi, Jean-Baptiste, reprit Amédée avec vivacité, je te prie de renoncer à ce projet. Songes-tu au scandale affreux que causerait cette affaire, qui a fini d'une manière presque ridicule ? Ne faudrait-il pas désigner la personne dont le nom m'a attiré dans le piège ? Ne révèlerait-on pas des faits qu'il vaut mieux laisser dormir ? On ne sait jamais jusqu'où iront les investigations de la justice. Pour la considération de notre famille, pour la mienne, il est préférable de jeter le voile de l'oubli sur cette sotte aventure... Fie-t'en à moi ; je ne m'exposerai plus à pareil guet-apens ; d'ailleurs, aussitôt que je serai rétabli, je retournerai à ma garnison, où Dumirail n'aura garde d'aller me chercher.

L'agriculteur sentit que son frère avait raison.

— En effet, reprit-il, les poursuites judiciaires pourraient avoir pour toi et pour nous de nombreux inconvénients, et puisque tu es d'avis d'y renoncer... Il est pourtant bien dur de laisser sans vengeance la scélératesse du fabricant de papier !

— D'autres se chargeront de la punir. Les événements

auront plus d'autorité que nous... Si Dumirail n'était un plat et lâche personnage, je lui enverrais un cartel ; mais, sans doute, il ne répondrait pas plus à cette provocation qu'à la première.

Cette conversation avait fatigué le jeune officier. Jean-Baptiste se leva.

— Allons ! mon cher Amédée, dit-il, du ton qu'on prend avec un enfant, repose-toi... Et, tu sais, il ne faut pas que tu te troubles la cervelle pour un tas de choses... On mettra ta disparition momentanée sur le compte d'un accident... Ensuite, ajouta-t-il en baissant la voix, si, toute réflexion faite, tu persistes à vouloir épouser cette jolie Parisienne, je ne m'y opposerai plus... dussé-je en mourir !

XVI

UNE DÉCOUVERTE INATTENDUE

Deux jours encore s'écoulèrent.

Amédée de Beauregard était remis de ses fatigues et se disposait à partir, le lendemain ou le surlendemain, pour Nantes, où se trouvait son régiment. Quant à Bailleul, il était décidément sur pieds. Malgré sa pâleur et sa faiblesse, il pouvait descendre dans le jardin pour prendre l'air et remonter sans trop de peine, appuyé sur sa nièce.

Aussitôt qu'il avait été en état d'être transporté, il avait voulu, par discrétion, aller s'établir à l'hôtel du Grand-Cerf, où le médecin du pays eût continué de lui donner des soins; mais, à la première ouverture de ce projet, les deux frères Beauregard, et la petite Mariette elle-même, qui ne voulait pas se séparer de son amie, se récrièrent.

— Voyez-vous, papa Bailleul, dit Jean-Baptiste avec onhomie, vous êtes ici chez vous. Vous ne vous y trou-ez pas bien, peut-être, mais vous vous trouveriez en-ore plus mal au Grand-Cerf... N'ayez aucun scrupule de ester nos hôtes, vous et votre nièce. Le jour où vous tes entrés dans notre maison, a été un jour béni. Vous abiteriez dix ans chez nous que nous serions encore os obligés, et votre absence à tous deux laissera ici un ide, que rien ne pourra combler.

Comment résister à tant de cordialité? Bailleul, con-us, se contenta de remercier avec effusion, et on ne arla plus d'aller habiter le Grand-Cerf.

Louise, qui était présente à cet entretien, avait peine cacher sa joie ; dès que Jean-Baptiste fut parti, elle dit vec gaîté au brocanteur :

— Voyez, oncle Bailleul, comme vous avez eu raison e restituer à cette honnête famille les trouvailles opé-es dans le meuble d'ébène ! Vous avez donné satisfac-on à votre conscience et vous vous êtes créé des amis leins de dévouement.

— C'est bon ! c'est bon ! répondit Bailleul d'un air de nalaise ; restons encore, puisqu'on le veut... Et je crois, etite, ajouta-t-il en clignant les yeux, que tu n'es pas âchée de cet arrangement.

— Mon oncle, il est vrai que Mlle Mariette de Beau-egard est si affectueuse...

— Est-ce bien Mlle Mariette qui donne tant de charme our toi à cette maison?... Enfin, suffit... Il faudra néan-noins que nous partions pour continuer notre tournée.

Le lieutenant Amédée, pendant ces deux jours, avait

affecté de causer peu avec Louise, surtout devant Jean-
Baptiste. En revanche, dès que l'agriculteur s'absentait
pour surveiller les travaux des champs, Amédée ne s'é-
loignait guère de la jeune fille, et des œillades éloquentes
exprimaient ce que la bouche ne disait pas. Aussi,
Louise n'était-elle point surprise de cette réserve, qui,
après la conversation de la terrasse, eût pu lui sembler
inexplicable.

La veille du jour fixé pour le départ d'Amédée, l'officier, Bailleul et les deux demoiselles étaient réunis,
après déjeuner, dans un cabinet de verdure, situé à
l'angle du jardin. Le soleil était dans toute sa force ;
mais, à l'ombre des clématites et des chèvrefeuilles, qui
s'enroulaient autour du treillis, on jouissait d'une délicieuse fraîcheur. Au centre, se trouvait une grande table
de pierre, ronde, posée sur un bloc de granit.

Amédée et les jeunes filles avaient pris place sur des
bancs de pierre, tandis que Bailleul était installé dans
un fauteuil de bois, apporté de la maison. Le brocanteur
(signe certain du retour à la santé) fumait une grosse
pipe d'écume, que les voleurs du Saut-de-la-Chèvre n'a-
vaient pas jugé à propos de lui enlever. Amédée, pour
lui tenir compagnie, aspirait distraitement la fumée d'un
cigare. Mariette, avec ses petits doigts, ourlait une ser-
viette de toile rousse, et son amie, la Parisienne, l'aidait
obligeamment.

— J'espère, lieutenant de Beauregard, disait Bailleul,
que vous viendrez nous voir à Paris, et que j'aurai l'occasion de vous rendre, là-bas, le bon accueil que nous
recevons chez vous ?

Amédée répondit avec empressement que son régiment était, en effet, désigné pour aller tenir garnison à Paris, et qu'il serait heureux d'y voir M. Bailleul et sa famille.

— A la bonne heure ! reprit le brocanteur ; je vous montrerai ma maison de commerce... Dame ! c'est une boutique ; mais, si vous aimez les objets d'art et de haute curiosité, vous aurez de quoi vous contenter... Je vends aux plus riches amateurs de France. Les affaires ne vont pas mal ; aussi serai-je en mesure, le jour où ma nièce voudra se marier, de lui donner une dot de cent mille francs, outre ce qui lui reviendra après ma femme et après moi... et ce sera beaucoup mieux !

— Oh ! mon oncle !... mon oncle ! murmura Louise, en rougissant jusqu'aux oreilles.

— Eh bien, quoi ! reprit Bailleul avec un gros rire, il faut qu'on sache... Tu as une dot et tu es notre unique héritière... Il n'y a pas de mal à le dire, que diable !

Louise était toute confuse du manque de tact dont son oncle faisait preuve.

— Mlle Bailleul, dit Amédée, possède trop de mérites personnels pour avoir besoin...

— Bah ! reprit le brocanteur en riant toujours, l'argent est un mérite de plus, et la plupart des jeunes gens d'aujourd'hui en sont fort convaincus.

La conversation allait continuer, quand un homme apparut à porte de la maison, regardant dans le jardin d'un air embarrassé. On reconnut le facteur rural, qui, ne trouvant personne au logis, avait pénétré jusque-là, une lettre à la main.

— Pour M. Bailleul ! cria-t-il.

Aussitôt Louise fut debout. Légère comme un oiseau, elle s'élança vers le facteur, qui, après avoir remis sa dépêche, se retira. Elle revint en courant.

— C'est de Paris... c'est de ma tante Bailleul, disait-elle ; lisez vite, mon oncle... Je suis si impatiente !

— Oui, c'est de ma chère Marthe, répliqua le brocanteur en prenant la lettre.

Et il se hâta de déchirer l'enveloppe,

Dès les premiers mots, son visage, pâli par les souffrances récentes, devint tout rouge. A mesure qu'il avançait dans sa lecture, ses traits exprimaient l'étonnement, la douleur et l'épouvante.

— Grand Dieu ! dit-il enfin, en déposant la lettre sur la table de pierre, qui pouvait s'attendre... Quelle fatalité !

Et il se renversa, anéanti, dans son fauteuil.

— Mon oncle, qu'est-il arrivé ? s'écria Louise ; ma tante est malade... en danger peut-être ?... Permettez-moi de voir...

Elle voulut prendre la lettre ; Bailleul posa la main dessus, en disant d'un ton presque dur :

— Non, non, ta tante se porte bien.

— Mais enfin, que se passe-t-il ?

Bailleul ne répondit pas.

— La nouvelle qui désole M. Bailleul à ce point, dit Amédée, doit être bien grave !

Le brocanteur, malgré son trouble, sentit qu'il devait donner quelque explication.

— Il s'agit, dit-il, d'une affaire commerciale... qui peut causer ma ruine... Une imprudence a été commise là-bas, à Paris... Ah! par exemple, celui qui l'a commise m'en rendra bon compte! C'est Bernardin mon employé... Quoiqu'il soit à mon service depuis plus de vingt ans, je le chasserai sans miséricorde !

Il se leva avec effort.

— Louise, dit-il, nous ne continuerons pas notre voyage, comme je l'avais décidé... Nous partirons aujourd'hui même pour Paris, où ta tante a grand besoin de nous.

— Aujourd'hui, oncle Bailleul ! s'écria Louise stupéfaite ; y pensez-vous ? Vous n'êtes pas guéri... votre blessure peut se rouvrir.

— Je te répète qu'il importe que nous partions sans retard. M. Amédée voudra bien commander que l'on attelle ma jument à la voiture... Et, d'ailleurs, je pourrai bien l'atteler moi-même... Nous allons nous rendre à la plus prochaine station du chemin de fer, et nous prendrons le train pour Paris... Je louerai un coupé, je me donnerai toutes mes aises, mais je ne resterai pas ici vingt-quatre heures de plus.

Il saisit une canne, qui lui servait à s'appuyer en marchant, et il se disposait à regagner la maison, quand quelque chose, qu'il aperçut, par-dessus la haie d'aubépine en fleur, lui causa un tressaillement. Il retomba dans son fauteuil, en poussant un faible cri.

Ce qu'il avait vu, c'était une tête à moustaches, surmontée d'un tricorne galonné ; cette tête appartenait à un gendarme qui, tout en rôdant le long des clôtures, observait ce qui se passait dans le jardin.

Comme l'on cherchait le motif de cette émotion nou-

velle, une personne, qui venait de traverser la maison,
sans trouver à qui parler, comme avait fait le facteur,
se montra à l'entrée du jardin.

C'était un homme bien mis, à la tournure distinguée.
Il appelait à haute voix, avec une impatience visible.
Tous les regards se tournèrent vers lui.

— Sainte Vierge ! dit Mariette, c'est le juge d'instruction, qui est venu ici déjà pour faire une enquête sur
l'affaire du Saut-de-la-Chèvre.

— Aurait-il découvert les assassins ? s'écria Louise.

— Non, non, répliqua Bailleul en soupirant, c'est...
autre chose !

Le magistrat, apercevant du monde dans le cabinet de
verdure, s'avança de ce côté.

— Une maison bien gardée ! dit-il en saluant avec une
certaine raideur ; je ne savais à qui m'adresser... On
aurait dû pourtant entendre le cabriolet qui m'a amené
et qui stationne dans la cour.

— Tous nos gens, dit Amédée, travaillent dans les
champs avec mon frère aîné... Mais je suis à vos ordres,
monsieur.

— Voici Jean-Baptiste qui rentre, dit Mariette ; sans
doute il a vu la voiture de loin.

En effet, Jean-Baptiste, en habit de travail, se montrait à l'extrémité du jardin et accourait tout essoufflé.

— Ce n'est pas à MM. de Beauregard que j'ai affaire,
dit le juge, mais à M. Jérôme Bailleul, négociant, dont
j'ai déjà reçu la plainte.

— Je suis ici, monsieur, répliqua le brocanteur timidement.

Le magistrat lui lança un regard inquisiteur.

— Ah ! reprit-il avec une sorte d'ironie, vous n'êtes pas remis de votre blessure ?... Elle est donc bien sérieuse !... Du reste, monsieur, c'est parce que je vous supposais incapable de voyager, qu'au lieu de vous citer dans mon cabinet, au parquet de Limoges, j'ai pris la peine de venir en personne vous demander certaines explications... importantes. Vous plairait-il de me conduire dans quelque pièce de la maison où nous pourrions causer en particulier ?

— Pourquoi pas ici, monsieur le juge ? J'ai encore tant de peine à marcher !

— Ici, soit. Seulement, je prierai les personnes présentes...

Tout le monde fit mine de se retirer.

— A quoi bon, monsieur ? reprit Bailleul. Une lettre, que je viens de recevoir, m'apprend de quoi il retourne, et je suis prêt à vous répondre d'une manière catégorique. Tous les habitants de la maison ont connaissance de certains faits et pourront confirmer mes dires.

Le juge réfléchit un moment.

— C'est là une forme peu ordinaire d'interrogatoire, répliqua-t-il en souriant; mais puisque vous y tenez... D'ailleurs il ne s'agit encore que de simples renseignements; s'il s'agissait d'autre chose, nous verrions... Je ne refuse donc pas de vous questionner en présence de vos amis.

On apporta un autre fauteuil de bois, sur lequel le magistrat s'assit. Les frères Beauregard prirent place sur les bancs avec Louise et Mariette. Tous étaient inquiets, agités, et avec d'autant plus de raison que l'on pouvait

11.

voir maintenant, derrière la haie d'aubépine, deux gendarmes au lieu d'un, qui allaient et venaient d'une façon alarmante.

Le magistrat dit, après une courte pause :

— L'affaire sur laquelle je désire avoir des éclaircissements, en vertu d'une commission rogatoire du parquet de Paris, est étrange, mystérieuse, et je souhaite sincèrement, monsieur, que vous puissiez me donner des explications satisfaisantes.

Bailleul s'inclina.

— Vous savez, continua le juge, par suite de quelles circonstances j'ai été naguère appelé ici. En parcourant le pays avec votre nièce pour exercer votre profession, vous auriez, dites-vous, été attaqué le soir, à l'endroit appelé le Saut-de-la-Chèvre, par des malfaiteurs inconnus. Ces gens, après avoir exercé des violences contre votre jeune parente, vous auraient cruellement blessé à coups de couteau, puis se seraient enfuis, en emportant une somme en argent et en billets de banque, et notamment des bijoux anciens, d'une grande valeur, que vous aviez achetés aux MM. de Beauregard. A raison de l'obscurité, de la soudaineté de l'attaque, ni vous, ni Mlle Bailleul, vous n'avez pu donner le moindre détail sur ces malfaiteurs... Vous ignorez même leur nombre... et, depuis l'événement, les recherches de la justice pour les retrouver ont été impuissantes... Ces détails ne sont-ils pas d'une complète exactitude ?

— Personne ne saurait en douter, monsieur le juge, répliqua le brocanteur. Voici ma nièce, qui se trouvait dans une situation peu différente de la mienne, quand,

ayant échappé à la mort, nous sommes arrivés ici. Voici
MM. et Mlle de Beauregard, qui nous recueillirent avec
tant d'humanité. Vous pouvez questionner encore le
médecin, qui a pansé ma blessure et a fait les constata-
tions médicales. Enfin, ce sont MM. Jean-Baptiste et
Amédée de Beauregard qui, de concert avec moi, ont
donné l'état exact des bijoux anciens qu'ils m'avaient
vendus la veille du crime... Je ne crois pas que la
moindre incertitude puisse exister sur ces divers points.

Les assistants acquiescèrent par un signe de tête silencieux.

— Considérons donc ces faits comme établis, reprit le
juge ; mais alors, de quelle manière expliquez-vous,
monsieur Bailleul, que ces bijoux, qui vous ont été dérobés dans un guet-apens et dont l'état détaillé avait été
envoyé à la police de Paris, que ces bijoux, dis-je, aient
été retrouvés, il y a quelques jours, à Paris, dans votre
magasin du boulevard Haussmann, où ils avaient été
imprudemment mis en montre ?

Tout le monde tressaillit.

— C'est impossible cela! s'écria Louise en pâlissant.

Le juge jeta sur Louise un regard sévère, qui s'adou-
cit aussitôt.

— Le fait, mademoiselle, répliqua-t-il, est constaté
par un procès-verbal, dont on peut prendre connaissance.
Plusieurs de ces bijoux, notamment la bague en diamant provenant de Marie-Antoinette et la tabatière aux
armes de Condé, sont fort reconnaissables. Le poids de
l'or et des diamants se trouve identiquement le même
que celui porté dans l'état adressé à la justice... Du reste,

ces bijoux ont été saisis, comme objets volés ; il sera facile de s'assurer que ce sont bien ceux vendus par la famille de Beauregard.

Louise se cacha le visage dans ses mains, tandis que les frères et la sœur demeuraient consternés.

— Monsieur le juge, répondit Bailleul, je ne connais encore que d'une manière bien imparfaite cette fâcheuse affaire. La lettre, que je viens de recevoir, est obscure, ce qui s'explique par le trouble de la pauvre Mme Bailleul, qui, en mon absence, dirige ma maison de commerce. Chez moi, on achète et on revend toutes sortes d'objets précieux, pourvu qu'ils aient une valeur artistique ou historique, ou même tout simplement un caractère de curiosité. Après m'avoir dépouillé, les malfaiteurs ont eu la pensée, comme on l'avait prévu, de se rendre à Paris, car c'est là seulement qu'ils pouvaient se défaire du produit de leur vol avec avantage et impunité.

» Ils se sont hâtés de prendre le chemin de fer, afin d'arriver là-bas avant qu'aucun avertissement ait été donné à la police. Comme notre maison passe pour une des plus riches, des mieux achalandées, ils se sont adressés à elle, et on leur a acheté sans défiance ce qu'ils proposaient de vendre. Le preuve que ma maison ne soupçonnait nullement l'origine de ces bijoux, c'est qu'ils ont été mis aussitôt en étalage, et que le premier agent de police venu a pu, en passant, constater leur identité avec les objets précieux dont on possédait le signalement. »

Le juge écoutait avec attention.

— Ces explications, reprit-il d'un ton posé, ont été données déjà au parquet de Paris... Cependant, mon-

sieur, n'est-il pas bien extraordinaire que ces bijoux, que
vous dites vous avoir été dérobés au Saut-de-la-Chèvre,
se retrouvent, quelques jours plus tard, dans votre magasin du boulevard Haussmann ?

— C'est l'effet d'un simple hasard... Mais, pour Dieu !
monsieur le juge, que croyez-vous donc et de quoi suis-
je soupçonné ?

— Je ne crois rien, je ne soupçonne rien ; je me borne
à constater des singularités, qui me frappent, comme elles
ont frappé mon collègue de Paris. Déjà il y avait lieu de
s'étonner que, lors de votre accident au Saut-de-la-
Chèvre, ni vous, ni Mlle Bailleul, n'ayez pu fournir de
renseignements sur les scélérats par lesquels vous avez
été blessé et dévalisé. Ces scélérats, malgré les plus
promptes, les plus actives recherches, n'ont pas été retrouvés. Or, il advient que, quelques jours plus tard, les
bijoux, dont vous avez dénoncé le vol, sont mis en vente
dans votre boutique à Paris... Encore une fois, n'y a-t-
il pas dans tout ceci quelque chose de passablement in-
compréhensible ?

— C'est un hasard extraordinaire, j'en conviens ; mais
je vous répète...

Louise se leva, rouge de honte et d'indignation :

— Monsieur le juge, s'écria-t-elle, je ne dois pas souffrir que mon oncle reste sous le coup des insinuations
qu'il vous plaît d'exprimer. Je ne l'ai pas quitté d'un
instant, depuis l'événement où nous avons failli périr
tous les deux, et j'affirme devant Dieu qu'il n'a dit que
la vérité... J'adjure MM. et Mlle de Beauregard, ici présents, de déclarer si tout ce qu'ils ont vu, tout ce qu'ils

ont entendu à notre sujet ne confirme pas ces assertions.

— Oh ! c'est bien vrai ! s'écria Mariette.

— Il est certain, dit Jean-Baptiste, que, depuis son
arrivée chez nous, M. Bailleul n'a rien pu envoyer à
Paris, car c'est moi qui ai la garde des effets contenus
dans sa voiture.

— Pendant plusieurs jours, ajouta le lieutenant Amédée, il a été entre la vie et la mort, ainsi que l'attestera
le docteur Boutillon, le médecin de Saint-Amand... et
il ne saurait exister aucun doute sur la gravité de sa
blessure.

— Je ne contredis rien de tout cela, messieurs ; je me
borne à relever de bizarres obscurités dans toute cette
histoire... Si M. Bailleul n'a pas, lui-même, dans un but
et dans un intérêt que j'ignore, envoyé ces bijoux à sa
maison de Paris, il n'est pas moins vrai qu'une grave
infraction contre les règlements de police a été commise
par ses représentants, en achetant des objets d'une telle
valeur à des inconnus ; aussi, les représentants dont je
parle seront-ils responsables de ce délit devant les tribunaux.

— Mais c'est ma femme, ma pauvre chère Marthe,
s'écria le brocanteur avec désespoir, qui sera poursuivie
pour cette omission funeste... Elle m'annonce qu'il est
question de la mettre en prison !... Je vous le jure,
monsieur le juge, elle n'est pas coupable ! Ce n'est pas
elle qui a fait l'acquisition des bijoux, qui a négligé de
les payer à domicile, selon les prescriptions de la loi.
C'est mon idiot de commis, Bernardin, qui, trouvant

à conclure un marché avantageux, a perdu la tête
et oublié de remplir les formalités habituelles... Il ne
le portera pas en paradis, allez ! A mon retour là-
bas...

— Il suffit, dit le juge en se levant ; si incomplètes et
si confuses que soient vos explications, je les transmet-
trai à qui de droit ; cette affaire ne me regarde plus...
Une preuve que j'admets, dans une certaine mesure, les
excuses que l'on allègue, c'est que je n'emploie aucun
des moyens de rigueur que j'avais cru devoir préparer.

Et il désignait les deux gendarmes, qui continuaient
de se promener derrière la haie du jardin.

— Si de nouvelles charges s'élevaient ultérieurement,
acheva-t-il d'un ton sec, on aviserait.

— Monsieur le juge, s'écria Louise en joignant les
mains, a-t-on vraiment l'intention d'arrêter ma pauvre
tante Bailleul, parce qu'elle a négligé de remplir une
formalité légale ? Oh ! je vous en conjure, recommandez
que l'on soit indulgent pour elle... Elle est si bonne !
J'étais orpheline, elle m'a servi de mère, m'a élevée ..
Je lui dois tout, ainsi qu'à mon excellent oncle... S'il
leur arrivait malheur à l'un ou à l'autre, j'en mourrais !

Et ses larmes coulèrent avec abondance.

— Écoutez cette chère enfant, dit Bailleul, fort ému
lui-même ; ma femme doit être mise hors de cause, j'aimerais mieux porter seul la responsabilité de ce qui s'est
passé... Mais, tout souffrant que je suis, je vais partir,
et j'espère...

— Cela vous regarde, monsieur, répliqua le magistrat ; ma tâche est accomplie.

Il salua et se dirigea vers la cour, où sa voiture attendait.

Les deux frères Beauregard l'accompagnèrent par politesse, et, chemin faisant, ils invoquèrent sa bienveillance personnelle, en faveur de leurs hôtes et de la dame compromise par une simple étourderie.

— Messieurs, dit le juge, il est des étourderies qui, vu les circonstances, ont un fâcheux caractère. Je ferai ce que je pourrai, car la douleur de cette jolie enfant m'a touché... Seulement, je le répète, l'affaire dépend, à cette heure, du parquet de Paris.

Il monta dans sa voiture, appela d'un signe les gendarmes qui, après avoir pris ses ordres, regagnèrent Saint-Amand, et il partit.

Les deux frères rentrèrent dans la maison, sans échanger une parole.

Une heure plus tard, la jument Fanchette était attelée à la carriole, et un valet de ferme avait mission de conduire les voyageurs à la plus prochaine station de chemin de fer.

Bailleul parut ; il marchait péniblement, appuyé sur Louise, qui pleurait. Il remerciait avec distraction les frères Beauregard des soins qui lui avaient été prodigués chez eux. Il fallut presque le porter pour le mettre dans la carriole, où des coussins devaient lui rendre les cahots moins sensibles.

Du reste, nous savons qu'il comptait prendre, à la station, un coupé-lit, où il pourrait voyager commodément avec sa nièce, tandis que la carriole serait placée sur un truc et le cheval installé dans les wagons spéciaux.

La petite Mariette pleurait elle-même, et embrassait chaleureusement son amie. Quant à Amédée et à Jean-Baptiste, tout en exprimant à Bailleul des regrets sur ce départ précipité, et en manifestant l'espoir que l'affaire qui le rappelait à Paris aurait une heureuse solution, ils montraient une froideur et une réserve remarquables. Pas un mot à voix basse ne fut adressé à Louise par le jeune officier.

Il lui donna la main pour l'aider à monter en voiture, mais aucune pression furtive n'établit entre eux une entente muette, et la carriole s'éloigna, sans qu'aucun témoignage de cordialité eût été échangé.

Sous la vieille arcade de la cour, tandis que Mariette regagnait tout éplorée la maison, les deux frères restèrent un moment immobiles et se regardèrent en silence.

— Amédée, demanda enfin Jean-Baptiste, ne trouves-tu pas, comme moi, que le père Bailleul exerce... un vilain métier?

— Je le reconnais, mon frère, répondit l'officier d'un ton triste, et les plus brillants avantages ne sauraient compenser... Je gémis en songeant que sa nièce est obligée de vivre au milieu d'une pareille fange !

— Ainsi, tu n'es pas décidé...

— A rien encore... Si humble qu'elle soit, notre famille a des traditions d'honneur et de fierté que nous ne devons pas enfreindre.

— C'est vrai. Alors, ni toi, ni moi, n'est-ce pas ?... Tout est fini entre eux et nous !

Et l'agriculteur pressa son frère contre sa poitrine avec transport.

XVII

LA FAMILLE ROBERT

Nous sommes à Paris, et une année environ s'est écoulée depuis les événements, que nous venons de raconter.

Rue Taitbout, dans une de ces maisons sombres et mal aérées, comme on en construisait encore sous le règne de Louis-Philippe, habitait, au troisième étage, une humble famille, qui excitait une sympathie générale. Le mari et la femme, jeunes l'un et l'autre, avaient deux petits enfants, une fillette de trois ans environ et une seconde encore à la mamelle. Le père était commis dans un magasin du voisinage et ses occupations l'obligeaient de rester absent de chez lui presque toute la journée. La mère avait été employée à des ouvrages de « confection » dans le même magasin. Ils s'étaient mariés par amour, et, l'amour persistant après le mariage, ils n'avaient pas eu lieu, pendant longtemps, de se plaindre de leur sort.

Malheureusement, à l'époque où nous sommes, cette vie paisible venait de subir de cruels changements. L'aînée des petites filles relevait d'une grave maladie. Des soins attentifs et de fortes dépenses avaient été nécessaires pour la sauver. Pendant ce temps, la mère, affaiblie déjà par l'autre enfant qu'elle allaitait, s'était trouvée incapable de travailler, et elle avait été atteinte elle-même d'une maladie de langueur, qui prenait de jour en jour un caractère plus alarmant.

Aussi la tristesse et la souffrance régnaient-elles maintenant dans le petit appartement de la rue Taitbout, où l'on voyait naguère tant de bien-être et tant de joie.

Cet appartement, peu coûteux, se composait seulement de deux pièces et d'une étroite cuisine toute noire. La pièce d'entrée servait à la fois de salon et d'atelier ; la seconde, de dortoir à la famille. Le mobilier était très simple ; mais, par son arrangement, par son exquise propreté, il avait ce caractère de distinction qu'une femme soigneuse sait donner aux moindres choses autour d'elle.

Un matin, la famille était réunie dans cette première pièce, où l'on recevait d'ordinaire les étrangers. Une machine à coudre, posée sur une table qu'encombraient des morceaux d'étoffes, annonçait que la maîtresse de la maison essayait de reprendre son travail d'autrefois. La barcelonnette du bébé avait été apportée près de la chaise de la mère, au-dessous d'une cage où sautillaient des oisillons. Le seul ornement de la muraille était un vieux tableau enfumé, dans un cadre de chêne dont la dorure avait disparu depuis longtemps.

M. et Mme Robert, c'était le nom des deux époux, écoutaient d'un air de déférence un vieux monsieur qui, debout, leur parlait d'un ton doctoral.

La jeune femme, grande, blonde, aux yeux bleu-clair, avait une charmante figure ; en revanche, elle était d'une blancheur de marbre et semblait n'avoir plus de sang dans les veines. Elle tenait le petit enfant dans ses bras, tandis que l'autre fillette la tiraillait par sa jupe en pleurnichant.

Le mari, beau garçon, à chevelure et à barbe bien soignées, avait cette mise élégante que certains commerçants exigent de leurs employés.

Le vieux monsieur au ton doctoral était tout bonnement le médecin qui donnait des soins à la famille. Excellent homme, malgré son emphase, il possédait cette science pratique des médecins qui voient de nombreux malades.

— Je regrette de vous parler ainsi, madame Robert, disait-il, mais, dans l'état où vous êtes, il n'y a plus de ménagements à garder. Il faut renoncer à nourrir vous-même votre enfant ; vous êtes atteinte d'anémie profonde, et, pour lui comme pour vous, il est temps d'aviser, sinon ça ira mal. Je suis grand partisan de l'allaitement maternel ; mais les Parisiennes sont souvent dans des conditions fâcheuses, à raison du manque d'air et d'exercice, à raison de la faiblesse de leur constitution, et pour d'autres causes majeures : aussi doit-on faire fléchir la règle à leur sujet... Il importe de modifier au plus vite votre genre de vie, ou je ne réponds de rien.

— Alors que faire, monsieur le docteur ? demanda la jeune femme en caressant de la main qu'elle avait libre l'enfant mutinée.

— Il faut mettre votre bébé au biberon... Ne vous récriez pas !... On peut se procurer d'excellent lait de vache ou de chèvre, et il sera toujours préférable au lait appauvri que vous donnez à l'enfant... De plus, il est urgent que, vos fillettes et vous, vous alliez passer un mois ou deux à la campagne... Nous sommes au printemps ; la saison semble on ne peut plus favorable.

— La campagne ! monsieur, répliqua Mme Robert avec une ironie triste, eh ! où voulez-vous que j'aille ?... D'ailleurs, est-ce que je peux quitter mon mari ?

— Ma chère Mathilde, dit Robert avec vivacité, si le docteur juge indispensable...

— Tu plaisantes, mon ami : il y a des choses qui nous sont impossibles... tout à fait impossibles !

— Il s'agit de la dépense, n'est-ce pas ? reprit le docteur ; écoutez-moi... J'ai parlé de vous à de braves gens auxquels j'ai rendu service. Ce sont des fermiers aisés, qui demeurent à une petite distance de Dourdan, et qui possèdent de nombreuses vaches laitières. Ils s'engagent à vous loger, vous et vos deux enfants, à vous nourrir d'une manière convenable, moyennant cent cinquante francs par mois. J'estime que deux mois seront nécessaires pour vous rétablir tous ; c'est donc trois cents francs qu'il faudra débourser pour produire la cure que j'espère... Voilà ma proposition ; voyez si elle vous agrée.

Dans ce cas, j'écrirai sans retard à mes amis les fermiers.

— Trois cents francs ! répéta Mathilde avec accablement ; où les prendrions-nous ! C'est presque ce que Robert gagne en deux mois... Et lui, comment vivrait-il ? Comment paierait-il le loyer et les autres dépenses ?

— Cependant, Mathilde, si la nécessité l'exige...

— Allons ! vous vous concerterez ensemble, dit le docteur avec impatience, et vous me transmettrez votre décision... Mes autres malades me réclament et je pars... Seulement, vous savez ! ne lanternez pas trop, car il y a urgence... Adieu ; je reviendrai demain.

Il se dirigea vers la porte, pendant que Mathilde, bouleversée, essayait d'apaiser les deux petites, qui pleuraient à l'envi l'une de l'autre.

Robert accompagna le médecin jusqu'à l'escalier.

— Monsieur le docteur, demanda-t-il à voix basse, ma femme serait-elle vraiment dans un état dangereux ?

— Mon cher monsieur, répliqua le docteur brusquement, je n'irai pas par quatre chemins... Si vous ne prenez le parti que je propose ou tout autre du même genre, dans quelques mois d'ici ou la mère ou l'enfant, peut-être l'une et l'autre, ne seront plus de ce monde.

Et il descendit l'escalier quatre à quatre.

Robert avait reçu une violente secousse au cœur, et lorsqu'il rentra, son visage était aussi décoloré que celui de sa femme.

Mathilde avait réussi à calmer ses deux filles, en donnant un vieux jouet cassé à l'aînée, et en présentant le sein à la plus jeune. Elle dit à son mari d'un ton d'humeur :

— As-tu entendu ce médecin ? Sur ma parole, il me fait rire... Pourquoi ne m'ordonne-t-il pas aussi de vivre avec des perdrix truffées, d'avoir un château et un carrosse ?

— Il ne s'agit pas de perdrix et de carrosse, ma bonne Mathilde, répliqua Robert en s'asseyant ; il s'agit de trouver trois cents francs pour rétablir ta santé et celle de Georgette... Il faut les trouver.

— Où cela, mon ami ? Oserais-tu les demander à ton patron ?

— Oh ! non ; il est le dernier à qui je m'adresserais. Une fois, j'ai voulu solliciter une avance d'un demi-mois. Il ne m'a pas refusé, mais il m'a regardé de travers et m'a dit sèchement : « Je n'aime pas ça... N'y revenez plus si vous voulez rester dans ma maison. » Il serait capable de me renvoyer.

— Alors, à qui t'adresseras-tu ?

— Peut-être certains de mes camarades seront-ils en état de me parfaire cette somme... Je leur donnerai une délégation sur mes appointements.

— Mais toi, comment vivras-tu ? comment paieras-tu le loyer ?... Le propriétaire est si dur !

— Je vivrai à la gargote... bon marché... je ne dépenserai pas plus de cinquante francs pour ma nourriture...

— Et pendant que tu seras en proie ici aux plus cruelles privations, je me gobergerai là-bas à la campagne avec mes enfants ! Je ne veux pas de ça, Robert...

S'il nous tombait des nues trois cents francs, qui ne devraient rien à personne, je ne dis pas... Mais contracter des dettes, dans un moment où je n'ai pas la force de travailler, je n'y consentirai jamais.

— Voyons, réfléchis, ma chère Mathilde... Ton obstination peut avoir les plus terribles conséquences... Et si tu m'aimes assez pour faire le sacrifice de ta vie, sacrifieras-tu aussi celle de cette innocente créature ?

Et il désignait l'enfant, chétive et malingre, qu'elle tenait entre ses bras.

— Réellement, répliqua Mathilde, je n'ai presque plus de lait et celui que j'ai est insuffisant pour la nourrir... Georgette souffre, elle dépérit... Mon Dieu ! mon Dieu ! qu'allons-nous devenir ?

Elle se mit à pleurer.

Robert lui posa un baiser sur le front, puis promena les yeux autour de lui. Évidemment, il cherchait un objet à vendre ou à engager; mais il n'y avait là que des meubles tout à fait nécessaires et la vente d'aucun n'eût pu produire une somme notable. Tout à coup, son regard se fixa sur le vieux tableau suspendu à la muraille. Il s'en approcha et se mit à le contempler longuement.

Le tableau était en piteux état. Sa bordure de chêne sculpté tombait en poudre, sa couleur s'écaillait par places et laissait voir la trame de la toile. D'ailleurs, il était si noir, si enfumé, que l'on avait peine à en distinguer le sujet. Il fallait de l'attention pour reconnaître qu'il s'agissait d'un combat au dix-septième siècle. Des cavaliers en casques, revêtus de cuirasses d'acier ou de justaucorps de buffle, se lançaient à fond de train sur un ennemi, qui fuyait dans des nuages de fumée. Hommes et montures étaient peints avec une hardiesse qui décelait un maître ; le paysage, plein de profondeur, avait des teintes vigoureuses et puissantes.

L'employé de magasin manquait de connaissances spéciales pour apprécier ses mérites ; ne voyant que le mauvais état du tableau et du cadre, il s'en désolait. Cependant, il dit à sa femme :

— Te souviens-tu, Mathilde, que, lorsque nous avons emménagé dans cette maison, le commissionnaire qui portait ce tableau sur son crochet, a été abordé par un monsieur qui, après avoir examiné la toile, nous a fait proposer de l'acheter pour deux cents francs ?

— Oui, mais le monsieur n'a pas donné son adresse et n'a jamais reparu.

— N'importe ! ce tableau doit avoir quelque prix, malgré son délabrement. Mon père, de qui nous le tenons, était un homme de savoir et de goût ; il y attachait beaucoup de prix. Cette vieillerie ne lui a pas coûté cher ; mais il m'a dit bien des fois que je ne devrais la vendre qu'à bon escient ; que c'était, selon toute apparence, l'œuvre d'un grand peintre italien. Je l'ai conservée plutôt comme un souvenir de mon père, un savant pauvre, que comme un objet de valeur ; mais, dans les circonstances présentes, pourquoi n'essaierions-nous pas d'en tirer parti ?

— Ma foi ! Robert, dit la jeune femme qui recouvra tout à coup son enjouement habituel, si tu pouvais trouver trois cents francs de ce « rossignol, » je n'aurais plus

12

de scrupule pour partir avec mes enfants.... Mais ne te
monte pas la tête, mon ami. Malgré l'opinion de ton bonhomme de père, qui savait tant de choses, mais qui n'a
pas su s'enrichir, je doute que tu te défasses avantageusement de cette « vieille horreur ».

— On peut néanmoins tenter la chose, répliqua Robert;
il y a, pas bien loin d'ici, sur le boulevard Haussmann,
un marchand de bric-à-brac que l'on dit très connaisseur ;
pourquoi ne lui proposerais-je pas d'acheter ce tableau ?

— Tu peux le lui proposer, dit Mathilde en riant ;
reste à savoir s'il acceptera... Tiens, tu ferais mieux
d'aller bien vite à ton magasin, car tu es déjà en retard,
et le patron ne se gênerait pas pour te donner une
« chasse ».

— On la recevra... Mais je veux avoir le cœur net de
cette affaire.

Il jeta, par-dessus ses vêtements, une longue blouse
en toile grise, comme en portent certains garçons de
magasin ; puis, il grimpa sur la table et décrocha le
tableau.

Après avoir essuyé avec précaution la poussière et les
toiles d'arraignée qui s'étaient accumulées par derrière,
il essuya légèrement la toile elle-même, et, malgré son
inexpérience, il fut tout surpris de la splendeur des
teintes qu'il découvrit sous une couche de crasse.

— Ceci n'est vraiment pas mal, reprit-il en reculant
d'un pas pour se mettre au point de perspective ; on
croirait voir un tableau du Louvre... Allons ! il n'en
coûte rien de le montrer à M. Bailleul, et advienne que
pourra !

Il chargea le tableau sur son épaule, se coiffa d'une casquette et se mit en devoir de sortir.

— Va, pauvre garçon, dit Mathilde avec mélancolie, va chercher une déception !... Cependant, ajouta-t-elle presque aussitôt en se ravisant, si l'on t'offrait un prix quelconque de « ta vieillerie » ne la lâche pas définitivement sans m'avoir consultée.

— Oui, oui, je te le promets, dit Robert.

Il descendit l'escalier et prit le chemin du boulevard Haussmann.

XVIII

LA BOUTIQUE DU BROCANTEUR

Le magasin de Bailleul avait fort belle apparence. La devanture en glaces, aux encadrements dorés, tirait l'œil de cinquante pas, et bon nombre de curieux stationnaient habituellement sur le trottoir bien dallé qui la longeait. Ce magasin n'était pas encombré de bibelots hétérogènes, souvent sans valeur aucune, comme ceux qui garnissent les étalages de certains bric-à-brac. Les objets de peu de prix étaient envoyés dans une succursale, située à l'autre extrémité de la ville. Dans celui-ci, on ne voyait qu'un petit nombre de curiosités artistiques, meubles, bronzes, tableaux, émaux, armes, tapisseries, toutes précieuses par leur antiquité incontestable, par la matière ou par la finesse du travail. Aussi, la maison était-elle célèbre, tant à Paris et en France

qu'à l'étranger. L'enseigne, dont la porte était surmontée, ne portait pour indication que ce nom BAILLEUL,
écrit en grosses lettres d'or ; le monde entier devait
savoir ce que ce nom signifiait.

Ce matin-là, deux dames avaient pris place derrière le
comptoir, sur une banquette en bois sculpté, garnie de
tapisseries, qui pouvait passer elle-même pour une
curiosité historique.

La plus âgée de ces dames, grosse vieille au nez bus-
qué, à l'œil éteint et caché sous des bourrelets de graisse,
à la figure flasque, encadrée dans un bonnet de dentelles,
était Mme Bailleul. Pendant bien des années, elle avait,
assise derrière ce comptoir, secondé son mari dans
l'exercice de sa profession ; mais, évidemment, son rôle
était, à cette heure, bien effacé. Son regard atone, ses
traits immobiles, ses mouvements gauches et langoureux
trahissaient un état maladif, qui ne lui laissait plus l'u-
sage entier de ses facultés.

Mme Bailleul, en effet, avait été cruellement tourmentée, peu de temps auparavant, au sujet des bijoux dont
nous connaissons l'histoire. Quoique le commis Bernardin eût été congédié à cause de cette affaire, c'était elle,
en réalité, qui avait eu la coupable imprudence d'acheter, sans observer les précautions d'usage, les objets
précieux dérobés à son mari, et elle avait failli, comme
nous savons, porter devant un tribunal la responsabilité
de cette faute.

Des recommandations puissantes, des sacrifices d'argent, et surtout les démarches actives du brocanteur
arrêtèrent l'action judiciaire. Toutefois, la bonne dame,

12.

à la suite de ces mortelles inquiétudes, fut atteinte d'apoplexie. Une médication énergique avait conservé ses jours ; mais son intelligence semblait ne pouvoir jamais se relever de cette secousse.

Mme Bailleul trônait bien encore derrière son comptoir, comme elle avait fait pendant les trente années précédentes ; mais elle ne prenait presque aucune part aux affaires du commerce. Sans cesse occupée à tricoter des chaussettes de laine pour son mari, elle paraissait indifférente à tout, et ne répondait que par monosyllabes aux questions qu'on lui adressait.

Sa nièce Louise, en ce moment auprès d'elle, la suppléait parfaitement. Louise n'avait plus cette apparence frêle et maladive d'autrefois. C'était maintenant une belle personne, aux joues roses, dont l'œil vif et clair savait pourtant se baisser à propos. Elle était vêtue avec une élégance simple et de bon goût, et son petit air d'autorité lui donnait une grâce de plus.

Elle était vraiment l'âme de la maison ; son oncle ne faisait rien sans la consulter, et souvent elle parvenait à refouler les instincts rapaces du brocanteur. Mme Bailleul, en toutes choses, s'en rapportait à ses décisions. Quand on la consultait sur une affaire, elle répondait de sa voix basse et monotone :

— Écoutez ma nièce... Faites ce que voudra ma nièce.

Et elle tricotait avec fureur, comme si toute son activité avait passé dans ses doigts.

Le matin dont nous parlons, pendant que Louise parcourait un de ces petits journaux, qui commencent à

remplacer les grands dans la faveur du public, Bailleul,
en jaquette légère, s'ingéniait, de l'autre côté du magasin, pour « rouler » un riche amateur, sa pratique ordinaire. Cet amateur était un homme d'une grande
distinction, dont une rosette multicolore ornait la bou-
tonnière. Il s'agissait, cette fois, d'un certain meuble
d'ébène dont nous connaissons la provenance, et qui,
restauré, poli, verni, avait vraiment fort bon air.

— Deux mille francs, monsieur le duc, disait Bailleul
de ce ton hâbleur qui est traditionnel dans sa profession : je ne pourrais en rabattre un centime... C'est un
véritable joyau de la Renaissance... Voyez-moi ces belles
ciselures, cette composition exquise, le fini précieux de
l'exécution ! Je l'ai découvert dans un petit vieux château,
au fond du Limousin, et il n'a pas été facile de l'obtenir,
car la famille noble, qui le conservait depuis des siècles,
ne se souciait pas de s'en séparer. Il a contenu des objets
d'une grande valeur et peut-être un jour vous conterai-
je l'histoire qui s'y rattache...

— Bon ! je les connais, vos histoires, père Bailleul,
reprit le duc en riant ; et on ne me prend plus à de semblables pipeaux. Ce meuble est charmant, j'en conviens,
quoique vos « truqueurs » aient certainement passé par
là... Voici un panneau qui ne semble pas très catholique,
et un des pieds d'ébène a été remplacé... N'importe !
Quinze cents francs... Voulez-vous ?

— Impossible, monsieur le duc ; j'y perdrais... Ce
meuble m'a coûté les yeux de la tête.

Pendant que l'oncle faisait ainsi son boniment, la nièce
avait interrompu la lecture d'un intéressant feuilleton

pour écouter. Un sourire railleur effleurait ses lèvres vermeilles ; mais, sans doute, le cas présent n'était pas de ceux qui exigeaient son intervention, car elle demeura silencieuse.

La faconde de Bailleul finit par l'emporter.

— Allons ! dit le duc, envoyez le meuble aujourd'hui chez moi, et, puisque vous êtes si tenace, on paiera ce que vous demandez.

Louise souriait toujours et son sourire était de plus en plus narquois. Quant au brocanteur, il eut quelque peine à s'empêcher de se frotter les mains, à la suite de son excellent marché.

Le duc allait se retirer, lorsque Robert, son tableau sur l'épaule, entra dans le magasin.

Le pauvre garçon paraissait fatigué, le chassis et le cadre de chêne ne laissant pas que d'être fort lourds. Il posa le tableau debout contre le comptoir et s'essuya le front.

— Pourrait-on m'acheter cela ? demanda-t-il avec timidité.

— Je suis en affaires, répliqua Bailleul ; et puis, que diable ! mon ami, voulez-vous que je fasse de cette croûte, dont les rats ont mangé la moitié ?

Il jeta pourtant un regard distrait sur le tableau, étalé ainsi en pleine lumière, et sans doute il changea d'avis, car son visage devint sérieux tout à coup.

Le duc, de son côté, s'était penché vers le tableau et l'examinait avec attention. Il finit par mouiller de salive le bout de son doigt et frotta un coin de la toile. Alors apparurent certains détails vigoureux, des tons éblouissants, dont il était difficile d'avoir une idée sous la couche grisâtre qui les recouvrait.

La conviction de l'amateur expérimenté fut bientôt faite ; il se tourna vers Bailleul et lui dit à voix basse, en clignant des yeux :

— Avez-vous l'intention d'acquérir cette toile ?

— Eh ! eh ! peut-être.

— En ce cas, je me retire, car je ne voudrais pas avoir l'air d'enchérir sur vous... Mais, si vous l'achetez, vous m'en parlerez plus tard.

— On dirait, monsieur le duc, que quelque chose vous a frappé dans ce tableau ?

— Quelque chose ne vous a-t-il pas frappé, vous aussi ?.. C'est un superbe Salvator Rosa... Ne le laissez pas échapper ; nous en recauserons... Adieu.

Il salua de la main, s'inclina devant les dames, et sortit, non sans lancer un dernier regard sur le tableau.

Louise avait fort bien remarqué le chuchotement de son oncle et du duc ; devinant qu'il s'agissait d'une découverte importante, elle se tint attentive à ce qui allait se passer. En revanche, le pauvre Robert restait humblement à l'écart, jusqu'à ce qu'il plût au brocanteur de s'occuper de lui et de son tableau.

Bailleul, après avoir reconduit le duc à la porte et l'avoir salué même quand il était déjà loin, revint vers le comptoir.

— Voyons ! mon cher, dit-il à Robert, que me voulez-vous ? Ce que vous m'apportez là n'est pas fameux... et jamais je n'ai vu de toile aussi délabrée.

— On assure pourtant, monsieur, répliqua Robert les

yeux baissés, qu'elle est de quelque prix. Mon père, qui s'y connaissait, n'eût jamais consenti à la vendre. Et si une cruelle nécessité ne me mettait dans l'obligation...

Il s'interrompit, sentant que c'était un mauvais moyen pour vendre avantageusement sa marchandise, que de parler de sa gêne. Il ajouta, d'un ton plus ferme :

— Je désire seulement être renseigné sur la valeur de cet objet ; et, peut-être, alors, si j'en trouvais un prix... convenable, je me déciderais...

Bailleul se fit une lorgnette de sa main et eut l'air d'étudier minutieusement la peinture, dont il connaissait pourtant déjà tous les mérites.

— Ce n'est pas tout à fait mauvais, reprit-il froidement ; mais c'est si vieux, si sale, si avarié... Il y aurait gros à dépenser pour remettre ce tableau en état... Enfin, mon cher, qu'en voulez-vous ?

— Vous êtes plus compétent que moi, monsieur Bailleul ; estimez-le vous-même et dites-moi un prix.

— Je n'ai pas l'habitude de fixer un prix le premier ; c'est à mon vendeur de faire connaître ses prétentions, et je juge ensuite si elles m'agréent.

Robert se trouvait cruellement embarrassé. Il craignait d'énoncer un chiffre inférieur à la valeur de la toile ; et, d'autre part, en énonçant un chiffre supérieur, il s'exposait à être congédié, sans discussion, avec sa marchandise.

— Eh bien ! reprit-il, si l'on vous demandait six... non, cinq cents francs de ce tableau ?

— Cinq cents francs ! Vous voulez rire, mon cher. Cinq cents francs, ce lambeau de toile !

Robert se repentait peut-être déjà d'avoir énoncé un
si haut prix ; cependant, il répondit avec aplomb ;

— Je crois être fort raisonnable... et puis, il faut vous
en prévenir dès à présent, le marché, quel qu'il soit, ne
sera définitif qu'après que j'aurai consulté ma femme...

— Ah ! il y a une femme dans l'affaire ! dit Bailleul,
dont le visage se rembrunit; en ce cas, je doute que nous
parvenions à nous entendre... Reprenez votre « galette »,
cher monsieur... Nous sommes trop loin de compte !

Le pauvre employé semblait tout penaud du résultat
de ses manœuvres. Comme il ne se pressait pas de charger le tableau sur ses épaules et de repartir, Louise quitta
le comptoir et s'avança, le sourire sur les lèvres :

— Ah ! ça ! mon oncle, dit-elle gaiement, voilà un
marché bien difficile à conclure !

Bailleul, en la voyant intervenir, eut un mouvement
très marqué d'inquiétude.

— Voyons! mignonne, balbutia-t-il, ne te mêle pas
de ça... ce sont des affaires hors de ta compétence...
Peut-être nous arrangerons-nous, ce jeune homme et
moi, s'il veut y mettre du sien...

—Écoute-la, Bailleul, s'écria la vieille dame, qui parut
sortir tout à coup de son indolence et qui avait un accent
impérieux; ta nièce sait mieux que toi et moi conclure
un marché.

— Oui, oui, répliqua le mari tout confus, elle n'est
pas « empotée ». Cependant, il se rencontre des cas...

— Laisse-la faire, répéta Mme Bailleul plus impérieusement encore.

Le brocanteur baissa l'oreille et se tut.

Louise, sans s'émouvoir de cette contestation conjugale, s'était penchée vers le tableau et l'examinait à son tour.

— Eh ! mais, dit-elle, cette peinture ne me paraît pas dépourvue de talent et elle pourrait bien être d'un maître... Tenez, mon oncle, ajouta-t-elle en désignant la place que le duc avait grattée légèrement, n'est-ce pas une signature que je vois là ? Oui, vraiment, et je distingue très bien un S et un R entrelacés... Alors ce serait le monogramme de Salvator Rosa, le grand maître italien.

Le brocanteur prit une mine consternée, tandis que la charmante jeune fille, toujours souriant, se jetait ainsi à la traverse de ses spéculations.

— Tu sais, petite, on ne doit pas toujours s'en rapporter à des signatures... Les fraudes sont si fréquentes, il y a des faussaires si habiles !

— Cette signature a tous les caractères de l'authenticité, mon oncle, et c'est vous-même qui m'avez appris à les reconnaître.

— Le plus fin s'y trompe... Allons ! puisque tu as si bonne opinion de cette toile, je m'en fierai à toi. Je ne marchande plus... On demande cinq cents francs, je vais les donner, et le tableau m'appartient.

En même temps, il fit un mouvement pour aller prendre de l'argent dans la caisse.

— Un moment, mon oncle, reprit Louise ; les règlements vous obligent de payer « à domicile » les objets dont la vente vous est offerte par des personnes inconnues. D'autre part, n'oubliez pas que « monsieur » ne rendra le marché definitif qu'après avoir consulté sa femme.

— Oh ! elle acceptera ! s'écria Robert qui, tout rouge et l'œil pétillant, ne pouvait contenir sa joie ; et pourquoi refuserait-elle ? Cet argent sera la santé et la vie pour elle, pour nos pauvres enfants... Oh ! elle acceptera, j'en réponds ; et si M. Bailleul voulait m'accompagner chez moi... Ce n'est qu'à deux pas d'ici, rue Taitbout...

Pendant qu'il parlait, Louise fixait sur lui son regard clair et doux, qui commençait à exprimer une sympathie réelle.

— Ainsi, monsieur, demanda-t-elle, ce n'est pas volontairement que vous vous défaites de ce vieux tableau ?

— Non, mademoiselle ; si des circonstances... douloureuses ne m'y avaient obligé, je n'aurais jamais consenti à vendre cette toile, à laquelle mon père tenait beaucoup, et qui est tout ce qui me reste de lui.

— Cependant, vous persistez à la vendre ?

— Il le faut bien.

— En ce cas, dit Bailleul, je vais vous accompagner rue Taitbout. Votre dame sera présente, et nous règlerons cette affaire, séance tenante.

— Puisqu'il y a une dame, répliqua Louise, je ne vois pas pourquoi je ne vous accompagnerais pas... Je discuterai le marché définitif avec elle.

Une nouvelle expression de contrariété se peignit sur la figure du brocanteur.

— Je n'aime pas, mon enfant, dit-il, te mêler à ces sortes d'affaires. Il serait plus convenable...

13

— Fais ce qu'elle veut, Bailleul ! s'écria la vieille dame en interrompant son tricot.

Bailleul ne souffla plus.

— Eh bien ! dit précipitamment Robert, je vous laisse le tableau et je vais prendre les devants... Si, par hasard, je suis dans l'impossibilité de vous attendre, car il faut que je me rende sans retard à mon magasin, Mme Robert, ma femme, sera prévenue, et vous pourrez terminer le marché avec elle, comme avec moi.

Il donna le numéro de sa maison et sortit avec empressement, pour aller porter à sa femme l'heureuse nouvelle.

Après son départ, Bailleul s'approcha de sa nièce.

— J'espère, petite, lui dit-il d'un ton caressant, que, si tu m'accompagnes, tu ne diras rien pour faire manquer l'arrangement... Je tiens beaucoup à cette vieille toile, et j'en tirerai un gros prix.

— Vous reconnaissez donc que la signature n'est pas fausse ?... Et combien estimez-vous, mon oncle, que vous pourrez revendre ce tableau ?

— Cela dépendra... Voilà déjà le duc de Carmont qui semble en être toqué... Ma foi ! après l'avoir fait restaurer, j'en tirerais vingt... vingt-cinq mille francs, que cela ne m'étonnerait pas.

— Vingt-cinq mille francs !... Et vous hésitiez à le payer cinq cents francs au pauvre diable de propriétaire !

— Que veux-tu, ma fille ? le commerce est le commerce... On achète bon marché pour vendre cher... Tout est là, surtout dans notre profession, où l'on a tant de non-valeurs !

— On doit savoir se contenter d'un bénéfice honnête. Le pauvre garçon, que nous venons de voir, est père de famille et je soupçonne... Mon oncle, il faudra que vous me laissiez absolument maîtresse de fixer les conditions du marché.

— Tu médites quelque sottise ; que diable ! mon enfant, la générosité n'est pas toujours de saison. On se ruine à sacrifier ses intérêts aux intérêts des autres, et tu m'as déjà joué des tours...

— Ne craignez rien, oncle Bailleul ; je m'arrangerai pour que vos intérêts ne soient pas trop sacrifiés et que vous trouviez un profit honorable dans cette affaire ; mais je demande carte blanche.

— Je te la donne, moi, s'écria Mᵐᵉ Bailleul avec autorité ; je suis encore quelque chose dans la maison, et ta générosité vaut mieux que les finasseries de ton oncle... Tu conduiras l'affaire comme tu l'entendras.

— Bon ! voilà que vous vous réunissez toutes les deux contre moi ! grommela Bailleul avec humeur. Allons, puisqu'il le faut !... Mais cours bien vite te disposer à sortir, Louise... A tout prix, je ne veux pas manquer cette superbe acquisition !

Louise monta en sautillant un escalier, qui conduisait à l'entresol. Au bout de quelques minutes, elle reparut, drapée dans une jolie « confection » et coiffée d'un crâne petit chapeau parisien.

— Me voilà ! mon oncle, dit-elle gaiement.

Bailleul, de son côté, avait endossé son pardessus. Ils allaient partir, quand une belle voiture à deux chevaux, flanquée de domestiques en livrée, s'arrêta devant le magasin. La portière s'ouvrit ; une jeune femme, en toilette tapageuse, sauta sur le trottoir et entra comme une trombe de satin, de plumes et de fleurs, chez Bailleul.

— C'est la baronne de Saint-Serge, dit le brocanteur en s'avançant respectueusement, le chapeau à la main.

Louise, au contraire, regagna, en faisant la moue, sa place habituelle derrière le comptoir.

XIX

LE MARI ET LA FEMME.

La baronne de Saint-Serge était jolie et surtout fort piquante ; mais, en dépit de son nom et de son titre, ses allures étaient celles d'une demi-mondaine. Elle avait déjà fait de nombreuses acquisitions chez Bailleul ; et, quoique le brocanteur l'eût en médiocre estime, il lui témoignait toujours beaucoup de déférence. Certaines industries vivent du luxe et du gaspillage ; aussi n'éprouvent-elles aucune antipathie contre les fastueux et les gaspilleurs. En revanche, Louise, n'ayant pas les mêmes motifs que son oncle pour ménager les pratiques, affectait de ne pas remarquer la présence de celle-ci.

Le valet de pied qui accompagnait Mme de Saint-Serge, après avoir tourné le bouton de la porte de la boutique, avait dit tout bas à sa maîtresse, d'un ton respectueux :

— Je dois prévenir madame la baronne que, depuis notre sortie de la maison, une voiture de place nous suit pas à pas, et qu'elle vient de s'arrêter de l'autre côté de la rue.

— Que m'importe ! répliqua la baronne en ricanant et relevant avec grâce sa longue traîne ; est-ce donc la première fois que l'on me suit ? Vous devriez y être habitué, comme moi, Jean !

Et elle avait passé, toujours riant et sans même retourner la tête, tandis que Jean allait se remettre en observation sur le trottoir.

Comme nous le savons, Bailleul, le chapeau à la main, s'était empressé de venir au-devant d'elle.

— Vous devinez ce qui m'amène, lui dit la baronne, qui s'installa dans un fauteuil ; il s'agit de ces vases en émail cloisonné de Chine, que j'ai marchandés déjà et dont vous vous obstinez à demander un prix... ridicule.

— Trois mille francs, madame la baronne, répliqua Bailleul de son ton hâbleur, et encore, parce que c'est vous... une cliente !... J'y perds... Le cloisonné de Chine est en hausse pour le moment, et vous avez choisi deux pièces exceptionnelles... les plus belles de ma collection.

— Vous abusez de ce que j'ai pour ces deux vases un véritable caprice. Je ne sais comment cela se fait, mais j'en rêve jour et nuit... Eh bien ! poursuivit la baronne en baissant la voix, il y a peut-être moyen de s'entendre.

— Comment cela ? demanda le brocanteur en prenant à son tour le ton confidentiel.

— Écoutez... *Quelqu'un* viendra chez vous aujourd'hui marchander ces vases.

— Qui donc, madame la baronne ?

— Peu importe ! Il vous suffit de savoir que l'on viendra... et vous demanderez de ces deux potiches quatre mille francs, sans en rabattre un centime.

— Quatre mille ! Mais vous ne voulez même pas m'en donner trois mille !

La baronne eut un petit rire perlé.

— Mon Dieu que vous êtes innocent ! reprit-elle : vous en demanderez quatre mille et on vous les payera sans marchander ; mais vous me rendrez, de la main à la main, un chiffon de mille, en m'apportant l es cloisonnés.

Si peu scrupuleux que fût Bailleul dans l'exercice de son métier, il avait froncé le sourcil, tandis que la jolie baronne lui proposait ce cynique marché.

— Madame, dit-il froidement, je ne puis comprendre... Les habitudes de la maison...

— Eh ! mon cher, que vous fait le reste, puisque vous toucherez les trois mille francs qui, d'après vous, sont la valeur réelle des potiches ? Valeur très exagérée, je ne l'ignore pas... Mais il faut que tout le monde vive.

Le brocanteur parut fort tenté et jeta un regard oblique sur sa nièce pour s'assurer si elle ne désapprouvait pas un pareil arrangement. Louise et Mme Bailleul étaient occupées en ce moment d'un individu qui, le front collé à la devanture en glaces, cherchait à reconnaître les personnes causant au fond du magasin. Ce n'était pas évidemment un de ces badauds qui stationnaient parfois devant les richesses artistiques de l'étalage : mais un homme grand et robuste, ayant l'aspect d'un campagnard, et dont la figure commune exprimait tout autre chose que l'admiration ou la convoitise. Il ne s'inquiétait nullement d'exciter lui-même la curiosité, et continuait hardiment son examen. Tout à coup, il tourna le bouton de la porte, entra dans le magasin, et s'élança vers la baronne en s'écriant, d'une voix de tonnerre :

— Ah ! coquine ! je te retrouve donc !... Cette fois, nous allons régler nos comptes anciens et nouveaux !

Au son de cette voix irritée, Mme de Saint-Serge, absorbée jusque-là par sa négociation avec le brocanteur, tressaillit et se redressa en pâlissant. A peine eut-elle envisagé le nouveau venu, qu'elle fut debout.

— Mon mari ! s'écria-t-elle ; il va me tuer... Au secours !

Elle avait d'autant plus sujet de craindre que celui qu'elle appelait son mari continuait d'avancer, les yeux étincelants et un revolver à la main.

Mme Bailleul et Louise s'étaient levées à leur tour, en poussant des cris d'effroi. Le brocanteur, assez mal fourni de courage, ne fit pas un mouvement pour intervenir, mais il essayait de montrer quelque assurance et balbutiait :

— Monsieur, qui vous a permis ?... Vous n'avez rien à voir chez moi... Retirez-vous.

On ne l'écoutait pas : Mme Bailleul et sa nièce se réfugièrent, sans vergogne, derrière le comptoir. La baronne de Saint-Serge, indifférente pour ses volants et ses dentelles, se glissait derrière les crédences sculptées et les meubles de Boule, afin de se soustraire aux atteintes de l'homme qui la poursuivait. Cet homme était un véritable colosse, à la figure brutale, et on ne s'en étonnera plus, quand nous aurons dit que le mari de la soi-disant baronne de Saint-Serge était le papetier Dumirail, dont nous connaissons les exploits à la manufacture du Prieuré.

Si Dumirail était robuste, il ne brillait pas par la légèreté, et la jeune femme, svelte et alerte, n'avait pas de peine à lui échapper. Elle allait de meuble en meuble, tournant alentour avec prestesse, de telle sorte que le furieux ne pouvait l'ajuster de son revolver. Il était déjà tout haletant; néanmoins, il ne se décourageait pas et ne cessait d'accabler sa femme d'injures et de menaces.

— Ah! créature maudite, disait-il, la bouche écumante, tu ne m'échapperas pas pour le coup!... Tu m'en as trop fait, il faut que tu aies ton châtiment... Grâce à tes menées abominables, tu as obtenu la séparation contre moi ; tu m'as obligé par sentence de juge à te rendre ta dot... Aussi m'as-tu ruiné et je vais être mis en faillite... Et pendant que je me désespérais là-bas, tu étais ici bien fringante avec tes galants... Et tu faisais des parties joyeuses, tu roulais carrosse!... Tu ne te doutais pas que je viendrais te relancer à Paris, hein ? J'y suis venu pourtant, et, depuis deux jours, je te guette... Tu as beau te cacher, te faire garder par des laquais galonnés ; j'étais certain de te trouver n'importe où, et cette fois, il faut que tu y restes ou que le diable m'emporte !

Tout en parlant, il voltigeait d'une extrémité à l'autre du magasin, sans trouver l'occasion favorable pour lâcher la détente de son pistolet.

Les dames et Bailleul lui-même continuaient de pousser des cris de détresse.

13.

Les passants s'assemblaient dans la rue, et plusieurs, ainsi que Jean, le valet de pied, pénétrèrent dans le magasin. Mais, ne sachant ni de quoi il s'agissait, ni de quelle manière intervenir, ils demeuraient tout ahuris près de la porte.

— Je reconnais l'homme qui nous a suivis dans un fiacre ! disait Jean ; ah ! ce n'est donc pas un amoureux?

Cécile Dumirail commençait à être hors d'haleine. Dans sa course précipitée, elle avait renversé plus d'un meuble de prix et cassé des porcelaines. A bout de force, elle cria aux assistants :

— Secourez-moi !... il va m'assassiner !

— Que personne ne s'en mêle ! s'écria l'ancien papetier ; elle a volé, je ne sais où, un titre de baronne, mais c'est ma femme légitime ; nul ne doit s'immiscer dans nos affaires. Elle m'a quitté pour venir mener à Paris une vie de polichinelle, et elle a autant d'amoureux que l'on compte de jours dans l'année... J'ai droit de la traiter selon son mérite, et il en cuira à ceux qui voudront se mettre à la traverse !

Véritablement, on était intimidé par les éclats de cette sauvage colère. Tous les employés de la maison étaient absents, et les curieux ne se souciaient pas de recevoir un mauvais coup. Quelques-uns disaient à demi-voix, d'un ton railleur :

— Bah ! c'est un mari trompé qui corrige sa femme... Laissons-le faire !

Il était donc douteux qu'aucune intervention efficace pût avoir lieu en faveur de M.ᵐᵉ Dumirail. Louise, après avoir cédé d'abord à un mouvement de frayeur, s'élança de derrière le comptoir.

— Nous ne devons pas souffrir, s'écria-t-elle, que l'on égorge ainsi, chez nous et sous nos yeux, une malheureuse femme... Sortez, monsieur, sortez, poursuivit-elle en se plaçant résolument en face de Dumirail ; ce scandale est odieux !

Puis, se tournant vers les spectateurs :

— N'y a-t-il donc pas ici, ajouta-t-elle avec énergie, un homme courageux, pour empêcher un crime ?

Bailleul et sa femme n'avaient pas quitté leur refuge.

— Que fais-tu, Louise ? dit le brocanteur.

— Reviens, reviens, mon enfant ! murmura Mme Bailleul, qui, incapable de marcher, tendait les bras à sa nièce.

Louise ne tenait pas compte de ces appels désespérés. Sans souci de l'arme qui la menaçait elle-même, elle faisait un rempart de son corps à la prétendue baronne.

— Au diable la fille ! grondait le colosse. Ah çà ! petite, qu'y a-t-il de commun entre vous et Mme Dumirail ?

— Mme Dumirail ! répéta Louise, interdite ; n'est-ce pas cette dame qui, là-bas, au bourg de Saint-Amand...

On ne lui répondit pas. Tandis que le manufacturier paraissait uniquement occupé de Louise, la dame, affolée de terreur, avait cru le moment favorable pour tenter de gagner la rue. Dumirail était sur ses gardes. Dès qu'elle se montra, il l'ajusta de son revolver et fit feu. Une détonation bruyante ébranla le magasin, qui se remplit de fumée.

Heureusement, les adjurations chaleureuses de

Mlle Bailleul n'avaient pas été perdues. Honteux de leur inaction, plusieurs assistants, parmi lesquels se trouvait le domestique de Cécile, s'étaient approchés de Dumirail. Comme il se disposait à tirer, on s'était jeté sur lui par derrière, et une main, à peine moins vigoureuse que la sienne, s'était posée sur son bras. Le coup partit ; mais la balle du pistolet, au lieu d'atteindre la dame, alla traverser le tableau de Salvator Rosa, qui, on s'en souvient, était resté appuyé contre le comptoir, et elle s'incrusta dans les sculptures du meuble.

On ne s'aperçut pas, en ce moment, de la grave atteinte subie par le précieux tableau. Tout était désordre et confusion dans le magasin, que la foule avait envahi ; un grand nombre d'hommes s'étaient précipités sur Dumirail, pour lui enlever son revolver et s'emparer de sa personne. Si fort que fût l'ancien papetier, il ne pouvait résister à tant de monde. Il fut désarmé avant d'avoir pu tirer de nouveau, et fut renversé sur le plancher. Il se débattait avec rage, soulevant ceux de ses adversaires qu'il avait entraînés dans sa chute. Néanmoins, il ne s'occupait pas d'eux exclusivement.

Sans cesser de lutter, il murmurait en grinçant des dents :

— Ah ! la misérable, je l'ai manquée ! Que l'enfer me confonde !... c'est à recommencer.

La bataille ne se prolongea pas. Des sergents de ville attirés par le tumulte, entrèrent tout à coup, et Dumirail, élevé dans le respect de l'autorité, ne jugea pas à propos de poursuivre le cours de ses exploits, d'autant moins que, s'il avait administré de bons horions, il en avait reçu, de son côté, une large part. Il lâcha donc ses adversaires et se releva. Les soldats de police l'empoignè-rent au collet.

Tout le monde parlait à la fois ; les récriminations, les injures, les menaces partaient de toutes parts. La grosse voix du manufacturier finit par dominer le bruit.

— Eh bien ! quoi ! s'écria-t-il, m'est-il défendu de corriger une pécore qui m'a déshonoré, mis sur la paille ? Quoique nous soyons séparés judiciairement, c'est ma femme, après tout ! Qu'elle ose dire qu'elle n'est pas ma femme !... Mais morbleu ! ajouta-t-il avec stupéfaction, où donc est-elle ?

La soi-disant baronne avait disparu. Pendant le combat, elle s'était tenue à l'écart, pâle et hors d'haleine, ne sachant que faire. Louise vint à elle et la prit par la main.

— A quoi pensez-vous, madame ? lui dit-elle ; sauvez-vous !.... Ce scandale n'a que trop duré !

Elle l'entraîna vers la porte, le domestique s'empressa de suivre sa maîtresse et la foule s'écarta pour leur livrer passage.

Au moment de franchir le seuil du magasin, Mme Dumirail voulut la remercier. Louise n'eut pas l'air de l'entendre, et se hâta de rentrer, pendant que la soi-disant baronne, remontée dans sa voiture, s'éloignait au plus vite.

Le brigadier des sergents de ville avait pris des informations sommaires sur l'auteur de l'esclandre. Il dit rudement à Dumirail :

— Vous allez nous suivre.

— Alors emmenez aussi ma femme, s'écria le papetier ; elle s'est sauvée ; mais courez après elle... rattrapez-la... Tonnerre ! Si je vais en prison, elle doit y venir avec moi.

— Cette dame ne s'est rendue coupable d'aucun délit... On se contentera de la citer comme témoin.

— Aucun délit !... Je l'accuse cent fois, mille fois d'adultère !

— Vous vous expliquerez devant qui de droit... En route ! ajouta le brigadier, en s'adressant à ses hommes.

— Oui, et tenez-le ferme ! s'écria Bailleul, qui, un peu plus calme, venait de reconnaître le grossier manufacturier du Prieuré ; il est fort et méchant comme un sanglier.

Dumirail, à son tour, reconnut le colporteur qu'il avait fait passer par une fenêtre de sa fabrique.

— Tiens ! comme on se retrouve ! dit-il en ricanant.

On coupa court à ses souvenirs et on le poussa dehors.

Le brigadier prit le nom des personnes qui pouvaient servir de témoins en cas de poursuites judiciaires ; deux de ses subalternes firent évacuer le magasin et dispersèrent la foule arrêtée dans la rue.

Louise et sa tante étaient abattues et tremblantes à la suite de cette terrible scène. Bailleul s'approcha d'elles.

— Tu viens, ma petite, dit-il à sa nièce, de nous donner encore une preuve que tu n'es pas « empotée », et que tu es une maîtresse femme !... Sacrebleu ! comme tu as tenu tête à ce butor ! Sans toi, il tuait immanquablement la dame de tout à l'heure, qui, du reste, ne vaut guère plus que lui !

— Cette enfant est la perfection même, dit Mme Bailleul avec admiration, et il faut faire tout ce qu'elle veut.

— Mon oncle, demanda Louise d'un air pensif, cette lame n'est-elle pas celle dont on a parlé à propos de... l'un des messieurs de Beauregard?

— Certainement: et comme ces messieurs, depuis notre départ de Saint-Amand, ne se sont pas bien conduits envers nous, on peut dire à cette heure...

Bailleul s'interrompit; un coup d'œil jeté dans le magasin venait de réveiller ses intincts de marchand.

— Tout est bouleversé ici ! s'écria-t-il ; voilà des porcelaines en morceaux, des meubles avariés... Qui paiera les dégâts ? Ce Dumirail n'a plus le sou et cette soi-disant baronne...

— Cela ne me regarde pas, répliqua le brigadier qui achevait son procès-verbal ; vous porterez plainte.

— Tiens, tiens ! en voici bien d'une autre ! poursuivit Bailleul en remarquant la trouée faite au tableau de Salvator Rosa par la balle du revolver : une toile d'immense valeur endommagée, abîmée, peut-être complètement perdue !... Heureusement qu'elle ne m'appartient pas encore.

— Mon oncle, répliqua Louise, qui alla elle-même constater l'accident, quoique le marché ne soit pas définitivement conclu, cet objet d'art vous est confié et vous en êtes responsable... Oubliez-vous que cette toile paraît être toute la fortune d'une famille ?

Elle ajouta après un rapide examen:

— C'est seulement le ciel du paysage qui est touché ; néanmoins, il faut maintenant désintéresser, coûte que coûte, M. Robert, le propriétaire, et plus que jamais je désire être chargée de ce soin... Nous allons sortir ensemble, aussitôt que nous serons libres.

— Tu feras des sottises, dit le brocanteur d'une voix gémissante; cette affaire est déjà si désastreuse pour nous!

Les formalités qu'avait à remplir l'officier de police durèrent assez longtemps. Après avoir rédigé et fait signer par les personnes présentes le procès-verbal de l'événement, il ne put se refuser à constater les dégâts causés par cette scène scandaleuse dans le magasin de curiosités. Aussi ne fut-ce qu'au bout de deux heures qu'il se retira avec tout son monde.

Louise, soupçonnant avec quelle impatience la visite de son oncle était attendue chez Robert, parla encore de partir ; mais la fatalité semblait s'obstiner à déranger ses projets. Une voiture de remise s'arrêta devant la porte du magasin : un homme, élégamment vêtu, sauta sur le trottoir et entra chez le brocanteur,

Le nouveau venu pouvait avoir quarante-cinq ans, mais aucun filet gris n'apparaissait dans ses cheveux épais, frisés et d'un noir d'ébène. Il était de haute taille, et quoique mince, il semblait d'une vigueur remarquable. Son visage, au teint basané, ses yeux de feu, cachés par un binocle dont le large ruban retombait sur sa chemise, d'une blancheur immaculée, trahissaient une origine étrangère. Quoiqu'il affectât beaucoup d'assurance, il était facile de reconnaître, dans ses manières, une sorte de malaise. Sa démarche avait quelque chose de saccadé : ses yeux projetaient, par-dessous son binocle, des regards investigateurs, presque défiants.

Après avoir salué distraitement, il marcha vers le brocanteur et lui dit à demi-voix :

— Vous êtes M. Bailleul ?

Bailleul s'inclina.

— Moi, je suis le comte de Medina-Campos, et je viens au sujet de deux vases en émail cloisonné de Chine, que vous avez montrés à la baronne de Saint-Serge.

Le marchand de curiosités ne douta pas qu'il n'eût devant lui le « bailleur de fonds » qu'on lui avait annoncé. Il sourit et répondit, en baissant la voix à son tour :

— Vous allez les voir... Mme la baronne sort d'ici et elle a été cause d'une effroyable scène de scandale.

— Je le sais... un rustre qui prétend être son mari... Montrez-moi les vases bien vite.

Bailleul alla les chercher et, par bonheur, ils n'avaient reçu aucune atteinte dans la bagarre récente. Le comte de Medina-Campos les regarda à peine.

— Combien ? demanda-t-il.

Bailleul n'avait garde d'oublier les instructions de la prétendue baronne.

— Quatre mille francs, répliqua-t-il sans hésiter.

Le comte tira de sa poche un portefeuille bien garni et y prit quatre billets de banque, qu'il remit au brocanteur.

— Voilà, dit-il ; qu'on porte les vases dans ma voiture.

— Mme de Saint-Serge avait exprimé le désir qu'on les portât chez elle.

— Inutile ; je les lui remettrai moi-même.

Le brocanteur fit signe à un garçon de magasin qui

venait de rentrer, et les deux vases, après avoir été empaquetés, furent déposés dans la voiture.

Pendant qu'on s'occupait de cette besogne, M. de Medina-Campos jetait autour de lui des regards furtifs et rapides. Un de ces regards tomba, mais sans s'y arrêter, sur Mme Bailleul, toujours assise derrière le comptoir, à côté de sa nièce. La bonne dame tressaillit et ses traits prirent une expression étrange. Elle agita convulsivement le tricot qu'elle tenait à la main ; ses lèvres remuèrent, comme si elle voulait crier ou parler, mais aucun son ne sortit de sa bouche. Elle demeura immobile, les bras en l'air, comme hébétée d'étonnement, d'incertitude et d'effroi.

Personne, pas même Louise, qui observait de son côté le comte étranger, ne remarqua l'état violent de la vieille marchande. Bailleul, uniquement occupé d'exploiter la situation, dit d'un ton mélancolique, en désignant les objets encore en désordre autour de lui :

— Ah ! monsieur le comte, il me souviendra de la dernière visite de Mme de Saint-Serge !... Voyez ! les dégâts sont affreux... Il faudra bien que quelqu'un m'indemnise de mes pertes.

— Avez-vous déjà porté plainte ? demanda Médina-Campos précipitamment.

— Non, je me suis contenté de faire constater le dommage. Mais je serai dans la nécessité de m'adresser à qui de droit pour obtenir...

— Ne portez pas plainte ; à combien estimez-vous le dommage ?

— Mais... à un millier de francs peut-être !

M. de Médina-Campos tira de nouveau son portefeuille.

— Voici mille francs, dit-il ; vous me promettez, n'est-
ce pas, que vous n'élèverez aucune réclamation judiciaire ?

— Je vous le promets... Attendez pourtant... J'oubliais
ce tableau qui a reçu un atout irrémédiable. C'est une
œuvre de maître, un Salvator Rosa... Comme il ne m'appartient pas, on va sans doute me rançonner impitoyablement.

Il sembla que le comte eût peine à contenir un transport de colère ; toutefois, il prit encore un billet de mille
francs dans l'inépuisable portefeuille.

— Voilà pour le tableau, dit-il ; ah çà ! maintenant,
est-ce tout, et me donnez-vous votre parole que vous
n'exercerez aucune poursuite contre la dame, cause in-
volontaire de tout ce bruit ?

— Rien de plus juste, répliqua Bailleul, ravi du résultat final de l'aventure ; je m'arrangerai avec le propriétaire du tableau, et il n'y aura réclamation de nulle
part.

— Il suffit ; souvenez-vous que, si vous manquiez à
votre parole, on saurait vous en faire repentir.

Ces paroles étaient accompagnées d'un regard tellement hautain, tellement menaçant, que le brocanteur
recula d'un pas. M. de Médina-Campos, sans s'inquiéter de l'effet qu'il produisait, toucha légèrement son
chapeau et regagna sa voiture.

Alors seulement l'espèce de fascination, qu'il avait
exercée sur Mme Bailleul, fut rompue. La pauvre femme

recouvra la voix et, étendant le bras vers la rue, elle dit avec vivacité :

— Arrêtez-le... c'est lui... je l'ai reconnu... c'est le voleur !

— Hein ! que dis-tu, ma vieille ? demanda Bailleul en riant ; un voleur qui vous gratifie de pareilles choses ! Palpe-moi ça... six beaux billets de mille... Ils ne sont pas faux, je te le garantis.

Et il secouait gaiement la liasse de billets de banque.

— Je te dis, reprit Mᵐᵉ Bailleul avec une sorte d'égarement, que c'est bien l'homme qui est venu me proposer l'achat des bijoux. J'ai reconnu ses yeux étincelants... Je le prenais pour un bohémien, pour...

— Allons donc ! à quoi penses-tu ? Vas-tu confondre un brigand, voleur sur la voie publique, avec un grand seigneur étranger, tel que le comte de Medina-Campos !... Oui, c'est un grand seigneur, j'en réponds ; je l'ai reconnu à sa générosité... Crois-tu qu'un coquin, ou même un simple bourgeois, eût payé ainsi six mille francs, sans discuter, sans marchander, presque sans savoir pourquoi ?... Tu te trompes, je te le répète... ou plutôt ta pauvre cervelle... Louise, dis donc à ta tante que ce qu'elle suppose est absurde.

Louise elle-même avait la conviction que Mᵐᵉ Bailleul était dupe d'une ressemblance ou de quelque erreur de son imagination. A la dérobée, elle posa un doigt sur son front, pour rappeler au brocanteur que la tête de la pauvre femme n'était plus bien saine, puis elle dit, d'un ton affectueux :

— Je crois, ma bonne tante, que mon oncle a raison.

Il ne saurait y avoir rien de commun entre l'étranger qui
était là tout à l'heure et le malfaiteur qui nous a causé
tant de souci... Tenez, n'y pensez plus... Vous vous
mettez l'esprit à l'envers pour des chimères.

Nous savons que Louise exerçait une influence abso-
lue sur sa tante. Quand Mme Bailleul l'entendit exprimer
une opinion avec tant de netteté, son agitation se calma.
Elle attacha son œil terne sur le visage de la jeune fille
et répondit tranquillement :

— Tu crois, ma chérie ? Au fait, tu dois mieux juger
de ces choses que moi... et même que ton oncle, qui fait
tant le rodomont. Il m'avait bien semblé... mais non,
non... c'était une sottise... Vrai, il y a des moments où
je sens comme un brouillard dans ma cervelle !

Louise l'embrassa ; puis, la voyant reprendre son tricot et se remettre paisiblement à l'ouvrage, elle dit au
brocanteur :

— Maintenant partons, mon oncle ; il faut nous entendre au plus vite avec le propriétaire du Salvator Rosa.

Et ils sortirent pour se rendre chez Robert.

XX

LE MARCHÉ

Le trajet du boulevard Haussmann à la rue Taitbout n'est pas long ; néanmoins, le brocanteur et Louise allaient d'un pas rapide. La jeune fille finit par ralentir sa marche ; elle était distraite et regardait parfois autour d'elle avec intérêt. Tout à coup, elle dit à Bailleul, en lui serrant le bras pour attirer son attention, au milieu du tumulte de la rue :

— Mon oncle, vous avez parlé ce matin des messieurs de Beauregard, qui, depuis notre retour à Paris, n'ont plus donné de leurs nouvelles et n'ont même pas répondu à nos lettres... Avez-vous vu dans les journaux que le régiment de ligne, auquel appartient le vicomte Amédée, est en garnison à Paris depuis une quinzaine de jours ?

— C'est possible, petite, répliqua le brocanteur; mais que nous importe ? Ces messieurs, le paysan comme le militaire, nous ont prouvé qu'ils ne voulaient conserver aucunes relations avec nous. Ils s'étaient montrés si bons là-bas, que j'avais espéré... Mais les nobles, vois-tu, si ruinés qu'ils soient, gardent leur orgueil. On a beau faire des révolutions, prêcher l'égalité, ils tiennent mordicus à leurs idées... Et sans doute ceux-ci ont réfléchi qu'un marchand de bric-à-brac ne pouvait être un ami pour eux !

— Tout cela peut être vrai, mon oncle, répliqua Louise d'un air pensif, et cependant je dois vous faire une confidence... Depuis quelque temps, je vois presque tous les jours un jeune homme passer devant le magasin et y jeter un coup d'œil, à la dérobée. Plusieurs fois même le soir, il s'est arrêté devant la devanture pour examiner les tableaux en montre, et j'ai cru reconnaître... M. Amédée de Beauregard.

— Ce jeune homme porte-t-il l'uniforme militaire ?

— Il est vêtu en bourgeois... Mais je suis sûre que c'est Amédée... je veux dire le lieutenant de Beauregard.

— Hum ! c'est que peut-être tu crois le voir partout... Si c'était lui, pourquoi n'entrerait-il pas, ne fût ce que pour accomplir un devoir de convenance et de politesse ?

— Je l'ignore, oncle Bailleul; cette visite du juge d'instruction et la malheureuse affaire des bijoux ont indisposé les deux frères contre nous... Quoi qu'il en soit, j'ai la certitude, je vous le répète, que ce jeune homme est M. Amédée.

— Eh bien! quand cela serait, pauvre enfant? dit Bail-

leul, qui devint grave tout à coup ; si c'est lui, son attitude prouve qu'il n'a toujours pas l'intention de se rapprocher de nous.

— Je voudrais pourtant, répliqua Louise avec embarras, apprendre des nouvelles de Mlle Mariette, qui a
été si parfaite pendant notre séjour au Pigeonnier...

— Et qui n'a pas plus répondu à tes lettres que ses
frères n'ont répondu aux miennes !... Va, va, petite,
oublie ces gens, qui se prétendent d'une autre espèce que
nous, et, si tu as fait un joli roman dans ta petite cervelle, hâte-toi d'en déchirer les pages.

Louise, toute rouge, semblait vouloir exprimer une
pensée qui lui montait aux lèvres. Mais elle se contint
et continua de marcher en silence.

Nous allons précéder l'oncle et la nièce chez Robert.

L'employé de commerce, en quittant le magasin du brocanteur, était au comble de la joie. Il allait donc, grâce
au vieux tableau oublié si longtemps dans un coin de sa
modeste demeure, réaliser le vœu du médecin. Il courait dans la rue, impatient d'apporter la bonne nouvelle
aux êtres chers qui attendaient son retour.

Il était haletant quand il atteignit son quatrième étage,
et il trouva sa femme occupée, comme à l'ordinaire, de
son ménage et de ses enfants. Sans même s'asseoir et
sans reprendre haleine, il exposa ce qui venait de se
passer chez le brocanteur et annonça que l'on allait venir
apporter l'argent du tableau.

— Cinq cent francs, entends-tu, Mathilde ? poursui-
vait-il en se frottant les mains ; et tu ne croyais même
pas que je tirerais trois cents francs de cette « vieillerie »

comme tu appelais le tableau provenant de mon père !
Tu vas voir... tu vas voir ! Ah ! chère Malthide, quel
bonheur ! Tu passeras, avec les petites, trois mois à la
campagne... L'air pur vous guérira; vous me reviendrez
fraîches et bien portantes... Georgette reprendra ses
joues rondes et ses couleurs... J'en pleure de plaisir !

En effet, le pauvre garçon se jeta sur une chaise et
des larmes jaillirent de ses yeux.

Mme Robert n'avait pas d'abord accordé grande attention aux paroles de son mari. Elle le savait facile à s'il-
lusionner, à s'exalter, et elle voulait être au courant des
faits avant de se réjouir avec lui. Elle s'était contentée
de s'assurer d'un coup d'œil que Robert ne rapportait
pas le tableau ; puis, elle s'était remise à friser la chevelure blonde de son bébé. Interrompant cette besogne
maternelle, elle demanda avec étonnement :

— Ah ! çà, tout cela est-il bien sérieux, et te don-
nerait-on une pareille somme pour ce tableau ancien ?
M. Bailleul, qui est, dit-on, un finaud, a dû marchander
longtemps.

— Mais... pas trop. Après quelques hésitations, il m'a
accordé juste ce que je demandais, et y avait là une jeune
demoiselle, sa nièce, je crois, qui semblait le pousser à
conclure le marché... Je te répète qu'ils vont venir ici
tout à l'heure, l'un et l'autre, pour t'apporter l'argent.

Malthide réfléchit.

— Mon ami, demanda-t-elle enfin, le marché est-il
irrévocable ?

— Non ; j'ai déclaré d'une manière expresse que la

14

vente n'aurait lieu que de ton consentement; tu es encore libre d'accepter ou de refuser.

— A merveille... Eh bien ! maintenant, Robert, je te prie d'aller à ton magasin, où tu seras sans doute fort grondé par le patron, à cause de ton retard... Moi, je recevrai le brocanteur et sa nièce; je traiterai l'affaire avec eux.

— Mon Dieu ! Mathilde, que vas-tu faire ? dit Robert avec inquiétude ; tu es femme de tête, je le sais, mais je crains...

— Écoute, mon bon Robert; je suis convaincue à présent que tu avais raison et que le tableau de ton père est réellement d'un grand prix. Pour que M. Bailleul, dont on vante tant l'expérience et la ruse, t'en ait promis, presque sans difficulté, la somme que tu en demandais, il faut que cette toile ait une valeur vingt fois plus considérable... Laisse-moi m'assurer si je ne pourrais en tirer un meilleur parti que toi.

— Prends garde, Mathilde ; tu exigeras trop et Bailleul, irrité de notre apparente mauvaise foi, rompra le marché... alors nous perdrons tout.

— Pourquoi cela ? Si le tableau est bon, comme je le crois à cette heure, on cherchera, au refus de Bailleul, un autre marchand plus raisonnable... N'aie pas peur ; je serai prudente et je m'arrangerai pour ne rien compromettre.

— Tu le veux, ma chère ? soit donc... Mais encore une fois, prends bien garde... car notre joie présente pourrait se changer en tristesse.

Tout en parlant, Robert avait retiré sa grande blouse

de toile, remis son chapeau et pris l'aspect élégant qu'on exigeait de lui chez son patron. Mathilde l'accompagna jusqu'à la porte, l'embrassa, renouvela ses protestations de prudence, et il s'éloigna, beaucoup moins joyeux qu'il n'était venu.

Mme Robert, demeurée seule, s'empressa de faire ses dispositions en vue de la visite prochaine.

Elle mit de l'ordre dans l'appartement, conduisit l'aînée de ses filles chez une voisine, où elle devait jouer avec d'autres enfants de son âge, et plaça la plus jeune dans son berceau, où elle ne tarda pas à s'endormir. Enfin, elle donna elle-même quelques soins à sa toilette, arrangea sa robe, lissa ses cheveux, et, malgré sa pâleur et sa faiblesse, elle était charmante. Ces préparatifs terminés, elle s'assit à sa place habituelle, en murmurant :

— A présent, ils peuvent venir. Il ne me trouveront pas aussi commode que ce pauvre Robert !

Elle combina un plan pour obtenir, sans rien exposer, des conditions plus avantageuses que celles proposées par son mari. Elle croyait avoir découvert les moyens d'y réussir, et elle était impatiente de voir arriver le brocanteur ; mais le brocanteur n'arrivait pas.

Mathilde, qui ne pouvait soupçonner la cause de ce retard, s'en alarma bientôt, et l'impatience fit place à de mortelles angoisses.

— Mon Dieu ! se disait-elle, auraient-ils, à la réflexion, reconnu que le tableau n'a pas le mérite qu'on lui attribuait d'abord ? M. Bailleul, toujours à l'affût des bonnes affaires, devrait être ici depuis longtemps. Que le ciel ait pitié de nous ! N'aurais-je conçu tant d'espoir que pour le voir s'évanouir ? Ce bon Robert, si satisfait tout à l'heure, que dira-t-il en apprenant que tous ses projets sont renversés ?... Et moi, je sens que le docteur a raison : si l'on n'arrête le mal qui me mine, j'en mourrai, et ma chère petite Georgette... Peut-être Zélie elle-même... Mon Dieu ! nous avez-vous abandonnés ?

Elle pleurait, quand le timbre de la porte sonna. Elle se leva d'un bond et s'essuya précipitamment les yeux. Ce ne pouvait être que les personnes attendues qui arrivaient enfin ; toute palpitante, elle alla ouvrir.

C'étaient, en effet, Bailleul et Louise. Mme Robert, quoiqu'elle ne les connût ni l'un ni l'autre, ne songea même pas à leur demander leur nom, et d'un geste gracieux les invita à entrer.

L'oncle et la nièce embrassèrent d'un regard l'appartement, qui n'annonçait pas l'opulence ; ensuite, leur attention se porta sur la maîtresse de la maison, dont les traits doux et mélancoliques inspiraient la sympathie.

Mathilde, de son côté, examina furtivement les visiteurs. Bailleul, avec ses manières cauteleuses et sa mine fûtée, était tel sans doute qu'elle s'attendait à le trouver ; mais le charmant visage, l'air d'aménité, le sourire bienveillant de Louise produisirent sur elle l'impression la plus favorable. Elle devina, dans cette belle jeune fille, une alliée qui serait pleine de conciliation, le cas échéant, et elle ne songea plus à poursuivre avec trop de rigueur ses plans d'intérêt mercantile.

Les visiteurs prirent place sur les chaises qu'on leu offrait.

— Je vois, madame, dit Bailleul, que votre mari, M. Robert, n'a pu nous attendre. A la vérité, nous sommes en retard, car il est survenu tout à l'heure chez nous un événement fâcheux, que rien ne pouvait faire prévoir... Mais je sais que je peux traiter avec vous.

— Il est vrai, monsieur, répondit Mathilde, et mon mari approuvera sans aucun doute nos conventions.

Elle se tut et se tint sur la défensive.

Le brocanteur, malgré son habitude des marchés, ne savait trop comment aborder la question et toussotait avec embarras.

Louise ne lui laissa pas le temps d'y réfléchir.

— Mon oncle, dit-elle avec un accent de simplicité et de franchise, la loyauté oblige de dire nettement à Mme Robert, le véritable état de choses... Il ne faut pas qu'elle ignore que nous sommes entièrement à sa merci, et je la crois trop juste, trop généreuse pour en abuser.

Bailleul n'était peut-être pas d'avis de procéder de cette manière ; mais Louise, sans attendre son assentiment, raconta en peu de mots comment, à la suite d'une scène scandaleuse qui venait d'avoir lieu dans le magasin, le tableau appartenant à M. Robert avait subi une grave détérioration, ce qui en diminuait considérablement la valeur.

Rien n'avait préparé Mathilde à ce coup ; une profonde consternation se peignit sur ses traits.

— Est-il possible ! s'écria-t-elle. Ah ! nous sommes maudits !... Le produit de ce tableau devait nous permettre de réaliser un projet dont notre existence à tous dépend peut-être. Cette considération seule avait déter-

14.

miné mon mari à se défaire de cette toile, qu'il considérait comme une relique de famille... A présent qu'allons-nous devenir ?

De bruyants sanglots s'échappèrent de sa poitrine. A ce bruit, la petite fille, qui dormait dans son berceau, s'éveilla et se mit à crier.

La mère s'empressa d'accourir.

— Pauvre mignonne ! dit-elle ; on croirait qu'elle comprend le malheur qui nous frappe !

Elle prit l'enfant dans ses bras, la caressa pour l'apaiser et revint à sa place.

Louise était vivement touchée de ce chagrin.

Bailleul lui-même, quoique « marchand » dans l'âme, n'avait pas mauvais cœur, et se sentait attendri.

— Madame, reprit Louise, ne vous désolez pas. Le malheur est grand, mais il n'est nullement irréparable.

— Ma nièce a raison, ajouta Bailleul ; la preuve en est, que je m'offre à payer sur-le-champ les cinq cents francs que votre mari demandait du tableau.

— Que dites-vous ? s'écria Mme Robert, qui passait alternativement de la douleur à la joie ; vous consentiriez, malgré l'accident...

— Un moment, mon oncle ! dit Louise avec autorité ; il ne s'agit plus de la proposition éventuelle de M. Robert, mais du tort qu'il éprouverait si l'arrangement n'avait pas de suite... Ce n'est donc plus cinq cents, mais mille francs que vous allez remettre à Mme Robert... en attendant mieux, si le ciel le permet !

Bailleul fit une piteuse grimace.

— Voyons, voyons, ma chère, balbutia-t-il, tu n'y penses pas.

— Mon oncle, c'est vous qui oubliez... Cet argent appartient, de la manière la plus légitime, au maître du tableau confié à votre garde.

Le brocanteur n'osa résister. Il prit dans son portefeuille un billet de mille francs, qu'il déposa sur la table.

— J'ai subi moi-même, reprit-il avec malaise, un préjudice grave dans l'affaire d'aujourd'hui... Du moins, poursuivit-il aussitôt, je peux, à partir de ce moment, me considérer comme seul propriétaire de la toile ?

— Pas encore, mon oncle ; le dommage est payé, mais il reste à débattre les conditions de la vente.

Le brocanteur se rejeta en arrière, en poussant une sorte de gémissement.

La pauvre Mathilde ne pouvait en croire ni ses yeux ni ses oreilles. Elle avait saisi le précieux chiffon dont l'enfant, couchée sur ses genoux, essayait de s'emparer pour s'en faire un jouet. Tremblante d'émotion, elle s'écria :

— Quoi ! mademoiselle, est-ce bien à nous que revient cette somme ? Oh ! merci, merci... Que les bénédictions célestes descendent sur votre tête et sur celle de votre père ! Nous vous devrons notre salut !

— Attendez, mais attendez donc, madame Robert, dit Louise ; ce n'est pas fini, et il nous reste maintenant à conclure le marché véritable... Ecoutez-moi : mon oncle se propose de vous donner la moitié de ce qu'il retirera de votre tableau, qui est d'un grand maître italien, Salvator Rosa. Quoique le dommage, causé par la balle, soit réel, des réparateurs habiles y porteront remède certainement. Mon oncle se chargera de faire restaurer la toile, puis la vendra à de riches amateurs...... qu'il connaît. Cette vente opérée, vous aurez à toucher, en dehors des mille francs qui viennent de vous être soldés et qui vous sont définitivement acquis, la *moitié* de la somme payée par l'acquéreur, déduction faite des frais de restauration... Si vous le voulez bien, nous allons rédiger ces conditions. Vous les signerez, ainsi que votr^e mari, et mon oncle les signera de même.

Bien que Louise s'exprimât avec autant de netteté que de précision, Mme Robert avait peine à comprendre.

— Quoi ! mademoiselle, demanda-t-elle, après l'accident arrivé au tableau, pourrait-on encore en tirer parti ?

— Oui, et mon oncle le croit comme moi.

L'oncle fit entendre un « heu ! heu ! », prouvant qu'il ne se souciait pas d'affirmer le fait.

— Et combien, reprit Mme Robert, supposez-vous que le tableau pourra se vendre ?

— Tout dépendra du succès de la restauration. Si, comme je l'espère, cette restauration réussit, le Salvator Rosa atteindra encore un prix très élevé. On peut se fier à mon cher oncle pour bien conduire de semblables affaires... Il est si adroit, si persuasif ! Tenez, je ne voudrais pas vous donner de fausses espérances, mais M. Bailleul parviendrait à vendre le tableau vingt ou vingt-cinq mille francs, que je n'en serais pas surprise.

Bailleul, par un geste désespéré, protesta contre ce chiffre.

— Que dites-vous ? reprit Mathilde, qui pouvait à peine parler ; expliquez-moi quelle serait notre part dans... dans cette somme.

— Eh bien ! votre part, toujours déduction faite du prix de la restauration, monterait à dix... douze mille francs, selon le cas.

— Grand Dieu !... Douze mille francs ! ce serait la fortune... une véritable fortune pour nous !... Avec mon travail et celui de mon mari, nous arriverions... Mes chères petites pourraient... Mais qu'ai-je donc ?

La constitution anémique de M{ᵐᵉ} Robert était incapable de supporter tant de joie. Une pâleur nouvelle se répandit sur son visage, déjà si pâle ; ses yeux se fermèrent, et se renversant sur le dossier de sa chaise, elle s'évanouit.

Louise s'élança pour l'empêcher de tomber et en même temps elle prit la petite fille, qui allait glisser des genoux de sa mère.

Le brocanteur vint en aide à sa nièce et soutint la pauvre femme sans connaissance, tandis que Louise, ayant toujours l'enfant dans ses bras, courait chercher de l'eau fraîche. Bailleul ne se gênait pas pour exprimer sa mauvaise humeur.

— Bon ! grommelait-il, la voilà qui *fait la carpe* à cette heure ! La joie la suffoque... Je crois bien ! des conditions pareilles !... Ah ! tu m'embarques dans de jolies affaires, Louise ! Je deviendrai riche à ce métier-là... et c'est bien de cette façon que nous arrondirons ta dot !

— Ne songez pas à ma dot, mon oncle, répliqua la

jeune fille, en donnant comme elle pouvait des soins à Mme Robert ; vous n'êtes que juste, et vous verrez que vos profits seront encore considérables... Mais chut ! ajouta-t-elle en baissant la voix, la pauvre dame revient à elle ; et je ne voudrais pas qu'elle soupçonnât vos regrets.

En effet, Mathilde reprenait un peu de couleur et ses paupières battaient, comme si elles allaient se rouvrir.

Avant qu'elle eût complètement recouvré ses sens, un bruit de pas s'entendit dans l'escalier, la porte s'ouvrit, et Robert entra précipitamment.

Mais il n'était pas seul. Avec lui entra un jeune officier de ligne, en petite tenue. Louise ne put retenir un faible cri ; dans cet officier, elle venait de reconnaître le vicomte Amédée de Beauregard.

XXI

LA RENCONTRE

Voici ce qui s'était passé peu d'instants auparavant :

Robert, revenu à son magasin, avait subi sans sourciller une réprimande sévère pour ses retards, et s'était remis à sa besogne habituelle. Cependant, il ne paraissait pas tranquille et ses camarades remarquèrent en lui une vive préoccupation. Il songeait, en effet, que l'affaire de la vente du tableau devait avoir reçu une solution définitive. Quelle était cette solution ? Le marché n'avait-il pas été rompu ? Mathilde, avec son désir d'obtenir de plus grands avantages, ne s'était-elle pas laissée aller à commettre quelque imprudence ? Les femmes, dans ces sortes de négociations, sont parfois plus adroites que les hommes ; mais aussi elles sont sujettes à se passionner, à s'obstiner et à tout compromettre par entraînement.

A mesure que le temps se passait, l'anxiété de Robert devenait plus forte. Enfin, n'y tenant plus, il se demanda s'il ne serait pas possible de faire chez lui une courte apparition, pour connaître le résultat de la visite de Bailleul. Le magasin se trouvait à quelques centaines de pas seulement de sa demeure ; vingt minutes pouvaient suffire pour aller et revenir, et l'employé avait l'espoir que sa courte absence ne serait même pas remarquée.

Aussi, profitant d'une distraction du patron, il avertit tout bas un de ses camarades, afin qu'il l'excusât au besoin ; puis, sans même prendre son chapeau, dont la disparition eût donné l'éveil, il sortit furtivement du magasin.

Il n'avait'pas de temps à perdre. Si, par malheur, on remarquait son absence, il s'exposait à être de nouveau vertement tancé, peut-être même congédié sans merci. Il courait donc comme un fou dans les rues, effleurant les têtes des chevaux et les roues des voitures, bousculant tous ceux qui se rencontraient sur son chemin : et les passants, à la vue de ce monsieur, tête nue et l'air effaré, qui s'élançait ainsi à travers la foule, se demandaient si ce n'était pas un malfaiteur qui s'enfuyait pour échapper au châtiment.

Un de ces passants ne 'montra pas la même patience que les autres. Comme Robert l'avait presque renversé et s'éloignait sans songer à s'excuser, une voix énergique cria derrière lui :

— Ah ! çà, ne pouvez-vous prendre garde, mala-droit ?

Robert tressaillit, en recevant cette insulte, et se retourna. Au même instant, le passant bousculé s'avançait
pour soutenir son dire, et tous les deux se trouvèrent
face à face.

Le passant était un jeune officier, dont la figure exprimait une violente colère. Robert, de son côté, ne
paraissait pas disposé à supporter sans protestation l'épi-
thète malsonnante qu'on venait de lui lancer, quand
l'un et l'autre, s'étant envisagés, se calmèrent brusquement.

— Tiens ! le lieutenant de Beauregard ! s'écria Robert.

— Eh ! c'est ce brave Robert ! dit Beauregard à son
tour.

Tous les deux se serrèrent la main en riant.

Pour expliquer cette reconnaissance inattendue, di-
sons que Robert, un peu avant son mariage, avait été
« volontaire d'un an » dans le régiment d'Amédée et
sous les ordres immédiats du jeune officier.

A raison de la douceur de son caractère, de sa bonne
éducation, il avait été pris en affection par Beauregard,
qui s'était fait son protecteur contre les petites vexations
auxquelles sont parfois exposés les nouveaux venus au
régiment. Il en était résulté les meilleurs rapports entre
eux, et lorsque Robert, son temps de service terminé,
était rentré dans la vie civile, il avait conservé le plus
affectueux souvenir de son ancien chef.

Les hasards de l'existence les avaient séparés, jusqu'au moment où ils venaient de se retrouver à l'impro-
viste.

— Ça ne fait rien, Robert, dit Amédée gaiement, il faut que vous ayez grande hâte. Du diable si vous n'avez pas failli me jeter sous les roues de cette voiture qui passait !... Et, ma foi ! j'allais me fâcher tout rouge.

— Excusez-moi, mon lieutenant, répliqua Robert avec confusion ; il est bien vrai que je suis très pressé et que j'ai l'esprit à l'envers. Je me suis sauvé de mon magasin, pour connaître le résultat d'une affaire de la plus haute importance... Mais parbleu ! poursuivit-il, pourquoi ne viendriez-vous pas chez moi ? Nous causerions tout en marchant, puis je vous présenterais à ma femme ; je lui ai parlé souvent de vous. Vous verrez aussi mes petites filles, qui sont charmantes quoique un peu malades, comme leur mère... Allons ! venez, je ne vous retiendrai pas longtemps.

Beauregard hésita.

— C'est que, dit-il, j'avais à voir... quelqu'un... là, au boulevard Haussmann...

— Est-ce qu'on vous attend ?

— Non, non, répondit Amédée d'un ton triste, on ne m'attend pas... on ignore même...

— Alors, venez, répliqua Robert en glissant son bras sous celui d'Amédée. Il y a si longtemps que nous nous sommes trouvés ensemble, et je suis si heureux de cette rencontre !

Le lieutenant céda ; aussi bien était-il sorti sans avoir un but de promenade déterminé.

La conversation entre les deux amis ne fut pas très active, pendant le trajet qu'il leur restait à faire jusqu'à la rue Taitbout. Ils marchaient si vite qu'ils purent

seulement échanger quelques mots. Dès qu'ils eurent
atteint la maison, Robert se mit à monter les escaliers
quatre à quatre et le lieutenant dut déployer toute sa
gymnastique pour le suivre. Ce fut ainsi qu'ils arrivèrent à l'étage où demeurait l'employé.

Nous savons ce qu'ils virent en entrant : Bailleul
veillait, d'un air gauche, sur Mme Robert, qui commençait à reprendre connaissance, tandis que Louise tenait
dans ses bras le bébé, qui s'était décidé à sourire.

Amédée de Beauregard reconnut aussitôt le brocanteur
et la jeune fille. Il s'arrêta près de la porte et fit un
mouvement pour se retirer ; mais sans doute la force lui
manqua, ou peut-être éprouvait-il une vive curiosité de
savoir ce qui attirait l'oncle et la nièce chez Robert. Il
resta donc à l'écart, son képi à la main.

Robert, en voyant sa femme livide et sans mouvement, s'élança vers elle et s'écria, avec un accent de
mortelle inquiétude :

— Mathilde ! chère Mathilde ! qu'as-tu ? Que s'est-il
passé ?... Mon Dieu ! on croirait qu'elle est morte !

— Bah ! ce n'est rien, répliqua Bailleul ; un peu de
pàmoison.

— Ah ! je comprends ; le marché est rompu, n'est-ce
pas ? Et la pauvre créature en a eu tant de regret...

— Mais non, mais non, monsieur Robert, dit Bailleul avec impatience ; c'est la joie, au contraire, qui a
produit cet effet-là sur votre dame... Regardez ce qu'elle
tient à la main !

Alors Robert constata que Mathilde serrait entre ses
doigts crispés un billet de mille francs. Tout interdit,

il se tournait successivement vers l'oncle et vers la nièce, pour chercher à deviner de quoi il s'agissait. Mathilde elle-même, à qui la connaissance était tout à fait revenue, se chargea de lui fournir des explications.

— Réjouis-toi, mon cher Robert, lui dit-elle d'une voix faible ; les enfants et moi, nous allons nous guérir promptement. On nous apporte le bien-être, la santé, presque la richesse !

— Mais comment se fait-il ?...

Elle lui apprit, en peu de mots, les conditions du marché, et l'espoir qu'on avait de tirer du tableau une grosse somme, dont il leur reviendrait la moitié.

Robert, à son tour, était dans le ravissement. Les larmes aux yeux, il s'approcha de Bailleul.

— Vous êtes un digne homme ! dit il, et vous saurez bientôt quel service vous nous avez rendu... Quant à vous, mademoiselle, poursuivit-il en s'adressant à Louise, j'avais deviné déjà que vous êtes bonne autant que belle... et cette enfant, que vous tenez, a l'air d'être de cet avis... Embrasse-la, Georgette, ajouta-t-il en regardant la petite fille, embrasse la jolie demoiselle, car elle est vraiment une Providence pour nous tous !

Le bébé passa ses deux petits bras autour du cou de Louise attendrie.

Beauregard, debout près de la porte, ne perdait aucun détail de cette scène. Cependant, il demeurait immobile et silencieux, quand Robert courut à lui.

— Venez partager notre joie, monsieur de Beauregard, dit-il ; en votre qualité d'ami, vous joindrez vos remerciements aux nôtres.

Alors seulement, le brocanteur reconnut Amédée ; mais il se contenta de s'incliner d'un air de réserve, tandis que Louise ne paraissait s'occuper que de l'enfant.

Robert présenta son ancien chef à sa femme, qui sourit.

— Votre nom m'est très connu, monsieur, dit-elle à l'officier ; je sais combien vous avez été bienveillant pour mon mari. Vous méritez d'avoir une place dans notre cœur, à côté de M. Bailleul et de sa gracieuse nièce.

Amédée de Beauregard éprouvait toujours un malaise extrême ; enfin, un sentiment irrésistible domina sa volonté.

— M. Bailleul et Mlle Louise ne sont pas des étrangers pour moi ! s'écria-t-il en s'avançant vers le brocanteur. J'ai pu apprécier avant vous, madame Robert, la probité et le désintéressement de l'oncle, l'adorable bonté de sa nièce, qui est son inspiratrice et son ange gardien. Avant d'apporter l'aisance et la joie dans votre maison, ils les ont apportées dans celle où je suis né.

Et il saisit la main du brocanteur, qui ne lui rendit que faiblement son étreinte. Louise, la tête baissée, devenait tour à tour pâle et cramoisie. Se sentant défaillir, elle s'empressa de remettre l'enfant à sa mère et se laissa tomber sur un siège.

Bailleul reprit d'un ton gourmé :

— Vous vous êtes souvenu de nous, mon lieutenant, mais vous vous en êtes souvenu bien tard !... Cependant, à une époque, qui n'est pas encore très ancienne, nos relations ont été assez étroites, assez amicales pour que nous n'ayons guère pu nous oublier mutuellement.

— Nous étions si loin les uns des autres ! balbutia Amédée avec embarras. Les campagnards, vous le savez, n'aiment pas à écrire... surtout à des Parisiens, qui ont des idées si différentes des nôtres... Quant à moi, j'attendais que mon régiment vînt à Paris, et c'est seulement depuis une quinzaine... Mais je comptais me présenter chez vous prochainement... très prochainement.

En donnant ces explications, une sueur abondante lui coulait du front.

— Qui sait, dit Bailleul avec ironie, si vos pas se seraient jamais dirigés vers le boulevard Haussmann ? Vous ne connaissez nullement ce quartier-là, sans doute ?

Cette allusion évidente à ses promenades autour du magasin du brocanteur redoubla l'embarras d'Amédée. Il se tourna vers Louise.

— J'espère, dit-il humblement, que Mlle Bailleul ne partage pas l'opinion fâcheuse de son oncle. Elle ne saurait attribuer à l'indifférence... à l'oubli...

— Monsieur, répliqua Louise d'une voix tremblante, il ne m'appartient pas... il n'appartient à personne de rechercher les motifs... Quant à moi, je ne peux avoir d'autre opinion que mon oncle, qui est pour moi un second père.

Beauregard resta muet.

— Pas « empotée » ! pas « empotée » du tout ! grommela Bailleul.

Les époux Robert assistaient avec stupéfaction à cette scène, dont le sens exact leur échappait.

— Tiens ! s'écria Robert, vous vous connaissiez donc ?

En effet, qui se ressemble s'assemble, et vous étiez faits
pour vous estimer les uns les autres.

Mathilde ne disait rien, car elle devinait qu'il y avait
là un mystère délicat.

Tout à coup, Louise quitta sa place :

— Mon oncle, dit-elle, si vous le voulez bien, nous
allons nous retirer... Sans doute M. de Beauregard est
impatient de causer en liberté avec un camarade de régiment. L'affaire qui nous a amenés ici, peut maintenant
se régler avec facilité. Il suffira que M. Robert rédige,
en double expédition, les conventions arrêtées de vive
voix pour la vente du tableau et qu'il nous apporte les
copies à signer... Ces conventions seront fidèlement
exécutées, à l'avantage commun.

Amédée de Beauregard paraissait consterné. Tandis
que Bailleul donnait à Robert quelques indications pour
la rédaction de l'acte, le jeune officier s'approcha de
Louise.

— Mademoiselle, dit-il humblement, je vois avec
douleur que des circonstances, peut-être indépendantes
de ma volonté, vous ont indisposée contre moi et les
miens. Ne me permettrez-vous pas d'aller bientôt plaider
ma cause auprès de vous... et de M. votre oncle ? C'est
le plus cher de mes désirs.

Une lutte violente s'établit dans le cœur de Louise.
Sa fierté résistait à un sentiment plus tendre. Enfin ses
traits se détendirent et elle dit, en détournant les
yeux :

— Je crois impossible, monsieur, que mon oncle
fasse mauvais accueil à une ancienne connaissance...

Je ne doute pas que vous ne soyez reçu d'une manière convenable... si vous venez.

Elle n'eut pas l'air de s'apercevoir qu'Amédée lui tendait la main, salua les personnes présentes et sortit avec Bailleul.

Dans la rue, elle donna libre cours à ses larmes.

— Ah ! çà, mon enfant, demanda le brocanteur, tu lui as donc permis de venir nous voir ?

— Eh ! ne vient-il pas tous les jours, quoiqu'il n'ose entrer chez nous ?... Mon oncle, mon oncle ! ajouta-t-elle avec explosion, il n'a pas cessé de m'aimer, j'en suis certaine !

— C'est possible ; dans tous les cas, il y a quelque anguille sous roche... Faudra voir.

Ils marchèrent un moment en silence. Louise essuya ses pleurs, qui attiraient l'attention des passants.

— Oncle Bailleul, reprit-elle, ne remarquez-vous pas que chacune de vos bonnes actions reçoit immédiatement sa récompense ?... Aujourd'hui, pour vous être conduit en homme juste et libéral envers cette pauvre famille Robert, vous avez reconquis du respect et de l'affection... qui peuvent avoir des conséquences incalculables.

— Hum ! grommela le positif brocanteur, et les bonnes actions d'autrefois, comme celle d'aujourd'hui, ôtent environ quatre-vingt-mille francs de ma caisse... Enfin, qui vivra verra... Seulement, chère petite, ne te monte pas la tête, et... défions-nous !

XXII

L'ENCHÈRE.

A partir du lendemain, Amédée de Beauregard vint presque tous les jours au magasin du boulevard Haussmann. Il prenait d'habitude place auprès des deux dames, qui étaient au comptoir, et pendant que Bailleul allait et venait pour son commerce, il causait gaiement avec elles. Louise semblait trouver beaucoup de plaisir à ces visites ; la vieille dame elle-même, qui savait quels services Amédée et sa famille avaient rendus à son mari et à sa nièce, le voyait du meilleur œil, et interrompait parfois son éternel tricot pour écouter le jeune lieutenant.

Aucune explication n'avait eu lieu au sujet du passé. Amédée se montrait d'une extrême réserve à cet égard et semblait être sous le coup d'une inquiétude, dont on ne pouvait soupçonner la nature.

15.

Sa sœur Mariette, sans doute à son instigation, avait écrit à Louise ; mais la lettre, quoique très amicale, était à peu près insignifiante, et Louise avait dû y répondre dans les mêmes termes vagues et affectueux. D'autre part, Amédée parlait rarement de son frère et encore avec une sorte d'embarras.

Il affectait de prendre goût aux curiosités artistiques, qui remplissaient le magasin du brocanteur. Il les examinait avec attention, s'informait des particularités qui leur donnaient du prix. Il s'intéressait surtout au Salvator Rosa, dont Robert était co-propriétaire, et il voulait être tenu au courant des réparations que l'on faisait en ce moment au tableau. C'étaient là, d'ordinaire, les sujets de l'entretien, et on ne parlait qu'en passant des événements accomplis au Pigeonnier.

Une fois, pourtant, l'occasion s'était offerte au jeune officier de revenir sur certaines intentions qu'il avait exprimées jadis. Il aperçut, dans une vitrine du magasin, avec d'autres bijoux de valeur, le diamant et la bonbonnière provenant du meuble d'ébène. Le diamant, qu'une étiquette annonçait avoir appartenu à la reine Marie-Antoinette, était coté dix mille francs, et la bonbonnière du prince de Condé, six mille. Amédée dit au brocanteur, non sans une certaine ironie :

— Ah ! monsieur Bailleul, cette bague et cette boîte ont acquis singulièrement du prix, depuis qu'elles sont entre vos mains !

Bailleul, d'abord un peu déconcerté, ne tarda pas à reprendre son aplomd.

— Je vais vous dire, lieutenant de Beauregard, ré-

pliqua-t-il, j'ai coté ces objets très haut, parce que je
ne me soucie pas de m'en défaire... D'abord, il n'est pas
mal qu'on voie chez moi ces raretés historiques ; ça
achalande une maison... D'autre part, s'il faut l'avouer,
je réserve ces bijoux pour en faire cadeau à ma nièce,
quand elle se mariera.

La pauvre Louise ne savait où se cacher. Elle ne put
observer la physionomie d'Amédée qui, après un léger
tressaillement, se contenta de répondre :

— Rien, en effet, ne saurait être assez riche et assez
beau pour Mlle Louise.

Et il changea d'entretien, tandis que Bailleul se mettait à gourmander ses employés d'un air d'humeur.

Un mois s'écoula ainsi. Louise, satisfaite de voir
chaque jour Amédée de Beauregard, ne s'étonnait plus
de son attitude énigmatique, quand une espèce de solen-
nité eut lieu chez le marchand. Le tableau de Salvator
Rosa était complètement réparé ; il s'agissait de le montrer à de riches amateurs, qui, presque tous, étaient des
clients de Bailleul. Celui-ci, fort expert dans tous les
« trucs » du métier, avait rédigé une circulaire, très
emphatique, annonçant la première exhibition dans ses
salons « d'un des plus beaux Salvator Rosa connus. »
Cette circulaire avait été autographiée à un certain
nombre d'exemplaires et adressée aux connaisseurs
français et étrangers.

Le jour désigné, en effet, le tableau était exposé dans
un petit salon du rez-de-chaussée, qui faisait partie de
l'appartement particulier de Bailleul et attenait au magasin. Cette toile, si crasseuse, si délabrée naguère,

avait pris un aspect nouveau. Les éraillures avaient disparu, les ravages causés par la balle étaient à peine visibles. Rajeunie, polie, vernie, elle laissait voir son savant dessin, ses couleurs éblouissantes, ses jeux de soleil sur les croupes des chevaux et sur les armures des cavaliers, ses fonds lumineux, dont les lointains finissaient par se confondre avec un ciel d'une transparence inouïe. Le cadre en chêne, qui était lui-même une belle sculpture, avait été soigneusement redoré, et le tableau, posé sur un chevalet, en pleine lumière, paraissait tout à fait mériter l'attention des véritables artistes.

Aussi, dès le matin, les collectionneurs les plus célèbres, les marchands en renom, les gens du monde et les critiques d'art se pressaient-ils dans le salon trop étroit de Bailleul. Une « queue » s'était formée dans le magasin, et on défilait devant le tableau, que gardait un invalide, le sabre au côté — une invention du madré brocanteur.

Les uns exprimaient bruyamment leur enthousiasme : c'étaient ceux qui ne songeaient pas à acheter ; les autres se taisaient et observaient en silence ; tous, néanmoins, semblaient éprouver une admiration égale.

Amédée de Beauregard n'avait pas manqué d'assister à cette exposition ; mais, après avoir passé à son tour devant la merveilleuse toile, il s'était empressé de venir prendre place, dans le magasin, à côté des dames Bailleul, qui regardaient avec une sorte d'inquiétude cette affluence insolite.

Quant à Robert, assis dans un coin du petit salon, il

ne disait rien et semblait indifférent à ce qui se disait ; mais, en réalité, il ne perdait pas une des paroles échappées aux curieux, et il se demandait avec anxiété si tout ce mouvement allait avoir un bon résultat pour lui.

Bientôt la foule devint moins nombreuse, car on ne permettait pas aux spectateurs de s'arrêter longtemps devant le Salvator Rosa, et un garçon, en faction à la porte du magasin, évinçait impitoyablement quiconque n'exhibait pas une lettre d'invitation. Toutefois, Bailleul ne s'effrayait pas de cette diminution des curieux ; il savait bien que les opulents amateurs, sur lesquels il comptait pour l'acquisition du tableau, viendraient plus tard, et, à vrai dire, il avait invité cette grande quantité de personnes, seulement dans le but de faire une réclame au chef-d'œuvre.

Son calcul ne faillit pas ; dans l'après-midi, il n'y avait plus qu'un petit nombre de spectateurs autour du Salvator Rosa, mais tous connus du brocanteur pour être disposés à l'acquérir. Parmi eux se trouvaient un célèbre banquier, un député influent, plusieurs hommes du monde, notamment le duc de Carmont, qui avait acheté le meuble d'ébène, et enfin le comte étranger de Médina-Campos, à qui pourtant Bailleul ne se souvenait pas d'avoir envoyé d'invitation.

Un grand silence avait fini par s'établir devant le tableau. L'un examinait avec son monocle, l'autre se faisait une lorgnette avec sa main, l'autre changeait à chaque instant de place, afin de juger la peinture sous ses différents aspects. Tous s'observaient à la dérobée, comme pour pénétrer mutuellement leurs intentions.

Le banquier s'était campé en face du chevalet, sur une petite chaise dorée que le poids de sa corpulence menaçait d'écraser ; il dit enfin d'un ton pâteux :

— Ces restaurations sont manquées ; on voit partout les retouches... Ah ! çà, papa Bailleul, je suppose que vous voulez vendre cette... chose, et que c'est pour cela que vous avez fait une exposition ?

— Certainement, monsieur, répliqua le brocanteur en s'inclinant.

— Alors, combien en demandez-vous ?

— Monsieur, dit Bailleul en saluant de nouveau, je n'ai pas à fixer de prix... J'attends que les connaisseurs et les gens de l'art le fixent eux-mêmes.

Ainsi qu'on le voit, Bailleul avait deux principes fort différents, l'un quand il voulait vendre, l'autre quand il voulait acheter.

Le banquier se taisait. Après une longue pause, il dit tout à coup :

— Ça vaut dix mille francs !

Et il se leva, comme si, après avoir annoncé son prix, il se disposait à se retirer.

— Dix mille francs ! répéta Bailleul avec un sourire dédaigneux ! ah ! monsieur B***, je ne reconnais-là ni votre goût ni votre libéralité accoutumée... Songez donc, il s'agit d'une page admirable, bien authentique et signée.

— Dix mille francs, répéta le banquier.

Il prit sa canne et son chapeau, de plus en plus déterminé à partir, du moins en apparence.

Le duc s'avança.

— Si M. B*** renonce au marché, dit-il, je lui demande la permission de dire un prix à mon tour... J'ai dans mon château de Normandie une place où ce tableau fera divinement... J'en offre douze mille.

— Et moi quinze pour le musée de ma ville natale, dit le député.

Bailleul était rouge de plaisir, et le pauvre Robert, dans son coin, sentait son cœur battre comme le piston d'une locomotive en marche.

Le brocanteur s'avança vers M. de Medina-Campos, qui, debout près de la fenêtre, échangeait quelques mots tout bas avec un autre monsieur, au teint basané comme le sien et qui semblait être venu avec lui.

A son approche, l'inconnu se dissimula derrière une ample draperie, destinée à concentrer la lumière sur le tableau.

— Eh bien ! monsieur le comte, demanda Bailleul d'un ton léger, les enchères sont ouvertes... N'avez-vous rien à dire pour l'honneur du Portugal... car vous êtes Portugais, je crois ?

— Oui, répliqua le comte en affectant beaucoup d'aisance ; mais nos revenus ne nous permettent guère de lutter contre vos riches propriétaires et vos opulents banquiers... Cependant, mon frère (et il désignait son compagnon) est grand connaisseur en peinture, et il trouve votre tableau magnifique... Qui sait ! Le dernier mot n'est pas dit encore.

Il cligna des yeux.

— C'est juste, répliqua Bailleul en riant d'un gros rire ; ça ne fait que commencer.

Il ajouta tout bas, afin de se donner l'apparence d'une
complète tranquillité d'esprit :

— Et... la dame en question, monsieur le comte,
a-t-elle eu maille à partir avec ce brutal qui prétend
être son mari ?

— Non ; grâce à votre conduite prudente, on n'a pas
suivi l'affaire. Aucune plainte n'ayant été déposée, il a
suffi à la dame de changer de demeure, pour se mettre
à l'abri des obsessions... Quant au mari, on suppose
qu'il a regagné sa province.

— A merveille !

Au fond, il importait assez peu à Bailleul que le mari
et la femme fussent ou non en paix, à Paris ou ailleurs ;
il voulait seulement s'assurer si la prétendue baronne
pouvait lui réclamer un certain billet de mille francs,
dont on n'a pas oublié l'histoire. Bientôt, cédant à ses
préoccupations réelles, il dit haut, de manière à être
entendu de tous les assistants :

— Ce qu'il y a de certain, monsieur le comte, c'est
que je ne laisserai pas sortir de chez moi ce superbe
Salvator Rosa pour quinze mille francs.

Cette parole mit en éveil les enchérisseurs. Aucun
pourtant ne se pressait d'ouvrir le feu de nouveau.

— Ma foi ! dit brusquement le gros banquier, puisque
l'on s'obstine, je m'obstinerai aussi... Je peux me
permettre cela... J'irai donc jusqu'à seize mille.

— Dix-huit ! riposta le député.

— Vingt ! s'écria le duc.

Nouvelle pause, pendant laquelle tout le monde regarda Bailleul. Celui-ci affectait une suprême indifférence.

— Pas plus pour vingt que pour quinze, dit-il en en-
fonçant les mains dans ses poches ; le Louvre ou les
musées nationaux de l'étranger m'en donneront davantage.

Robert, lorsqu'il avait entendu énoncer un chiffre qui
lui semblait énorme, s'était levé, comme poussé par un
ressort. Sa contenance, ses yeux, l'expression de son
visage semblaient crier à Bailleul : *Acceptez !* Bailleul
n'eut même pas l'air de le voir, et se tournant vers M. de
Medina, dit tout bas, le sourire sur les lèvres :

— Eh bien ! monsieur le comte, n'est-ce pas le moment ?

Le comte sourit à son tour, comme rappelé à la situation présente.

— Eh bien ! vingt mille cinq cents ! dit-il.

Bailleul ne s'était pas attendu sans doute à une si
piètre surenchère et ne put retenir une grimace. Néanmoins, le chiffre jeté par le Portugais avait suffi pour
donner un nouvel essor à la vente.

— Vingt-cinq mille, dit le banquier.

— Vingt-huit, riposta le député.

— Trente mille ! cria le duc.

Robert, tout pâle, demeurait bouche béante.

— Non, non, dit Bailleul avec fermeté.

Réellement, la « fièvre de l'enchère » s'était emparée
des capitalistes qui se disputaient la toile de Salvator
Rosa. Ils étaient pourpres de colère ; leurs yeux pétil-
laient, leurs poings se fermaient.

L'encan reprit avec une nouvelle force.

— Trente-deux, — trente-six, — quarante mille.

Une voix dit :

— Quarante-deux mille.

Le tableau, tout remarquable qu'il fût, n'avait pas cette valeur, même en faisant la part de l'engouement et de la « fièvre » dont nous parlons. Aussi, tous se turent-ils brusquement ; on ne voulait pas aller plus loin. Bailleul sentit que la limite de ce qu'il pouvait espérer était dépassée, et, après une assez longue attente, il demanda :

— C'est, je crois, M. B*** qui a dit quarante-deux mille ?

— C'est moi, répliqua le banquier.

— Voyons, messieurs, poursuivit le brocanteur en s'adressant aux autres enchérisseurs, en restons-nous là ? Quarante-deux mille... Le chef-d'œuvre du maître... un véritable monument de l'art !

— Quant à moi, répliqua le duc avec humeur, j'ai dit mon dernier mot ! Il faut céder le pas à la finance : c'est la loi nouvelle... Adieu, messieurs ; je ferai mettre un pan de tapisserie à la place que je destinais au tableau.

Et il sortit.

— Moi, dit le député, j'offrirai au musée de ma ville un tableau moderne... qui me coûtera moitié moins cher.

Et il partit de même.

— Et vous, monsieur le comte ? demanda Bailleul au Portugais.

Celui-ci secoua la tête.

— Décidément, dit-il d'un ton léger, je ne suis pas

de force... Dans mon pays nous comptons par « reis » et il faut 160 reis pour faire un franc ; combien en faudrait-il de millions pour produire quarante-deux mille francs ?... Je suis obligé de tirer ma révérence à Salvator Rosa.

Il s'inclina à son tour, mais il ne s'éloigna pas et se rapprocha de son frère ; tous les deux se mirent à observer ce qui se passait, en continuant d'échanger des signes mystérieux.

Bailleul se tourna vers le banquier et lui adressa un profond salut.

— Allons ! c'est vous, monsieur B***, prononça-t-il, qui êtes adjudicataire définitif de cette page magistrale... au prix de quarante-deux mille francs.

— A la bonne heure ! s'écria le banquier en se rengorgeant ; on doit voir qu'il n'est pas sage de s'attaquer à moi. Quand on s'entête, je m'entête aussi, et c'est toujours moi qui ris le dernier... Je paie le tableau trop cher, il n'y a pas de doute ; mais au moins, les autres ne l'auront pas.

Il tira de sa poche un livre de chèques et griffonna quelques mots sur une page, qu'il déchira et qu'il remit au brocanteur.

— Voilà, reprit-il, quarante-deux mille francs que vous pourrez toucher à ma caisse, dans deux heures d'ici, en apportant le tableau.

— Il suffit, monsieur ; dans deux heures, j'irai moi-même.

— Venez, mon caissier sera prévenu.

Et le banquier regagna sa voiture, plus joyeux encore d'avoir humilié ses aristocratiques concurrents que d'avoir acquis une œuvre d'art.

Robert paraissait écrasé de bonheur. Oubliant les autres personnes qui se trouvaient là, il s'avança vers Bailleul.

— Est-ce possible ? Est-ce possible ? balbutiait-il.

— Parbleu ! c'est si possible que ça est... Je vais toucher le chèque, et comme il y a deux mille francs de frais, ce sera vingt mille francs pour vous et autant pour moi... Demain matin je vous remettrai votre part... à moins, ajouta-t-il d'un ton bon enfant, que vous ne teniez à toucher tout de suite ce qui vous revient ; justement j'ai de l'argent dans ma caisse, et si cela vous arrange...

Il désignait un énorme bahut en bois et en fer, posé contre la muraille, spécimen de ces solides coffres-forts que possédaient les thésauriseurs d'autrefois.

— Non, j'attendrai à demain, répliqua Robert ; ma femme est absente ; que ferais-je de cet argent chez moi ?

— A votre aise... Il est certain qu'il sera plus en sûreté ici que partout ailleurs.

Et Bailleul montrait avec complaisance les massives fermetures de l'antique caisse. Robert ne regardait pas ; mais le comte de Medina-Campos et son frère silencieux paraissaient éprouver un mélange de surprise et d'admiration. Il n'en fallait pas tant pour que le marchand vantât son coffre-fort, à l'égal des autres curiosités de son magasin.

— Ce meuble, dit-il, a jadis appartenu à un fermier

général... Ce ne sont pas des plaques de fonte, des ser-
rures à combinaisons, ainsi que vos caisses d'aujour-
d'hui ; mais c'est fort, incrochetable... Voyez pourtant
comme la clef est simple !

Il tira de sa poche une clef de petites dimensions, l'in-
troduisit dans la serrure et ouvrit sans le moindre effort. Il se contenta de soulever un peu le couvercle, qui
retomba aussitôt ; mais les spectateurs avaient eu le
temps de constater que le coffre contenait, outre un
gros portefeuille bourré de valeurs, des sacs d'argent et
des écrins, sans doute pleins de bijoux précieux.

Les deux frères Medina-Campos avaient échangé un
signe rapide. L'un d'eux, après avoir salué silencieuse-
ment, sortit par une petite porte donnant dans la cour
de la maison, tandis que l'autre, le comte, s'extasiait
bruyamment sur les raretés de tout genre qu'on rencon-
trait dans « la collection » du brocanteur.

Robert n'attendit pas la fin de cette conversation. Il
avait bien d'autres choses à penser ! Il serra la main de
Bailleul, et s'élança dans le magasin pour gagner la rue.
En passant devant Louise et Beauregard, qui étaient au
courant de ce qui venait de se faire dans la pièce voisine, il dit d'un air égaré :

— Vingt mille francs ! auriez-vous cru cela ?... Je
vais prévenir ma femme à la campagne... Si mon patron se fâche, nous l'enverrons promener.

Puis, il s'enfuit, en faisant des gestes de maniaque.

Bientôt le brocanteur parut, reconduisant avec de
grandes démonstrations de politesse, le comte portugais
et quelques autres curieux qui s'étaient attardés dans le

petit salon. Il ne remarqua pas que sa femme, à la vue de M. de Medina-Campos, n'avait pu encore se défendre d'un mouvement d'effroi. Quand la porte se fut refermée sur le dernier visiteur, Bailleul se frotta les mains.

— A présent, dit-il aux garçons de boutique chargés de maintenir l'ordre pendant l'affluence des curieux, qu'on ferme bien du côté de la cour et qu'on ne laisse plus entrer personne... L'exposition est terminée, car le tableau est vendu.

— Vous en avez tiré un prix superbe, monsieur Bailleul, répliqua Beauregard; en vérité, ce pauvre Robert en perd la tête !

— Et mon oncle, dit Louise en souriant, n'a pas fait une mauvaise affaire non plus... Je savais bien qu'il n'aurait nullement à regretter sa conduite généreuse envers ce brave garçon !

Le brocanteur fronça le sourcil; mais, comme il allait répondre, un militaire qui, depuis quelques minutes, rôdait devant la maison, entra dans le magasin et se dirigea vers Beauregard, la main au képi.

Ce militaire était un sapeur, ainsi qu'on pouvait en juger par son épaisse barbe noire ; le collet de son uniforme portait le numéro du régiment d'Amédée.

A la vue de ce soldat, qui était son planton, Beauregard eut un mouvement de colère.

— Toi, Galuret ? s'écria-t-il ; ah çà! drôle, pourquoi te permets-tu de me relancer jusqu'ici ?

— Pardon, excuse, mon lieutenant et la compagnie ! répliqua le sapeur; je vas vous dire... Il y a un particulier à votre logement qui est pressé de vous voir.

— Eh bien ! ne lui as-tu pas annoncé que j'étais absent ?

— Si... mais il a tenu mordicus à vous attendre chez vous.

— Il fallait le renvoyer.

— J'ai bien voulu le renvoyer, mon bon lieutenant, mais il n'a pas voulu s'en aller... rapport qu'il dit comme ça... sans vous commander... qu'il est votre frère.

— Mon frère ! s'écria Amédée, qui se leva brusquement et qui devint pâle ; mon frère Jean-Baptiste à Paris !... c'est impossible !

— Pourrais pas vous dire, mon lieutenant ; vous savez mieux que moi...

— Jean-Baptiste à Paris ! répéta Amédée, qui paraissait hors de lui ; est-ce qu'il suppose... Galuret, as-tu appris à mon frère que j'étais... ici ?

— Fallait donc le lui apprendre ? demanda le sapeur avec anxiété ; seulement, mon lieutenant, comme c'était pas dans la consigne... Pour lors, il s'est mis dans votre fauteuil, et m'a ordonné d'aller vous chercher partout où vous seriez. C'était pas à moi de raisonner et je suis parti du pied gauche... Pour lors, comme je sais que vous venez souvent traîner vos guêtres de ce côté... vous comprenez ?

L'agitation d'Amédée allait croissant.

— Excusez-moi, mesdames, reprit-il ; l'arrivée de mon frère... Il faut que je le rejoigne bien vite.

— J'espère que vous nous l'amènerez, monsieur Amédée, dit Louise gracieusement. En vérité, ajouta-t-elle aussitôt, on croirait que l'arrivée de M. Jean-Baptiste ne vous fait pas plaisir ?

— Si... si, certainement ; mais, pour qu'il ait laissé Mariette seule là-bas, il doit avoir une raison puissante... Nous nous étions engagés réciproquement... Adieu, mesdames... au revoir, monsieur Bailleul !

Il dit quelques mots brefs au sapeur, qui emboîta le pas derrière lui, et tous les deux sortirent en courant.

Louise regarda son oncle, comme pour deviner ce qu'il pensait de cette brusque retraite. Mais le brocanteur, distrait par ses affaires, jugeait la circonstance à peu près insignifiante,

— Du diable ! s'écria-t-il, si tous ces Beauregard n'ont pas « un coup de marteau ! » Ils ne disent et ne font rien comme les autres... Allons ! Il est temps que je me rende chez M. B***, pour livrer le tableau et toucher l'argent.

Il monta dans sa chambre se disposer au départ, tandis que Louise demeurait profondément rêveuse, et que la vieille Bailleul marmottait entre ses dents :

— Ils ont beau me rembarrer, c'est *lui !*... c'est *lui...* J'en mettrais mes mains au feu !

XXIII

LE COMPLOT

Le même jour, vers le soir, nous retrouvons certains personnages connus du lecteur dans un élégant
pavillon, caché au fond d'un jardin, aux environs de la
rue du Bac. Il y a encore des jardins dans ces quartiers,
et celui-ci, après avoir été la dépendance d'un ancien
hôtel aristocratique, était tombé entre les mains d'un
spéculateur, qui avait fait construire, au milieu d'ormes
séculaires, plusieurs petits bâtiments, isolés les uns des
autres, dont il tirait un prix de location élevé.

On pouvait, dans ce pavillon. se croire loin de Paris,
car de beaux arbres, des treillis de fer entrelacés de
plantes grimpantes, formaient alentour un véritable
horizon de verdure. Le calme y était profond ; l'intérieur
en eût peut-être été triste, si tout ce que le luxe mo-

derne peut inventer de léger et de gracieux n'avait été prodigué dans le but de l'orner. On devinait là un de ces nids d'amoureux, où pigeons et colombes se cachent pour roucouler en liberté.

Un salon du rez-de-chaussée avait surtout un aspect coquet et riant. Des meubles splendides, des bibelots du plus haut prix, des vases pleins de fleurs rares, lui donnaient le double caractère d'un musée et d'un boudoir.

Sur un canapé très bas, d'étoffe chatoyante, une jeune femme, enveloppée dans un ample peignoir en cachemire, causait avec un homme élégamment vêtu, qui, debout devant elle, se disposait à sortir. Cette jeune femme était la baronne de Saint-Serge, ou, si l'on aime mieux, Mme Cécile Dumirail ; le monsieur était le comte de Medina Campos.

— Mon Dieu ! Fernand, disait Cécile d'un ton langoureux, en exhibant un bras rond et satiné qui s'échappait de la large manche de son peignoir, allez-vous me quitter si vite ? J'espérais que vous me donneriez la soirée... On s'ennuie tant ici ! on ne voit rien, on n'entend rien... On est comme dans un tombeau !

— Je regrette beaucoup, chère Cécile, dit le comte en portant à ses lèvres la jolie main qu'on lui tendait, d'être obligé de vous quitter... Des affaires de la nature la plus impérieuse me réclament ce soir !

— Quelles affaires ? Je vous trouve bien mystérieux, Fernand ; vous entrez et sortez sans qu'on sache pourquoi. J'ignore même où vous demeurez et il me faut attendre qu'il vous plaise de venir... Vous devriez me

montrer plus de confiance et m'apprendre ce que ma
tendresse me donne le droit de savoir.

— Ne m'interrogez pas, Cécile, répondit le comte,
dont le visage s'assombrit ; qu'il vous suffise d'avoir la
certitude que je vous aime... Je vous aime, ajouta-t-il,
avec une expression effrayante, jusqu'à la passion, jusqu'à la folie, et cet amour me perdra peut-être. Il me
fait oublier des engagements redoutables, des devoirs
dont la négligence peut me coûter la vie. Mais, quand
je vous vois, je ne songe plus à tout le reste et je
m'expose... Laissons cela, ajouta-t-il en s'efforçant de
sourire ; vous et moi, nous n'avons à nous occuper ni
du passé, ni de l'avenir... Contentons-nous du présent...
qui durera tant qu'il pourra !

— Cependant, j'aurais désiré connaître... Vous me
cachez bien des choses au sujet de votre nom, de votre
rang, de votre fortune...

— Eh ! que vous importe, madame, interrompit
Medina-Campos presque avec colère ; je vous aime, ne
m'en demandez pas davantage... D'ailleurs, ne vous
donné-je pas tout ce que vous souhaitez ? Je prodigue
l'argent pour le moindre de vos caprices.

Mme Dumirail fit mine de pleurnicher.

— Bon Dieu ! Fernand, dit-elle, voilà votre sang
méridional qui s'échauffe... Gardez vos secrets, puisque
vous y tenez ; mais ne comprenez-vous pas que la réclusion où je vis fait travailler ma cervelle, en même temps
qu'elle m'attriste l'âme ?

— Eh ! chère petite, répliqua le comte plus doucement, est-ce ma faute si votre situation particulière a

rendu cette réclusion indispensable ? Vous êtes en puissance de mari, et le mari en question vous cherche pour
vous faire des scènes scandaleuses, pour vous tuer, que
sais-je ? On n'est pas bien certain qu'il ait quitté Paris,
et s'il découvrait votre nouvelle demeure...

— C'est vrai ! dit Cécile, qui ne put s'empêcher de
frissonner ; il est si emporté, si farouche !... Mon ami,
ajouta-t-elle d'un ton caressant, pourquoi ne m'emmè-
neriez-vous pas d'ici au plus vite ?... Nous voyage-
rions ; nous partirions pour la Suisse, pour l'Italie, pour
le Portugal, votre pays, si vous voulez... Partout où vous
irez, je serai à merveille.

— Eh bien ! ma chère, il n'est pas impossible que
votre désir se réalise bientôt... plus tôt même que vous ne
pensez. Je suis occupé d'affaires, qui m'obligeront sans
doute à m'éloigner de Paris, et si je ne rencontre pas
certaines difficultés invincibles...

— Ah ! comte, s'écria la jeune femme en battant des
mains, tâchez que ces affaires s'arrangent, et triomphez
de ces difficultés... Quel bonheur j'aurais de voyager
avec vous !

— Ce M. Dumirail vous semble donc bien redoutable !
Il paraît, en effet, qu'il vous hait mortellement, et si l'on
ne vous avait protégée chez Bailleul... Vous êtes pourtant séparée légalement de lui ; on assure même qu'il
vous a restitué votre dot, montant à plus de cent mille
francs...

— Quoi ! vous savez cela ? dit Mme Dumirail avec confusion ; je ne pouvais pas abandonner ma fortune à cet
homme odieux, qui m'a rendue si malheureuse, qui m'a

poussée au désespoir... Aussi, malgré sa résistance, a-t-il dû me restituer ce qui m'appartenait, et telle est la cause de sa colère contre moi.

— Mais alors, chère Cécile, vous devez avoir encore la somme assez ronde que vous avez touchée avant que nous eussions fait connaissance ?

— Il ne m'en reste absolument rien. J'avais quelques dettes, car mon misérable mari m'avait laissée sans le sou... Ces dettes payées, un ami, qui jouait à la Bourse et qui pariait aux courses, me proposa de faire valoir mon argent. La somme devait être doublée en quelques jours, à ce que l'on assurait, et, en quelques jours elle était emportée jusqu'au dernier centime.

— C'est Savry, n'est-ce pas ? C'est Savry, le boursier, le bookmaker, Savry, votre ancien... ami, qui a fait ce beau coup-là ? Ensuite, écoutez donc; on dit que vous l'avez ruiné la première; il a voulu ne pas être en reste avec vous!

— Ah ! Fernand, Fernand, murmura Cécile d'un ton de reproche, pouvez-vous plaisanter sur un pareil sujet ? C'est cruel... c'est déloyal... c'est...

— Pardonnez-moi, charmante, dit le comte; je ne trouve ce Savry nullement plaisant... et, de par tous les diables ! ajouta-t-il avec un accent terrible, pour peu que vous en eussiez la volonté, j'irais le tuer comme un chien !

Un regard de feu accompagnait ces paroles, et la jeune femme se rejeta vivement en arrière.

— Allons ! voilà que je vous fais peur à présent ! reprit Medina-Campos en souriant de nouveau; pardonnez-moi, et, je vous le répète, ne parlons jamais du passé... Pour moi, comme pour vous, ce sera le mieux.

16.

En ce moment, un coup de sifflet assez faible, mais d'un caractère particulier, se fit entendre du côté des jardins. C'est là un bruit assez ordinaire, surtout le soir, dans les rues de Paris ; néanmoins, le comte ne put retenir un tressaillement.

— Ma belle Cécile, dit-il, je m'oublie auprès de vous, quoique je sois attendu quelque part avec une vive impatience... Adieu, adieu.

Elle se leva pour le reconduire.

— Ami, vous reverrai-je bientôt ? demanda-t-elle.

— Je l'espère... Et tenez, Cécile, toute réflexion faite, soyez prête à partir au premier moment. Il peut arriver telle circonstance...

— Oh ! Fernand, vous comblez mes vœux... Combien je serai heureuse de vivre toujours auprès de vous !

On prit congé, en multipliant les tendres protestations, et le comte sortit, par une porte cachée à l'extrémité du jardin.

Cécile, tandis qu'elle regagnait le salon, disait avec accablement :

— Combien j'ai assez de ce moricaud, jaloux comme un tigre ! Avec cela, je ne vois pas clair dans ses affaires et je ne sais d'où il tire l'argent qu'il dépense à pleines mains. Sera-t-il bien prudent à moi de le suivre ? Ah ! si je n'avais à mes trousses cet affreux Dumirail !... Soumettons-nous à la nécessité... Mais je ne ris plus comme au temps de Savry... et des autres !

Rejoignons le comte de Medina-Campos.

Après avoir franchi la porte, il s'était trouvé dans une rue peu fréquentée, bordée de longs murs d'hôtels et de couvents. A quelque distance, un homme avait l'air de rôder, et, dans cet homme, on reconnaissait aisément celui qu'il avait présenté chez Bailleul comme son frère. Réellement, tous les deux étaient caractérisés par ce teint fauve et bistré, par ces yeux noirs, par cette barbe crépue des Espagnols ou des Portugais ; mais, tandis que les traits du comte exprimaient l'énergie et l'intelligence, ceux de l'autre n'avaient qu'une expression basse et vulgaire.

Ils échangèrent un signe furtif ; toutefois, ils ne s'abordèrent pas. Medina-Campos continua de marcher rapidement et son frère, ou prétendu tel, le suivit sans affectation.

Ils atteignirent ainsi une de ces longues avenues qui avoisinent l'hôtel des Invalides, et dans lesquelles les passants sont rares. Alors, le rôdeur se rapprocha insensiblement de Medina-Campos et finit par se trouver à son côté.

Il lui dit en langue étrangère, d'un ton à la fois plaintif et menaçant :

— Vous étiez encore chez cette femme, don Fernand ! J'en étais sûr, et cela nous désole tous... Elle nous perdra, vous verrez : car vous êtes aveugle pour elle.

— Tais-toi, Diégo ! interrompit le comte, dont les yeux lancèrent des éclairs, je n'entends pas que ni toi ni personne contrôle mes actes et se permette de me gêner dans mes amours... J'aime cette femme, je continuerai de l'aimer, quand tous les diables de l'enfer viendraient se mettre à la traverse... Que l'un de vous ose broncher, et je lui logerai une balle dans la tête ?

Diégo, terrifié, ne souffla mot, et on fit quelques pas en silence.

— Qu'êtes-vous donc, reprit Fernand avec véhémence, mais toujours à voix basse, pour critiquer ma conduite ? Quatre ou cinq drôles, capables tout au plus d'attaquer sur les grandes routes un voiturier ou un voyageur isolé... Affaires misérables où l'on risque sa peau ! C'est moi qui vous ai organisés, vous ai dirigés, vous ai donné à tous un bien-être relatif. C'est moi qui vous ai soustraits aux recherches de la justice ; pas un de vous n'a encouru la moindre condamnation, pas un de vous n'est suspect. Toi surtout, Diégo, toi, mon bras droit et mon lieutenant, as-tu oublié ce que tu me dois ? Je t'ai tiré des positions les plus difficiles. Sais-tu que, si je ne vous soutenais, si je ne veillais sur vous avec un soin diligent, avant vingt-quatre heures vous auriez fait quelque maladresse qui vous enverrait au bagne ou à l'échafaud ?

— Je ne dis pas le contraire, don Fernand, répliqua Diégo, embarrassé ; quoique nous soyons du même pays, vous êtes un hidalgo, un vrai comte, tandis que nous ne sommes que de pauvres gitanos... Cependant, votre faiblesse et vos prodigalités envers cette femme nous donnent à réfléchir...

— Attendez que ma passion soit passée, interrompit Medina-Campos avec un sourire dédaigneux ; ce n'est jamais bien long... D'ailleurs, ne comprends-tu pas et ne peux-tu expliquer aux autres que ma vie actuelle est précisément celle qui convient au chef de notre association ? Je fréquente le monde riche, j'étudie les terrains où nous pouvons tenter de bons coups. N'as-tu pas vu,

aujourd'hui, quand je t'ai présenté comme mon frère
pour te donner occasion d'examiner en détail le logement
de Bailleul, que j'allais de pair avec les plus gros personnages de la noblesse et de la finance ? Crois-tu que
ces rapports ne peuvent avoir, n'ont pas chaque jour,
d'importants avantages pour nous ?

— C'est vrai, don Fernand ; oh ! nous savons bien que,
sans vous, nous ne réussirions pas à grand'chose...
Néanmoins, poursuivit Diégo en baissant encore la voix,
votre assurance me fait peur, quand je vous vois fré-
quenter la maison de Bailleul et quand je vous y accompagne. La vieille dame, à laquelle vous avez vendu les
bijoux, pourrait très bien vous reconnaître ; moi-même,
j'ai été vu à l'auberge du Grand-Cerf par le marchand et
par sa nièce, alors que Cirgos et vous, vous m'envoyâtes
à la découverte pour savoir quelle direction prendrait la
voiture du brocanteur ..

— Bah ! on n'a pas plus fait attention à toi qu'à moi,
quoique notre origine méridionale puisse attirer l'attention au milieu des faces blêmes de ce pays... Et puisque
nous en sommes sur cette affaire de Saint-Amand, Diégo,
tu peux te souvenir que Cirgos et toi, vous me dûtes, à
cette époque, une fameuse chandelle. L'affaire étant
faite au Saut-de-la-Chèvre et si adroitement que ni
Bailleul ni sa nièce ne purent dire par qui ils avaient été
attaqués, ce fut moi qui pris les mesures pour vous
mettre à l'abri de tout soupçon. Cirgos, qui parcourait
le pays avec sa boîte de bijoux faux, établit facilement
un alibi. Toi, qui avais l'air d'un chanteur ambulant et
qui avais demeuré autrefois dans les environs, tu n'é-

tais arrêté qu'un instant et pour la forme. Pendant ce temps, j'avais pris le chemin de fer, et avant même que l'éveil ne fût donné, je vendais à Paris ces riches bijoux qui eussent pu nous trahir... Je trouvai plaisant de les vendre à la femme du brocanteur, à qui on les avait pris... Dis-moi, le tour n'est-il pas impayable?

— Oui, oui, vous êtes notre maître à tous! reprit Diégo subjugué par un ascendant supérieur; continuez donc de conduire la barque et je tâcherai de faire entendre aux autres...

— Il suffit, interrompit Medina-Campos. Maintenant Diégo, parlons des choses présentes... Tout est-il prêt pour cette nuit?

— Oui, senor. Montès, sur vos indications, loge, depuis quinze jours déjà, dans les combles de la maison de la rue Haussmann. Il a examiné la porte du salon, qui donne sur la cour, et promet de forcer cette porte avec une pince, sans que l'on entende rien. Cirgos, qui a été chaudronnier ambulant, achève de forger une clef, ou plutôt un crochet, pour ouvrir le coffre-fort de Bailleul, d'après les mesures que j'ai prises, sans en avoir l'air...

— Le coffre-fort ne sera pas difficile à ouvrir, dit Fernand en souriant de pitié. Cet imbécile de Bailleul ne nous en a-t-il pas montré le mécanisme? Il ne se doute pas que sa lourde machine ne nous présentera pas plus de résistance que la commode d'une portière...

— Ça marchera bien. Montès, au signal donné dans la rue, entrera, par le salon, dans les magasins dont il viendra ouvrir la porte. Je serai là, et, pendant que le petit Piquillo fera le guet au dehors, je pénétrerai, avec

Cirgos, dans la boutique ; grâce à la clef de la caisse, nous en aurons fini en un tour de main.

— J'y serai aussi, dit le comte, car vous feriez certainement des sottises. Écoute, Diégo : l'affaire de cette nuit sera une des plus belles que nous ayons tentées depuis longtemps. J'ai donné depuis peu beaucoup d'argent au brocanteur, mais c'était avec l'intention de le lui reprendre au centuple. Tu as entendu comme moi, aujourd'hui, que Bailleul voulait payer d'avance au jeune homme, copropriétaire du Salvator Rosa, vingt mille francs pour sa part. Ces vingt mille francs, il les avait donc dans sa caisse, et j'estime à vingt autres mille francs, d'après ce que j'ai vu, les sommes en or ou en billets que cette caisse pouvait encore contenir. De plus, Bailleul a dû toucher ce soir, à la banque de M. B***, quarante-deux mille francs pour prix du tableau ; ainsi, c'est au moins quatre-vingt-deux mille francs que contient le coffre. Enfin, les bijoux enfermés avec l'argent ont une grande valeur ; et si nous posons la main dessus, nous les fondrons cette fois, après en avoir retiré les pierres précieuses... Je conclus que l'affaire de cette nuit nous rapportera plus de cent mille francs... En ma qualité de chef, j'en aurai la moitié ; vous vous partagerez le reste.

— Cent mille francs ! répliqua Diégo en ouvrant de grands yeux ; seize millions de reis !

— Dont huit millions pour vous !... Maintenant, si demain, les partages faits, toi et les autres, vous persistez à vouloir critiquer ma manière de voir et mes affections, notre association pourra être rompue... Vous irez, de votre côté, où il vous plaira, et moi, je me mettrai en voyage... ce qui sera prudent, du reste, après ce coup de filet !

— Et... avec la dame en question, n'est-ce pas ? répliqua timidement Diégo. N'importe ! je vous garantis, senor, qu'une pareille menace fera faire des réflexions aux autres. Ils ne se mêleront plus de vos amours, ils deviendront doux comme des agneaux... Allons, je vous quitte, et vous nous trouverez cette nuit à notre poste... Un mot seulement, maître ; le brocanteur et sa famille couchent au premier étage au-dessus du magasin ; si, malgré nos précautions, on entendait du bruit et si les gens de la maison accouraient pour se défendre ou donner l'alarme...

— Tu sais que je n'aime pas les moyens violents ; il ne faut y recourir qu'à la dernière extrémité. Veille sur toi, Diégo ; tu as trop de tendance à te servir de ta navaja et, dans le pays où nous sommes, cela peut mener loin... Naguère, au Saut-de-la-Chèvre tu donnas au brocanteur quelques coups de couteau qui n'étaient pas indispensables ; il suffisait que Bailleul et sa nièce fussent garottés et incapables de voir... Ces vivacités aggravent toutes les affaires.

— Espérons, dit Diégo en riant à son tour d'un air sinistre, que le marchand et la petite se souviendront de la leçon... Si pourtant il n'y avait pas d'autre moyen de clore le bec aux braillards...

— Vous ferez ce que vous voudrez ! interrompit Fernand avec impatience ; en attendant, retourne à ta besogne, et que chacun songe à la sienne !

XXIV

LES DEUX FRÈRES.

Amédée de Beauregard, en quittant le magasin de Bailleul, s'était dirigé vers la rue de la Pépinière où il logeait. Il marchait très vite, suivi du sapeur. Aussi étaient-ils en nage, tous les deux, quand ils arrivèrent à la demeure d'Amédée. Peut-être le planton espérait-il se reposer chez son officier, mais il fut promptement tiré d'erreur. Dans le vestibule de la maison, le lieutenant dit d'un ton bref :

— Galuret, tu vas retourner à la caserne. Demain matin, à sept heures, tu viendras à l'ordre... File maintenant.

— Vous dites, mon lieutenant ?

— Demi-tour à droite... pas accéléré, marche !... Et si je te vois avant demain matin, tu tâteras du clou... Est-ce compris ?

Le sapeur, malgré son intelligence peu développée, avait compris sans doute, car il tourna sur ses talons avec une prestesse militaire, et s'éloigna en allongeant le pas.

Amédée ne s'occupa plus de lui et monta vivement l'escalier. Le cœur lui battait à la pensée de revoir son frère, et il pénétra avec empressement dans une pièce qui servait d'antichambre et de salon.

Jean-Baptiste occupait un vieux fauteuil voltaire, qui s'était trouvé sur son chemin. Il portait le costume de bourgeois campagnard, redingote ample et mal coupée, pantalon très large et laissant voir de gros souliers. Il n'avait pas ôté son chapeau de feutre à grands bords et, la tête appuyée sur sa robuste main, il semblait plongé dans de pénibles réflexions. Sa rêverie était telle qu'il n'entendit pas son frère ouvrir la porte et qu'il ne leva pas les yeux. Du reste, il était pâle, maigri, d'aspect maladif. Sous son teint brûlé par le soleil, on distinguait quelques rides précoces.

Amédée courut à lui, les bras ouverts.

— Bien venu, Jean-Baptiste, s'écria-t-il, quoique ta présence à Paris m'étonne !

— Et moi aussi, répliqua Jean-Baptiste d'un ton bourru.

Ils s'embrassèrent : mais, autant le plus jeune montrait de chaleur et d'entrain, autant le campagnard paraissait froid et gêné.

— Tu vas loger ici, reprit le lieutenant ; tu prendras mon lit ; je m'installerai sur le canapé... Si tu as faim, je peux envoyer la concierge au plus prochain restaurant.

— Merci ; je logerai chez toi, car je désire te quitter le moins possible, et j'ai apporté mon paquet.

Jean-Baptiste désignait une ancienne valise en basane, qu'il avait déposée sur un meuble.

— Mais, poursuivit-il, je n'ai ni faim, ni soif ; j'ai mangé du saucisson et bu du vin à la gare... Et puis, tu sais, je n'entends pas t'être à charge... J'ai de l'argent.

Il tira de sa poche une bourse de cuir à longs cordons.

Amédée le regarda avec une surprise mêlée de tristesse.

— Jean-Baptiste, reprit-il, je te trouve tout bizarre... Voyons ! que s'est-il passé, et comment t'es-tu décidé à laisser notre pauvre Mariette seule au Pigeonnier ?

— Il n'y a pas à s'inquiéter d'elle ; toute jeune qu'elle est, c'est une vaillante fille qui sait diriger la maison et surveiller les travailleurs... Rien n'est en souffrance, là-bas, sois-en sûr... Notre bonne mère elle-même n'eût pas fait mieux !

— Enfin pourquoi ne m'as-tu pas prévenu de ton arrivée ? Comment t'es-tu décidé tout à coup...

— Tu veux le savoir ? répliqua Jean-Baptiste qui releva la tête et fixa sur son frère un regard ferme ; je suis venu parce que tu n'as pas tenu ta parole, parce que tu as manqué à ton serment.

— Quel serment ?

— L'as-tu oublié déjà ? En nous séparant, là-bas, au Pigeonnier, ne nous sommes-nous pas promis, de a manière la plus solennelle, que nous romprions

toutes relations avec cette jeune fille et avec son oncle,
que nous ne répondrions pas à leurs lettres, et que, si
le hasard nous amenait l'un ou l'autre à Paris, nous ne
chercherions pas à les revoir ?

— C'est vrai, mais des circonstances imprévues... Je
t'ai expliqué dans mes lettres...

— Tu as manqué à ta parole ; moi, j'y avais foi, tu
m'as trompé... C'est pour cela que j'arrive.

— Il ne pouvait y avoir rien d'absolu dans un pareil
engagement... Voyons, frère, je t'ai raconté comment le
hasard m'a rendu témoin d'un acte de probité, accompli
encore par Bailleul, à l'instigation de son adorable nièce.
Celui qui a profité de cet acte est un de mes amis du
régiment, un père de famille, qui a pu, par ce moyen,
faire donner à sa femme et à ses enfants malades des
soins devenus nécessaires. J'ai vu les larmes de joie de
ces pauvres gens, j'ai entendu les bénédictions dont ils
comblaient leurs bienfaiteurs.

Je me suis souvenu alors, Jean-Baptiste, que, nous
aussi, nous devons notre prospérité présente à M. et à
Mlle Bailleul, qui nous restituèrent avec tant de désintéressement des bijoux et une somme considérable, dont
ils pouvaient se croire les maîtres légitimes.

Je me suis souvenu aussi que, pendant le temps qu'ils
sont demeurés chez nous, cette belle jeune fille a été le
modèle de toutes les qualités, de toutes les délicatesses,
de tous les dévouements, et sans un événement fâcheux,
qui n'était pas de leur fait et qui s'est réduit plus tard aux
proportions d'une simple contravention... Ce furent ces
réflexions instantanées, mon frère, qui me décidèrent à

me départir de ma promesse. Quand je me trouvai en
présence de cette charmante enfant, de ce brave homme,
il y aurait eu quelque chose d'odieux, une noire ingrati-
tude, à ne pas les reconnaître, à ne pas leur témoigner
de l'intérêt, ou tout au moins de la politesse... Je te
l'affirme, Jean-Baptiste, à ma place, toi si droit et si
loyal, tu eusses agi de même !

— Tu m'as déjà écrit cela... Tu m'as avoué aussi que,
depuis ce jour, tu as fréquenté assidûment la maison de
Bailleul... Et, qui sait ! peut-être y étais-tu tout à l'heure
encore ?

— Je n'en disconviens pas ; je ne saurais trouver une
maison plus agréable pour y passer les heures d'oisiveté
que me laisse mon service, et j'ai tant de plaisir à voir
Mlle Louise...

— Alors, s'écria le campagnard impétueusement, tu
en reviens à tes anciens projets... et tu veux l'épouser ?

— Je t'affirme sur l'honneur que je n'ai pas dit un
mot de cela, soit à elle, soit à sa famille.

— C'est que tu as peut-être, en roucoulant auprès
d'elle, d'autres projets encore moins honorables... Je
n'ai pas oublié Mme Dumirail !

— Mon frère, s'écria Amédée chaleureusement, ne pro-
nonce pas le nom de Mlle Bailleul avec celui de cette
femme, qui est devenue, tu ne peux l'ignorer, une
méprisable créature ! Songe, je t'en conjure, que les
intentions que tu me supposes sont infâmes... D'ailleurs,
elles échoueraient contre l'honnêteté et la haute raison
de celle dont tu parles !

— Bah ! on est entraîné.... Il est impossible que,

depuis que vous vous êtes revus, tu ne lui aies pas glissé quelques mots d'amour... comme autrefois ?

— Et pourtant rien n'est plus vrai, Jean-Baptiste. Je n'ai pas fait la moindre allusion à certains engagements ébauchés jadis... et, sans doute, acheva Amédée tristement, elle les a oubliés elle-même, comme des enfantillages nés de circonstances fortuites.

Le campagnard se leva et se mit à se promener avec rapidité. Le plancher craquait sous ses souliers munis de gros clous. Il avait le visage en feu, les yeux hors de la tête, et la respiration s'échappait sifflante de sa large poitrine.

Tout à coup, il s'arrêta devant son frère.

— Tu me jures donc, Amédée, s'écria-t-il, tu me jures devant Dieu et devant les hommes ; tu me jures par l'âme de notre mère, que tu n'as l'intention ni d'épouser, ni de séduire Mlle Bailleul ?

— Jean-Baptiste, j'avais juré déjà...

— Eh bien ! alors, puisque tu ne l'aimes pas, puisqu'elle ne paraît plus songer à toi... C'est moi qui l'épouserai.

— Toi, mon frère ?

Amédée avait mis tant d'étonnement et d'incrédulité dans son accent, que le campagnard s'en aperçut.

— Pourquoi non ? dit-il d'un air de fierté blessée ; je suis comte de Beauregard, et nous avions des ancêtres aux Croisades. Je cultive la terre et j'ai conduit la charrue ; mais notre mère, qui connaissait les traditions, nous a dit souvent que la culture des champs ne fait pas déroger la noblesse. J'ai ma part dans la propriété de

nos domaines, qui s'accroissent de jour en jour ; je vous
désintéresserai, Mariette et toi, et je deviendrai seul
possesseur de nos domaines... Je n'ai que trente ans,
je suis fort et dispos... Sacrebleu ! n'y a-t-il pas là un
parti convenable pour la nièce d'un marchand de bric-à-
brac ?

L'officier, intimidé, détourna un peu la tête.

— Tout cela est vrai, Jean-Baptiste, répliqua-t-il, et
tu aurais pu ajouter que tu as autant de cœur que de
bon sens et d'énergie... Tu aurais pu rappeler encore
que tu as été le soutien de toute la famille ; que si, à
la suite des désastres qui sont venus fondre sur nous,
notre mère, ma sœur et moi, nous avons pu vivre avec
dignité, c'est à ton travail, à ton dévoûment que nous
le devons... Et pourtant, mon frère, as-tu réfléchi au
projet dont tu veux poursuivre l'exécution ? As-tu
songé à la différence de goûts, d'habitudes, d'instincts
qui peuvent exister entre toi et... une jeune Parisienne ?

— Je ne suis qu'un paysan, je ne m'en cache pas, au
lieu qu'elle... Ce que tu me dis, Amédée, je me le suis
dit plus d'une fois à moi-même. Ecoute : c'est justement
parce que cette jeune fille a des grâces délicates, des
manières élégantes, je ne sais quel charme dans ses
actions et ses paroles, dans son geste, dans son regard,
dans le timbre de sa voix, qu'elle a produit sur moi une
impression ineffaçable. Elle est si différente de ce que
j'étais habitué à voir et à entendre là-bas, qu'elle m'est
apparue comme un être d'essence supérieure. A présent,
tout m'irrite, tout m'obsède, tout m'inspire mépris et

dégoût. Cette douce image vient contraster avec de vulgaires réalités.

Supposant que des exercices violents, des fatigues
excessives pourraient dompter mon imagination, abattre
mes nerfs, calmer l'effervescence de mon sang, je me
suis livré, pendant des journées entières, aux plus rudes
travaux ; mais, quand je rentrais épuisé, quand je
tombais sur ma couche, presque incapable de me mouvoir, toute la nuit, dans ma veille comme dans mon
sommeil, je voyais cette ombre charmante voltiger autour de moi. Ni repos, ni trêve, je ne peux penser qu'à
elle seule... C'est de l'obsession, de la manie, de la folie,
tout ce que tu voudras... Mais cette existence horrible
ne peut durer davantage ; il faut ou que j'épouse cette
jeune fille ou que je me brûle la cervelle...

— Oh ! mon bon Jean-Baptiste... quelle idée !

— Une chose me torturait ces jours derniers... En
apprenant que, par hasard ou autrement, tu avais re-
noué des relations avec la famille Bailleul, j'éprouvais
de mortelles angoisses à songer que, malgré tes dénégations, tu avais renouvelé ton ancienne liaison avec
Louise... A force d'y penser, j'ai perdu la tête, et je
suis parti brusquement. Si mes craintes s'étaient réalisées, je ne sais ce que le désespoir aurait pu m'inspirer
contre les autres et contre moi-même... Mais puisque
je me suis trompé, puisque tu m'affirmes et tu me
jures... car tu me jures que tout est bien fini entre
vous, n'est-ce pas ?

Amédée ne pouvait ni n'osait formuler un serment en
pareils termes ; l'exaltation de Jean-Baptiste le navrait

et lui faisait peur. Il sentait que la moindre contradic-
tion, en ce moment de crise, était capable de pousser ce
frère bien-aimé, autrefois si froid et si raisonnable, à
quelque acte de folie. Aussi se borna-t-il à lui dire avec
douceur :

— Je prévois, Jean-Baptiste, bien des obstacles, bien
des difficultés à l'accomplissement de tes désirs ; cependant, essaie de les réaliser et je te donne ma parole
d'honneur qu'il n'y aura de ma part ni opposition, ni
reproche.

— Merci, Amédée ! s'écria le campagnard en le serrant dans ses bras à l'étouffer.

— Maintenant, Jean-Baptiste, je t'en conjure, calme-
toi, repose-toi... Tu dois être épuisé de fatigue, et cette
surexcitation est mauvaise pour l'âme et pour le corps.

Amédée alla donner ses ordres à la concierge, qui,
avec l'aide du sapeur Galuret, prenait soin de son ménage de garçon. Au bout de quelques instants, un repas
de viandes froides, de gâteaux et de fruits fut placé
devant Jean-Baptiste, qui finit par manger et boire,
presque sans savoir ce qu'il faisait.

La nuit était venue et on avait allumé des bougies.
Les deux frères causaient de leur famille, de leurs propriétés, de leurs connaissances communes. L'aîné restait pensif. Tout à coup il dit à l'officier :

— Amédée, je voudrais *la* voir.

— Qui donc, Jean-Baptiste ?

— *Elle*, Louise.

— La famille Bailleul demeure loin d'ici ; je te pré-
senterai demain.

17.

— Je ne saurais attendre à demain. Je veux la voir aujourd'hui même. Ne m'as-tu pas écrit qu'avant que le hasard vous eût remis en présence, tu allais parfois, le soir, regarder, sans être vu, la jeune fille à travers les vitres du magasin ? Je voudrais faire comme toi... Nous ne resterons qu'un moment... Mais je suis impatient de la contempler à loisir !

— Tu deviens romanesque, Jean-Baptiste, dit Amédée avec malaise ; d'abord, il est possible que Mlle Bailleul ne soit plus au magasin à l'heure actuelle. Et puis, pourquoi l'épier derrière les vitres, quand tu n'as qu'à entrer pour être bien accueilli ?... Enfin, soit, puisque tu le souhaites. Peut-être le spectacle de Paris sera-t-il pour toi une distraction salutaire... Je te demande seulement quelques minutes ; il faut que je remplace par des habits civils ma tenue militaire.

— Fort bien... hâte-toi.

Quelques minutes, en effet, suffirent à Amédée pour changer de vêtements. Quand il revint, son frère l'attendait debout, tenant à la main une grosse canne en bois de néflier, qui ressemblait au *pembas* d'un paysan breton.

— Partons ! dit Jean-Baptiste avec une vivacité fiévreuse.

Sans laisser à Amédée le temps de donner à la concierge ses dernières instructions pour la nuit, il glissa son bras sous celui du lieutenant, et ils sortirent de la maison.

XXV

LE VOL.

Amédée avait eu raison de croire que l'aspect des rues de Paris pourrait causer une favorable distraction à son frère et changer un peu le cours des pensées qui l'obsédaient. Jean-Baptiste, comme nous l'avons dit, n'avait jamais quitté sa province et ne s'était fait aucune idée du bruit, de l'agitation, qui se produisent dans certains quartiers de Paris, la nuit comme le jour. A peine hors de la maison, il fut ébloui par l'éclat du gaz, abasourdi par le fracas des voitures, ahuri par les passants, qui se croisaient en tous sens. Il avait voulu d'abord rester impassible ; mais, plus il avançait vers les boulevards, plus les faits extérieurs attiraient impérieusement son attention.

Il fallait se garer sans cesse des chevaux, monter sur

les trottoirs ou en descendre, éviter les obstacles, tourner les groupes de causeurs insouciants qui encombraient le passage ; et le pauvre garçon, s'il n'avait eu
un guide, se fût trouvé fort embarrassé de sa personne
au milieu de ce tumulte.

Lui-même, au grand jour, n'eût pas manqué d'exciter
la curiosité avec sa tournure lourde, son habit ridicule,
son chapeau de forme étrange et son bâton de néflier,
suspendu à son poignet par une attache de cuir. Même
à cette heure, quelques passants ne pouvaient s'empêcher de lui jeter des regards malins, et certaines filles,
aux cheveux jaunes et au nez retroussé, ne se gênaient
pas pour se retourner en ricanant.

Jean-Baptiste n'était pas encore remis de ses sur-
prises, quand on atteignit le boulevard Haussmann, et le
magasin de Bailleul lui en réservait de nouvelles.
Derrière la devanture de glace, s'étalaient des trésors de
céramique, de sculpture et de peinture, de vieille orfè-
vrerie, sur lesquels vingt becs de gaz laissaient tomber
des flots de lumière blanche, et il en eût été ébloui si
ses yeux ne se fussent fixés presque aussitôt sur quelqu'un, qui captiva toute son admiration.

Derrière le comptoir richement incrusté, sous un
lustre de cristal dont les facettes étincelaient comme
des diamants, deux dames étaient assises, l'une à côté
de l'autre. Mme Bailleul, avec sa robe sombre, avec sa
figure ridée aux traits immobiles, semblait être là pour
servir de contraste à sa jolie compagne. Louise, coiffée
seulement de son opulente chevelure qu'elle savait
arranger avec un goût exquis, serrée dans une robe d'é-

toffe peu dispendieuse, mais de couleur claire, dont la coupe faisait valoir ses belles proportions, fut pour Jean-Baptiste une révélation subite.

Il ne l'avait vue autrefois que frêle, maladive, dans un modeste costume de voyage ; et à cette heure, elle lui apparaissait vive et gaie, l'œil brillant, les lèvres vermeilles, avec toutes ses élégances de Parisienne, sous son jour véritable et dans le milieu qui pouvait le mieux lui convenir. Il n'avait pas imaginé un pareil changement ; ses rêves étaient dépassés par cette délicieuse figure, qui se détachait au milieu de tant de choses précieuses, et il demeurait le cou tendu, la bouche béante, en extase, reproduisant le dessin si connu « du Pantin amoureux d'une étoile. »

Louise tenait à la main un journal, dont elle faisait chaque soir la lecture à sa tante ; mais, en ce moment, elle ne lisait pas et paraissait adresser des paroles affectueuses à la bonne dame ; on eût dit qu'elle essayait de la rassurer au sujet de quelque particularité récente, et qu'elle employait tour à tour le raisonnement et les caresses afin de la convaincre. Mme Bailleul l'écoutait avec complaisance, et se penchait souvent vers elle pour l'embrasser.

Le brocanteur, qui allait et venait d'un air allègre, prenait part à la conversation et poussait parfois un éclat de rire qui s'entendait jusque dans la rue.

Jean-Baptiste était littéralement écrasé de surprise. Amédée, qui le tenait toujours par le bras, lui dit à voix basse :

— Cette vieille dame est la tante, la seconde mère de Louise...Vois comme elles s'aiment ! A la vérité, la pauvre vieille, depuis l'aventure que tu connais, est aussi malade d'esprit que de corps, et si sa nièce ne veillait constamment sur elle...

Jean-Baptiste ne l'écoutait pas.

— Quel changement ! murmurait-il comme se parlant à lui-même ; je ne soupçonnais pas... je n'avais aucune idée... Cette séduisante créature ne pourra que me mépriser !

Et il retomba dans sa contemplation. Amédée attendit quelques instants ; il finit par dire avec timidité :

— Prends garde, mon frère ; il serait facile de nous voir à travers les glaces et notre situation deviendrait ridicule... Entrons plutôt ; je t'affirme que nous serons bien reçus.

— Non, non, laisse-moi, répliqua Jean-Baptiste avec violence ; mais laisse-moi donc !

Il dégagea brusquement son bras.

Amédée éprouvait une pitié véritable pour l'état de trouble où il voyait son frère. Bien que lui-même il aimât Louise, il cédait à un sentiment de stupeur, presque de respect, en présence de l'amour puissant et fatal qui dominait toute cette forte nature de campagnard. Il abandonna donc Jean-Baptiste à lui-même ; aussi bien, la soirée n'étant pas avancée, bon nombre de passants s'arrêtaient encore devant l'étalage, et sans doute Jean-Baptiste ne serait pas remarqué au milieu des curieux. Pour lui, il se mit à se promener sur le trottoir, attendant que le charme, qui tenait son frère cloué à la même place, fût rompu.

Mais le charme ne semblait pas près de se rompre ; le

temps s'écoulait et Jean-Baptiste ne bougeait pas. Amédée, n'osant faire une nouvelle tentative auprès de lui, sentait l'impatience le gagner, quand une circonstance particulière attira son attention.

Comme il fumait une cigarette sous une porte-cochère voisine, un homme se glissa à son côté, et se dirigea vers l'entrée de la maison de Bailleul. Cet homme, bien qu'il eût changé de costume, était le comte portugais de Médina-Campos, avec lequel il s'était trouvé le jour même chez le brocanteur, et quand il passa sous un bec de gaz, Amédée le reconnut parfaitement.

Que pouvait venir faire là ce riche étranger, à pareille heure ? Epiait-il aussi Louise à travers les vitres ? Etait-ce encore un rival ? Si indulgent qu'Amédée fût pour la passion de son frère, il ne se sentait nullement disposé à tolérer la passion d'un autre, et toutes les fureurs de la jalousie se réveillaient dans son cœur.

En voyant le comte pénétrer sous le porche de la maison, dont la porte était ouverte, il voulut s'élancer pour y pénétrer à son tour.

Il n'en eut pas le temps. Le comte venait de ressortir en compagnie d'une autre personne, qui l'attendait probablement, et tous les deux s'arrêtèrent, au bout de quelques pas, sous les arbres touffus du boulevard. Sans doute, ils avaient craint de causer dans le vestibule, qui était largement éclairé et où ils risquaient d'être aperçus par les gens du logis.

Amédée ne connaissait pas l'individu qui accompagnait le comte, mais il jugea à son teint brun que c'était encore un Portugais.

Tout cela lui donnait fort à penser. M. de Médina-Campos avait donc des intelligences dans la maison de Bailleul ? Amédée s'approcha avec précaution pour écouter ce que disaient les deux causeurs ; il le pouvait d'autant mieux que la rue était encore pleine de monde, et que les allants et venants les coudoyaient à chaque minute. Il se glissa donc auprès d'eux, mais il saisit seulement quelques mots en langue étrangère, qui n'avaient aucun sens pour lui.

Du reste, cette conversation fut courte ; le comte parut la terminer par un ordre donné d'un ton sec et tourna le dos à son interlocuteur, qui s'empressa de regagner la maison Bailleul.

Médina-Campos s'était perdu au milieu de la foule. Amédée, tout rêveur, retourna vers son frère, espérant, cette fois, l'arracher à sa contemplation de la belle Parisienne.

Comme il allait l'aborder, il remarqua qu'une autre personne, postée devant le magasin, semblait examiner, de son côté, les tableaux et les statuettes de l'étalage. Un mouvement que fit ce curieux permit de reconnaître le soi-disant frère du comte, celui que l'on appelait Diégo.

Cette nouvelle rencontre frappa de plus en plus l'imagination d'Amédée, et au lieu d'avancer, il essaya de voir ce que faisait en cet endroit le Portugais. Diégo, en effet, n'était pas uniquement occupé des merveilles de l'étalage ; ses mains, en partie dissimulées par un ample pardessus, palpaient furtivement les fermetures du magasin, comme pour en étudier le mécanisme ou la solidité. Cette besogne fut interrompue par un appel lointain. Diégo se jeta en arrière, puis il se dirigea vers l'endroit d'où l'appel était parti, et si précipitamment, qu'il heurta Jean-Baptiste avec violence.

Le campagnard fit un soubresaut et regarda Diégo ; mais celui-ci, sans s'excuser, s'éloigna à grands pas et disparut.

Amédée, en rejoignant son frère, le trouva rouge d'indignation.

— Comprends-tu, dit Jean-Baptiste, un pareil butor qui marche sur moi ? En tout autre moment, je lui aurais appris... Mais tu ne sais pas, Amédée, à qui ressemble ce gaillard-là ? A cette espèce de chanteur ou de saltimbanque, que nous vîmes un soir à l'auberge de Saint-Amand... Du diable si je ne crois pas que c'est lui-même !

— En es-tu sûr, Jean Baptiste ?

— Je ne crois pas me tromper ; lorsque j'ai vu une personne une seule fois, je la reconnaîtrais au bout de dix ans... peut-être parce que je ne vois pas beaucoup de monde... et ce « mal-blanchi » est fort remarquable.

— C'est singulier ! dit le lieutenant, qui retomba dans ses rêveries.

Après une courte pause, il reprit résolûment :

— Partons, Jean-Baptiste ; il se fait tard.

— Oh ! un moment encore ! Si tu savais le bonheur que j'éprouve à la contempler, à l'admirer... à l'aimer... sans qu'elle le sache !

— Je me suis suffisamment prêté à ta fantaisie et il est temps... Tiens, parbleu ! on va fermer le magasin.

Réellement, les dames pliaient leur ouvrage et se préparaient à remonter chez elles, tandis qu'un garçon commençait à éteindre le gaz.

Il n'y avait donc plus à hésiter, et Jean-Baptiste, après avoir lancé un dernier coup d'œil à Louise, se laissa entraîner en soupirant.

Néanmoins, les deux frères ne s'éloignèrent qu'avec lenteur. Amédée tournait la tête à droite et à gauche, comme si quelque chose continuait à exciter sa défiance. Tout à coup, il serra le bras de Jean-Baptiste pour l'engager à être attentif.

Non loin d'eux, à un angle de la rue, trois hommes, stationnant sous une lanterne, chuchotaient avec vivacité. C'étaient encore le comte de Médina-Campos et Diégo, avec un jeune garçon, assez misérablement vêtu, qui avait l'air de recevoir une consigne. Or, ce jeune garçon, comme les deux autres, comme l'individu qui habitait la maison Bailleul, avait le teint brûlé des Portugais et appartenait évidemment à la même race.

Jean-Baptiste, ne sachant de quoi il s'agissait, manifesta de l'impatience.

— Qu'attendons-nous ? demanda-t-il ; à présent, je commence à sentir la fatigue du voyage.

— Chut ! interrompit Amédée.

Quoiqu'ils n'eussent parlé qu'à voix basse, il sembla que leur voisinage eût suffi pour donner l'alarme aux causeurs, qui se séparèrent brusquement et prirent chacun une direction différente. Le comte s'approcha des deux frères et essaya de les dévisager ; mais ses yeux ne tombèrent que sur Jean-Baptiste, qu'il ne con-

naissait pas. Quant à Amédée, il s'était retourné vivement, et son costume bourgeois n'apprenait rien au
comte, qui ne l'avait vu qu'en uniforme.

Aussi Médina-Campos s'éloigna-t-il avec tranquillité.

— Ah ! çà, frère, demanda Jean-Baptiste, m'expli-
queras-tu...

— Je ne sais ce qui se passe, dit Amédée ; mais peut-
être un danger menace-t-il la famille Bailleul.

— La famille Bailleul !

Amédée lui fit part de son inquiétude, au sujet de ces
allées et venues d'étrangers suspects autour du magasin
du brocanteur.

— Enfin, que crains-tu ?

— Bailleul a chez lui, en ce moment, des sommes
considérables, et ce M. Médina-Campos dont, malgré ses
airs de grand seigneur, les allures m'ont paru fort sin-
gulières aujourd'hui, pourrait avoir conçu le projet...
Ce que tu m'as dit au sujet du chanteur, ces accointances
avec un individu logé dans la maison, ces chuchoteries
avec un petit vagabond, tout cela me donne l'idée qu'un
attentat pourrait bien être commis cette nuit même,
contre Bailleul, et, par suite, contre... d'autres personnes.

— Alors, pourquoi ne préviendrais-tu pas cette police
de Paris, dont on vante tant l'habileté ?

— Il faudrait, pour cela, avoir une certitude complète.
Je peux me tromper, en définitive... et une fausse dé-
nonciation présenterait bien des inconvénients. Il y
aurait un autre moyen de nous assurer si le danger est
véritable...

— Lequel ?

— Je monterai la garde toute la nuit devant la maison, afin de protéger, s'il y a lieu, ceux qu'elle contient... Allons ! je vais te ramener chez nous, et je reviendrai seul.

— Ah ! çà, te moques-tu de moi ? s'écria Jean-Baptiste avec colère, en frappant le pavé du bout de sa canne ; me prends-tu pour une poule mouillée ? Moi, me reposer et dormir quand Louise sera peut-être exposée à un danger ? Tonnerre ! sais-tu que je serais capable de passer quarante-huit heures ici, devant sa porte ?... Je ne suis pas une mauviette, et on le verra bien !

— Ne te fâche pas, Jean-Baptiste ; tu dois être rendu de fatigue, et j'ai eu tort de t'apprendre... D'ailleurs, nous n'avons pas besoin d'être deux. Je ferai faction pendant quelques heures, et, si rien ne confirme mes craintes, j'irai te rejoindre au logement.

— Je resterai avec toi, de par tous les diables !... Si tu t'exposes, je veux m'exposer aussi ; si l'on te crève la peau, on crèvera aussi la mienne... et pour ce que je l'estime, je peux la risquer aisément !

Il n'y avait pas moyen de vaincre une détermination exprimée avec tant d'énergie, et les deux frères se concertèrent ensemble sur ce qu'il convenait de faire dans la circonstance présente.

Leur plan arrêté, ils se mirent en devoir de l'exécuter sur-le-champ. Le lieutenant alla installer Jean-Baptiste sous la tente d'un café, situé dans la rue même. Là, on était assez loin de chez Bailleul ; mais le campagnard

avait de bons yeux et, à demi-caché par la draperie de la
tente, il pouvait voir les abords de la maison. Amédée,
après avoir donné à son frère des indications précises, se
rendit chez lui pour prendre des armes. Il revint moins
d'une heure plus tard, avec deux revolvers chargés. Il
en remit un à Jean-Baptiste, qui n'avait pas quitté son
poste un instant, ni cessé de regarder, par l'ouverture
de la tapisserie, la demeure du brocanteur ; mais aucun
incident nouveau ne s'était produit. Les deux frères
prirent place l'un à côté de l'autre, et s'arrangèrent pour
ne pas être remarqués des consommateurs ou des passants.

La soirée s'avançait, la rue devenait moins bruyante.
Voitures et promeneurs étaient de plus en plus rares ;
les magasins du quartier se fermaient successivement.
Sous les arbres, il y avait maintenant des espaces obscurs.
Les cafés seuls demeuraient ouverts, et les Beauregard
en profitaient pour se préparer à leur faction qui, sans
doute, durerait toute la nuit.

Un moment vint pourtant où il fallut quitter leur
refuge. Un garçon rentrait les tabourets et les tables.

Amédée régla la dépense, et, prenant Jean-Baptiste
par le bras, ils s'éloignèrent à pas lents. Cinq minutes
plus tard, l'établissement public, tout à l'heure si brillant, était noir et désert.

Ils s'étaient dirigés vers la maison de Bailleul. Elle
aussi était sombre et silencieuse ; tous ses habitants
semblaient endormis.

Ils passèrent devant, en affectant les allures de pai-
sibles bourgeois qui regagnent leurs foyers, et ils ne

virent rien de nature à justifier leurs soupçons. Toutefois, comme leur présence pouvait donner l'éveil à des gens cachés eux-mêmes dans le voisinage, Amédée et le campagnard ne firent halte qu'à une cinquantaine de pas. Il y avait là un kiosque de journaux, abandonné à pareille heure, et le feuillage des arbres formait au-dessus une voûte épaisse. Ils s'établirent derrière ce kiosque.

Un calme profond régnait aux alentours, quoiqu'un bruit sourd et continu, semblable à celui de la mer, vînt encore des grands boulevards. Sauf une forme légère et silencieuse, que les deux frères avaient cru voir se glisser vers la maison Bailleul, rien ne leur avait paru suspect.

Amédée dit à Jean-Baptiste :

— Combien je regrette que tu aies voulu rester... C'est seulement vers le matin sans doute que la tentative aura lieu, si elle a lieu... Tu dois avoir peine à te tenir debout.

— Ne me plains pas, répliqua Jean-Baptiste avec une sorte d'enthousiasme ; si tu savais quelle joie je ressens à penser qu'elle est là à quelque pas de moi, que je veille pour sa sûreté, pendant qu'elle dort sans doute d'un sommeil paisible !

— Pauvre frère, comme il l'aime ! murmura l'officier.

Il pouvait être deux heures du matin, quand, de l'extrémité de la rue, partit un coup de sifflet, faible et comme timide. Amédée poussa son frère du coude, pour l'inviter à être sur ses gardes, et ils restèrent collés contre le kiosque, en retenant leur haleine.

Bientôt des pas furtifs se firent entendre et se rapprochèrent avec précaution. Trois hommes se montrèrent
dans l'ombre et furent rejoints par un quatrième, qui
s'était dissimulé jusque-là dans une encoignure. Il y eut
un court colloque à voix basse, puis les trois rôdeurs
passèrent, tandis que l'autre regagnait vivement son
poste.

Arrivés devant la maison Bailleul, il s'arrêtèrent et
firent entendre un coup de sifflet, encore plus timide
que le premier. En haut de la maison, à la fenêtre d'une
mansarde, brilla une petite lumière, qui s'agita plusieurs
fois, puis s'éteignit. C'était évidemment un signal. Mais
quelle en était la signification ?

Les trois hommes avaient disparu, bien qu'ils ne pussent s'être éloignés. Amédée et Jean-Baptiste ne savaient
à quoi se résoudre. Se montrer trop tôt pouvait compromettre le résultat de leur faction ; d'ailleurs, étaient-ils
suffisamment sûrs qu'il s'agissait d'une tentative criminelle ?

Un temps assez long s'écoula encore. Les Beauregard
n'osaient faire le moindre mouvement. Tout à coup, ils
virent de la lumière par l'imposte vitrée qui surmontait
la porte d'entrée du magasin ; en même temps, une ru-
meur parvenait jusqu'à eux ; ils crurent même distinguer
des cris de détresse,

— En avant ! Jean-Baptiste, dit Amédée ; le moment
est venu.

— Je suis prêt.

Ils coururent vers la demeure du brocanteur, sans
songer à se cacher davantage. Ils allaient si vite qu'ils

se heurtèrent à un jeune drôle, sortant on ne savait d'où ; c'était le guetteur, et on avait d'autant moins sujet d'en douter, qu'aussitôt après avoir repris son équilibre il poussa, sur un ton particulier, un cri prolongé afin de donner l'alarme.

Les deux frères ne s'inquiétèrent pas de lui et poursuivirent leur course.

La porte du magasin de Bailleul, comme il arrive dans beaucoup de cas, se divisait en deux parties, une haute et une basse. La haute était solidement fixée ; mais la basse, que l'on ne pouvait franchir qu'en se courbant, était ouverte et il s'en échappait une faible lumière, tandis que des voix et des piétinements s'entendaient à l'intérieur.

— Par ici ! dit Amédée à Jean-Baptiste, pour qui ces dispositions étaient toutes nouvelles.

Et ils se glissèrent prestement dans l'ouverture.

Le logement de Bailleul et de sa famille, nous le savons, était à l'entresol au dessus des magasins. On y montait par un petit escalier élégant, à balustre de bronze doré ; et comme il était, ainsi que le petit salon du rez-de-chaussée, encombré de choses précieuses, il arrivait souvent que les pratiques du brocanteur y étaient admises. L'escalier offrait un moyen de communication facile et prompte avec l'appartement.

En ce moment, un bout de bougie brûlait sur le comptoir, les malfaiteurs ayant jugé sans doute indispensable de se procurer de la lumière, pour agir au milieu des meubles entassés. Au fond, trois coquins dont on ne pouvait voir les traits, essayaient de forcer le coffre-fort qui, malgré les précautions prises, ne cédait pas sans résistance à leurs manœuvres.

Un autre, chargé sans doute de garder la porte, avait quitté son poste par suite de la circonstance que voici :

La chambre de Louise se trouvait contigüe à celle de son oncle et de sa tante ; et la jeune fille, qui avait remarqué, le jour précédent. les agitations de Mme Bailleul, n'avait dormi jusque-là que d'un sommeil léger, se soulevant fréquemment sur son lit pour écouter si la vieille dame, dont la santé était chancelante, n'avait pas besoin de ses soins.

Dans une de ses insomnies, elle crut entendre du bruit tout près d'elle, et ce bruit fut suivi d'une espèce de chuchotement.

Elle se leva pour aller ouvrir la porte de communication. Tout était parfaitement calme chez ses père et mère adoptifs ; le bruit qui la préoccupait semblait maintenant venir du magasin au-dessous d'elle.

Elle éprouva un grand embarras: Devait-elle appeler, au risque de donner une fausse alarme et de causer peut-être une émotion mortelle à Mme Bailleul ? Louise ne manquait pas de ce courage fiévreux, qui résulte d'une vive tension des nerfs ; aussi voulut-elle d'abord s'assurer de ce qui se passait, et, allumant un bougeoir, elle s'avança vers l'escalier.

Du haut des degrés, elle put se mettre au courant de la situation. Dans le magasin, plusieurs hommes allaient et venaient précipitamment, comme s'ils avaient hâte de terminer une dangereuse besogne:

18

Alors la frayeur l'emporta sur toutes les autres considérations. Sans descendre, mais aussi sans battre en retraite, Louise poussa des cris perçants, auxquels Bailleul et sa femme, réveillés en sursaut, n'avaient pas tardé à répondre, et ces appels étaient parvenus jusqu'aux deux frères, au milieu du silence de la nuit.

L'alarme ainsi donnée, les malfaiteurs auraient dû fuir au plus vite ; mais ils étaient en trop grand nombre et trop audacieux pour lâcher prise si facilement. Ils ne voulaient pas perdre le fruit d'une criminelle tentative, qui leur promettait de si énormes profits, et le coffre-fort était déjà à moitié brisé. Un de ceux qui travaillaient à l'effraction cria en langue étrangère :

— Fais-la taire à tout prix, Cirgos ! Nous avons besoin d'une minute encore.

Cirgos, puisque c'était le nom du bandit, s'élança vers l'escalier, un couteau à la main. Louise, appuyée sur la rampe de bronze, tandis que son autre main tenait le bougeoir, ne paraissait pas songer à regagner sa chambre. Drapée dans une ample robe de nuit, d'une parfaite blancheur, les longues tresses de ses cheveux retombant sur ses épaules, elle apparaissait en haut, dans un nimbe lumineux.

— Mon oncle !... ma tante ! criait-elle, enfermez-vous bien... Ils seraient capables de vous tuer !

Puis, elle répétait d'une voix éclatante :

— Au voleur !... Au secours !

Comme Cirgos, grondant de fureur, montait l'escalier, un fort craquement, suivi aussitôt d'une exclamation de triomphe, annonça que le coffre venait

enfin de céder. Ce fut le moment aussi où les deux
Beauregard firent invasion dans le magasin.

— Ne vous effrayez pas, mademoiselle Bailleul, s'é-
cria le plus jeune ; nous sommes des amis.

— Monsieur Amédée ! dit Louise au comble de l'étonnement.

Amédée s'élança vers l'escalier ; mais, avant qu'il
l'eût atteint, un des scélérats se jeta sur son passage, en
brandissant un couteau. Il fit un saut de côté pour l'é-
viter, toutefois il hésitait à se servir de son revolver, de
peur qu'une balle égarée ne blessât Louise. Il se con-
tentait de l'agiter d'un air de menace, quand un coup
de bâton, appliqué avec une vigueur merveilleuse, s'a-
battit sur la tête de son adversaire et le renversa presque
assommé.

C'était Jean-Baptiste qui avait porté ce coup. Lui aussi
ne songeait pas à se servir de son revolver ; il préférait
user de son bâton, dont l'emploi lui était plus familier.

Après avoir ainsi dégagé son frère, il courut à l'escalier, où Louise paraissait être en péril.

En effet, l'homme qui devait « la faire taire » était sur
le point de la rejoindre. Brave comme une jeune lionne,
elle ne quittait pas son poste, et se disposait à se défendre avec son bougeoir en cuivre ciselé. Cirgos, exas-
péré de cette résistance opiniâtre, levait déjà la main
pour frapper, quand il reçut derrière la tête un formidable
coup de canne ; c'était encore Jean-Baptiste qui venait
à la rescousse. Le brigand tourna sa colère contre cet
ennemi nouveau. Il se précipita à corps perdu sur le
campagnard, placé au dessous de lui et lui enfonça son

couteau dans la poitrine. Jean-Baptiste, en tombant, le saisit à la jambe, et ils roulèrent en bas de l'escalier, où ils demeurèrent comme morts tous les deux.

La lutte d'autre part, n'était pas moins vive.

Les deux malfaiteurs restants, alarmés par le signal du dehors, par l'arrivée subite des Beauregard, par les clameurs qui remplissaient la maison, ne songeaient plus qu'à battre en retraite. Trouvant Amédée sur leur passage, ils se ruèrent ensemble sur lui.

Dans ce choc impétueux, l'officier ne put encore tirer son revolver. En revanche, il s'en servit comme d'une massue, et un de ceux qui le pressaient en reçut en plein visage un coup qui fit jaillir le sang en abondance. Le blessé ne s'en montra que plus furieux et essaya de le frapper d'un couteau, dont il était armé comme tous ses complices. Amédée, souple et vigoureux, se débattait contre les coquins et ne recevait que des blessures insignifiantes. Enfin, il trouva l'occasion de lâcher la détente de son pistolet ; le scélérat, qui le pressait le plus, tomba à ses pieds, une balle dans le ventre.

Ces événements simultanés, que nous avons été obligés de raconter longuement, avaient duré une minute à peine ; mais le résultat final de la lutte restait douteux, quand un bruit de pas s'éleva dans la rue. Une voix forte demanda :

— Ah çà ! que diable se passe-t-il ici ?

L'homme qui avait reçu un coup de crosse dans le visage et que le sang rendait méconnaissable, cessa de se défendre contre Amédée, qui était lui-même hors d'haleine. Il se rejeta en arrière et s'écria en portugais :

— La police !... Alerte !

Sans s'inquiéter davantage de ses amis, il se glissa vers la demi-porte demeurée béante.

C'était, en effet, une ronde de police qui, attirée par l'explosion, venait d'arriver au triple galop. Comme les agents de la force publique ne savaient pas encore exactement de quoi il s'agissait et demeuraient groupés sur le trottoir, le fuyard passa en se courbant au milieu d'eux et se mit à courir dans l'obscurité de la rue. Plusieurs, qui virent cet homme détaler et laisser derrière lui une trace sanglante, se mirent à sa poursuite ; mais ils n'allèrent pas loin. Le bruit, qui se faisait dans l'intérieur de la maison, les décida à revenir en arrière, et l'un d'eux dit aux autres :

— Bah ! celui-là est « marqué »... et s'il a pris part au grabuge, on le retrouvera.

Puis, la troupe envahit brusquement le magasin.

XXVI

VIVEUR ET COCOTTE

On était au mois de mai, et le jour se lève tôt dans cette saison. Aussi, quoiqu'il fût à peine trois heures du matin, le ciel commençait-il à blanchir du côté de l'Orient et le gaz pâlissait dans les rues désertes. La petite porte de ce jardin qui était une dépendance de l'hôtel habité par madame Dumirail, fut ouverte avec précaution, et un homme entra, après s'être assuré qu'il n'avait pas été suivi. Il referma avec soin, remit la clef dans sa poche, et, s'engageant dans une allée sablée, que bordaient des massifs de verdure, il se dirigea vers la maison.

On a deviné le comte de Médina-Campos. Il paraissait cruellement fatigué ; il avait perdu son chapeau et ses vêtements étaient en désordre ; en outre, il avait au visage une blessure plus ou moins grave, car un mouchoir qu'en marchant il tenait appliqué sur sa joue, était tout imprégné de sang.

Il atteignit une espèce de cour, ornée de caisses à fleurs, et s'arrêta devant une petite fontaine d'eau jaillissante, où il se lava les mains et le visage. Après avoir réparé le mieux possible le désordre de sa toilette, il s'approcha d'une fenêtre du rez-de-chaussée et frappa contre la vitre d'une manière particulière.

On tarda longtemps à répondre. Enfin, quand il eut frappé une seconde fois, la fenêtre s'entrebâilla et il aperçut dans l'ombre de l'appartement une forme blanche et gracieuse.

— Fernand, est-ce vous? demanda-t-on d'une voix encore alanguie par le sommeil.

— C'est moi, chère baronne... Recevez-moi... le temps presse.

— Faut-il éveiller ma femme de chambre?

— C'est inutile.

— Cependant, il conviendrait...

— Hâtez-vous donc, interrompit Médina-Campos durement.

On quitta la fenêtre, et le comte se dirigea vers un perron de marbre, que surmontait une élégante marquise. Au bout d'un instant, la porte s'ouvrit.

— Venez, dit-on.

Médina-Campos entra et suivit la personne qui marchait sans bruit dans l'obscurité du corridor.

Tous deux traversèrent un petit salon et pénétrèrent dans une jolie chambre à coucher, éclairée par une veilleuse d'albâtre.

— Vite, vite, ma chère, dit le comte en se laissant tomber sur un fauteuil ; faites vos préparatifs... Il faut qu'avant une heure nous soyons à la gare du Nord.

— Quoi ! Fernand, hier soir encore vous n'étiez pas décidé à partir, et voilà qu'aujourd'hui vous tombez chez moi à quatre heures du matin... Mais, bon Dieu ! mon ami, continua madame Dumirail, en l'examinant, que vous est-il arrivé ? Dans quel état vous voilà ! On croirait que vous venez de prendre part à une bataille, et cette blessure au visage... Auriez-vous, par hasard, rencontré mon affreux mari ?

— Non, non, ma chère, rassurez-vous, répliqua le comte en essayant de sourire. Tout à l'heure je n'ai pu me procurer de voiture. J'allais vite, je suis tombé sur l'angle d'un trottoir et je n'ai pas retrouvé mon chapeau dans l'obscurité... Tout cela n'est rien... Préparez-vous à sortir ; vous enverrez chercher une voiture, car il doit y en avoir maintenant qu'il fait jour... Allons ! ne perdez pas de temps ; j'ai des raisons particulières pour désirer de partir par le premier train.

Cécile Dumirail le regardait avec défiance ; elle sentait qu'on ne lui disait pas la vérité, et quelque chose dans les allures du comte excitait ses soupçons. Néanmoins, elle répliqua d'un ton caressant :

— Encore une fois, mon cher Fernand, je ne m'attendais pas à un départ si brusque... Vous m'accorderez bien quelques heures pour faire mes malles ? Vous savez, une femme a mille dispositions à prendre au moment d'un long voyage !

— Et moi, Cécile, je vous le répète, je suis obligé,

pour certains motifs... Tenez! ajouta Médina-Campos d'un ton impérieux, s'il faut l'avouer, votre présence m'est absolument nécessaire. J'ai, en ce moment, sur les bras, une affaire grave qui me met dans la nécessité de me réfugier au plus vite en pays étranger. Vous voyagerez avec votre titre de baronne de Saint-Serge ; moi, je serai votre secrétaire, votre intendant, votre domestique même ; le principal est que je paraisse être à votre service... Le télégraphe va jouer sans doute ; si j'étais seul, on m'arrêterait infailliblement.

Cécile Dumirail était une femme de plaisir, frivole, étourdie, gaspilleuse. Le goût du luxe et des dissipations, autant que la grossièreté de son mari et les ennuis de la vie de campagne, l'avait lancée dans la voie irrégulière. Toutefois, elle n'était pas encore assez pervertie pour accepter la solidarité des actes coupables qu'elle soupçonnait, et d'ailleurs, si elle voulait bien partager l'heureuse fortune de « ses protecteurs », elle ne tenait nullement à partager la mauvaise.

Aussi s'enveloppa-t-elle dans son ample peignoir blanc, et se pelotonnant sur un canapé de satin bouton d'or, elle répliqua d'un ton délibéré :

— Désolée, Fernand, de ne pouvoir vous rendre le service que vous attendez de moi ; mais, toute réflexion faite, je ne suis pas en mesure de me mettre si promptement en route... Accordez-moi vingt-quatre heures ; et puis... nous verrons.

— Vingt-quatre heures ! Il sera trop tard. Si certaines éventualités se produisent, il peut arriver que d'une minute à l'autre...

— Mon cher comte, je ne partirai pas... Ah ! çà, vous n'allez pas me battre, j'espère ?

Ces dernières paroles étaient prononcées avec un accent de terreur, car les yeux noirs du Portugais s'étaient fixés sur elle avec une expression menaçante.

Cependant, il se remit à sourire.

— Non, dit-il ; advienne que pourra !... Vous aurez vos vingt-quatre heures, Cécile... et peut-être davantage.

Il se renfonça dans son fauteuil et ferma les yeux à demi, soit qu'il voulût réfléchir, soit qu'il fût accablé de fatigue et de sommeil. Comme il ne bougeait pas, la soi-disant baronne reprit, après un moment de silence :

— Mon ami, n'allez-vous pas rentrer chez vous ? Vous changeriez de vêtements, car les vôtres sont dans un triste état, et vous vous prépareriez de votre côté...

— Je n'ai pas à me préparer, et nous ne partirons que demain... si nous partons.

— C'est que je serai dans la nécessité de sortir, moi... J'ai des courses, des visites...

— Et je vous gêne ? J'en suis fâché, ma charmante ; vous pouvez sortir pour vos courses et vos visites, mais je reste... Vous oubliez, ajouta le comte sèchement, que vous êtes ici chez moi et que, lorsque vous avez quitté votre hôtel, par suite des frasques de votre mari, le pavillon où nous sommes a été loué à mon nom ?... Vous en subirez les conséquences, quelles qu'elles soient.

— Fort bien, monsieur, répliqua le prétendue baronne en mordillant son mouchoir avec colère.

Il y eut un moment de silence.

Le jour grandissait ; le murmure de Paris qui s'éveille se faisait entendre au dehors. Médina-Campos, absorbé par ses réflexions, avait des tressaillements fréquents ; au moindre bruit, il regardait vers la porte ou vers la fenêtre de la chambre.

Il dit tout à coup, avec une sombre ironie :

— Ne vous en prenez qu'à vous si vous êtes atteinte par le coup qui peut me frapper... Aussi bien, vous comme moi, nous devons récolter ce que nous avons semé... Que notre sort s'accomplisse !

— Vous parlez par énigmes, répliqua Cécile aigrement, et je ne comprends pas les énigmes.

— Vous allez me comprendre, reprit Médina-Campos, qui semblait plutôt penser tout haut que répondre aux questions de madame Dumirail ; et au moment où la catastrophe que j'ai prévue me menace, je n'ai pas plus à faire mystère du passé que du présent ; écoutez-moi donc :

« J'ai, comme je vous l'ai dit, des droits réels au titre de comte Médina-Campos ; mon père portait vraiment ce nom et possédait un château non loin de Lisbonne, sur les bords de ce *Fleuve du Tage*, au sujet duquel il existe une vieille chanson française. Dans ce château se sont passées mon enfance et une partie de ma jeunesse. On nous donna, à mes frères et à moi, une éducation suffisante ; et vous avez pu voir que je parle le français presque sans accent étranger.

» Par malheur, nous étions six enfants, et quoique mon père possédât une fortune assez belle pour le pays, notre héritage à tous fut bien mince quand il mourut, il y a quelques années. Mes frères se casèrent comme ils purent ; quant à moi, je m'abandonnai à des rêveries qui causèrent ma perte.

» Dans la solitude de notre vieille demeure, où je vivais oisif, je lisais sans relâche tous les livres, tous les journaux français que je pouvais me procurer. Cette lecture enflamma mon sang. La vie parisienne, qui se révélait à moi par des descriptions vives, gaies, spirituelles, par des gravures croustillantes, pleines d'élégances raffinées, par des poésies sensuelles aux brûlantes images, éveillait dans mon cœur d'âcres désirs, car elle contrastait avec les réalités vulgaires qui m'environnaient.

» Bientôt ce fut une obsession sans paix ni trève. Je ne songeais qu'à Paris, à ses fêtes, à ses belles courtisanes. N'y tenant plus, je vendis ma très mince part de l'héritage paternel et je vins ici, où je me lançai à corps perdu dans le monde des plaisirs.

» Vous pouvez croire que mon misérable capital ne dura pas longtemps. J'avais mordu à la grappe et mes convoitises n'en devenaient que plus ardentes. Au lieu de m'arrêter ou de me créer des ressources avouables, je me laissai aller à de fâcheux entraînements.

» J'avais rencontré par hasard à Paris, un compatriote de basse origine, auquel j'avais d'abord servi de protecteur. Ce n'était rien de plus qu'un de ces *ciganos* ou bohémiens qui, dans notre pays, ne me parlaient qu'en se courbant jusqu'à terre. Cet homme fréquentait à Paris plusieurs ciganos portugais, comme lui, vivant d'industries assez peu honnêtes, mais alertes, robustes, rusés, prêts à tout. Je devins le chef de cette bande, et grâce à elle, je pus continuer la vie de luxe et de plaisir vers laquelle je me sentais toujours irrésistiblement entraîné... »

Madame Dumirail se leva brusquement.

— Que me dites-vous là, monsieur ? s'écria-t-elle, vous me faites frémir !... Quoi ! vous que je croyais être un gentilhomme portugais, de grande maison, vous êtes descendu.

— Cela vous étonne, chère belle ? répliqua Médina-Campos avec ironie ; je vous supposais plus expérimentée en pareille matière... Ah ! çà, d'où croyez-vous donc que l'on tire l'argent que vous jetez aux quatre vents du ciel, vous autres jolies femmes ?

» Il y a parmi vos adorateurs, en effet, de jeunes étourdis qui, ainsi que moi, gaspillent en une année leur héritage, et qui se précipitent dans la Seine quand ils sont au bout de leur rouleau ; il y a des joueurs, des boursiers que les hasards de l'agiotage ou du jeu font momentanément riches, jusqu'à l'heure où ils s'abîment dans la boue ; il y a de gros banquiers, spéculateurs véreux, hommes d'affaires interlopes, qui, par orgueil plutôt que par passion, vous prodiguent l'or qu'ils ont gagné, Dieu sait comment... Mais, en dehors de ces protecteurs, qui, somme toute, ont la loi pour eux, d'où croyez-vous que proviennent, la plupart du temps, ces attelages, ces huit ressorts, ces diamants et parfois ces rentes que l'on vous donne avec tant de facilité, lorsque vous êtes jeunes et attrayantes ? Je l'ai appris bien vite dans la fréquentation de ce monde où l'on s'amuse, et je pensais, ma chère, que vous aviez aussi quelques idées précises à cet égard.

19

» Pour moi, si, à la suite des premiers désenchante-
ments, j'ai persisté dans la voie où je me trouve, j'ai une
excuse dans la passion violente que vous m'avez inspi-
rée. Vous êtes, Cécile, le type de la femme séduisante tel
que je me l'imaginais, d'après les publications parisiennes. Aussi, pour satisfaire tous vos caprices, pour fournir ce luxe qui est un des besoins de votre nature,
me suis-je senti capable des actions les plus har-
dies...

— Je l'ignorais, monsieur ! s'écria madame Dumirail,
et si j'avais pu soupçonner... Enfin, à quels moyens
avez-vous recouru pour vous donner les apparences de
la richesse ? Cette nuit même que s'est-il passé ? D'où
vient cette blessure ? D'où vient l'agitation fiévreuse que
vous montrez ?

— Bah ! qu'importe ? répliqua Médina-Campos ; on
a beau être prudent, les événements déconcertent parfois les plus ingénieuses combinaisons ; c'est ce qui est
arrivé tout à l'heure. Jusqu'ici j'étais parvenu à écarter
les difficultés et les périls ; mais aujourd'hui, tout a
tourné au plus mal. Vous savez votre proverbe : Tant va
la cruche à l'eau... Au fait, le succès a duré assez longtemps et il était facile de prévoir, un jour ou l'autre, un
semblable résultat... Il faut savoir l'accepter.

— Monsieur, si je vous comprends bien, votre présence ici peut avoir des conséquences graves, me compromettre d'une manière terrible... Voyons, mon Fernand, poursuivit Mᵐᵉ Dumirail d'un ton câlin, vous qui
dites tant m'aimer, ne voulez-vous pas songer à votre
sûreté... et à la mienne ?

— Si je retournais à ma demeure de la rue du Helder,
il est certain que j'y recevrais très prochainement certaines visites ; au lieu que, chez vous, on peut espérer...
A moins qu'un homme, qui avait toute ma confiance, ne
me trahisse dans un accès de colère.

— Que dites-vous ? Quelqu'un des... hommes dont
vous parlez, connaîtrait-il cette maison ?

— Oui, et je ne serais pas surpris qu'ils la connus-
sent tous.

— Alors, partez, partez vite... Dans votre propre intérêt, je vous en supplie !

— Oh ! moi, dit le comte avec un sourire amer, mon
parti est pris et je suis certain de me soustraire, dès que
je le voudrai, à tous les accidents... Ne pensons pas à
moi ; quant à vous, en mettant les choses au pis, vous
ne pouvez risquer beaucoup... Tenez, ma chère, poursuivit-il d'un ton dégagé en se redressant, oublions ces
choses désagréables. Je me trompe peut-être et les circonstances ne sont pas aussi désespérées qu'elles le pa-
raissent... Puisque donc nous ne devons partir que demain ou du moins la nuit prochaine, mettons à profit le
temps qui nous reste et égayons nous... J'ai grand'faim,
faites-moi servir à déjeuner... Vous, soyez belle et aimable... c'est votre état.

— Quoi ! monsieur, vous exigez ?...

— Je désire employer le mieux possible les moments
qui nous restent à passer ici, dussent-ils être les derniers !

Il parlait sur un tel ton que Cécile n'osa résister. Elle
allait sonner la femme de chambre, son unique domestique
depuis qu'elle avait brusquement quitté l'ancien hôtel,

lorsque des pas nombreux se firent entendre dans la cour.

Mᵐᵉ Dumirail s'était arrêtée, le bras tendu vers le cordon de la sonnette. Médina-Campos se leva.

— Oh ! oh ! que diable est ceci ? murmura-t-il.

Il écarta le rideau de la fenêtre et regarda dans la petite cour fleurie. Ce qu'il vit n'avait pas besoin d'explications. Cinq ou six personnes, dont plusieurs portaient l'uniforme des sergents de ville, arrivaient grand train, précédant un commissaire en écharpe.

Au même instant, on sonna violemment à la porte du pavillon.

— Allons ! dit le comte avec une philosophie singulière, ce que j'avais prévu s'accomplit. Diégo et les autres, se voyant pincés, se sont empressés de me trahir...

— C'est à vous qu'on en veut, Fernand, dit Cécile ; sauvez-vous vite, au nom du ciel !

— Et par où ? répliqua Médina-Campos en haussant les épaules... Bah ! ils ne m'auront pas... Retenez-les cinq minutes, Cécile, et je pourrai me moquer d'eux.

Le bruit redoubla au dehors, et on ordonna d'ouvrir au nom de la loi.

Le comte, prenant Cécile dans ses bras, la serra contre sa poitrine.

— Adieu, charmante, dit-il; décidément, je ne regrette rien... Vous valiez bien la peine que l'on se perdît pour vous!

Et il se dirigea vers un cabinet de toilette, qui attenait à la chambre.

— Où allez-vous par là ? demanda Cécile affolée ; cette pièce est sans issue.

Médina-Campos ne répliqua que par un sourire étrange et s'élança dans le cabinet.

Une des vitres de la fenêtre vola en éclats. Plusieurs agents de police, impatientés du retard que l'on mettait à ouvrir, et craignant que la personne qu'ils cherchaient n'en profitât pour s'échapper, venaient d'escalader la fenêtre ; après avoir fait jouer l'espagnolette, ils sautèrent dans la chambre.

Cécile poussa un cri d'effroi et tomba mourante sur un canapé. Un des agents, sans rien dire, se plaça près d'elle pour la garder à vue, tandis qu'un autre courait déverrouiller la porte extérieure. Bientôt, le commissaire et les gens qui l'accompagnaient envahirent la chambre.

Une détonation d'arme à feu se fit entendre dans le cabinet de toilette.

Comme le commissaire et son monde restaient un moment interdits, un homme, de taille colossale, qui s'était glissé dans la troupe, s'écria avec un accent de triomphe :

— Je vous le disais bien, monsieur le commissaire, quand vous m'avez trouvé tout à l'heure rôdant devant la maison, que cette soi-disant baronne était ma scélérate de femme Cécile Dumirail ?... Elle me croyait parti de Paris, mais je la guette depuis longtemps, et si vous remplissez votre devoir, vous allez constater le flagrant délit d'adultère... Voyez dans quel costume elle est ! Cherchez ; son amoureux ne doit pas être loin, car je l'ai vu entrer, il n'y a pas plus d'une heure, par la porte du jardin... Ah ! ma belle, ajouta-t-il en se penchant vers Cécile, qui, écrasée de terreur et de honte, était

presque évanouie, tu m'as dans le temps amené un
huissier... moi je t'amène un commissaire !

Mᵐᵉ Dumirail était incapable de répondre. Le commissaire, de son côté, n'écoutait pas le manufacturier et il
désigna de la main à ses gens le cabinet d'où la détonation était partie. Un d'eux s'empressa d'ouvrir et un
spectacle hideux frappa les regards.

Ce réduit, éclairé par un œil-de-bœuf en glace dépo-
lie, était entouré de patères supportant des robes de
velours et de satin, des mantelets de dentelles, des ca-
chemires précieux, toute la garde-robe de la demi-mondaine. Au dessous de la fenêtre, un meuble magnifique
en marbre blanc était surchargé de pots de pommade et
d'eaux de senteur, dont les violents parfums dominaient
même l'odeur de la fumée de la poudre, fumée qui s'é-
chappait en flots pressés.

Au milieu de ce discret laboratoire de la beauté féminine, un corps était étendu sans mouvement sur le
plancher, le crâne fracassé. Un revolver, qu'il tenait encore à la main, faisait comprendre ce qui venait de se passer. La cervelle avait éclaboussé les riches étoffes des
parures, les flacons d'argent et les porcelaines de la toilette. Il y avait de ces horribles maculatures sur les
murs tendus en perse, et un ruisseau de sang coulait
jusque dans la chambre.

Le magistrat et même ses agents les plus endurcis contre
de pareils tableaux, détournèrent les yeux avec horreur.

— La personne qui vient de se suicider, demanda le
commissaire d'une voix émue, est-elle bien M. de Médina-Campos ?

Cette demande s'adressait à Cécile ; mais Cécile était incapable d'articuler un mot ou de faire un signe.

— Oui, c'est lui ! s'écria l'ancien fabricant de papier, qui, au milieu de cette scène horrible, conservait une sorte de gaieté ; je le connais parfaitement, allez !... et je cherche depuis longtemps à le surprendre la nuit chez ma femme, afin de les envoyer en prison... Mais sans doute ce beau monsieur étranger avait d'autres occupations la nuit, car il ne venait ici que le jour.

Pendant qu'il parlait, les gens de police avaient soulevé le corps de Médina-Campos ; mais vainement y chercha-t-on un reste de vie, la mort avait été instantanée ; on se contenta donc de recueillir les papiers et les valeurs qu'il portait sur lui.

— N'importe ! monsieur le commissaire, reprit Dumirail, j'espère que vous n'allez pas moins arrêter mon aimable épouse... Le flagrant délit est évident... Ce comte portugais, qui se trouve ici à cinq heures du matin, et qu'elle reçoit dans le négligé galant où vous la voyez... Je vous somme de rédiger un procès-verbal pour constater le fait.

— Le procès-verbal sera rédigé, monsieur, répliqua le commissaire, et vous l'emploierez à tel usage qu'il appartiendra en ce qui vous concerne... Mais si cette dame, que vous dites être votre épouse, est bien la personne connue sous le nom de baronne de Saint-Serge, j'ai déjà ordre de l'arrêter pour d'autres causes.

— Et lesquelles ? demanda Cécile, à qui la violence même de ses émotions donna la force de se redresser.

— M. le juge d'instruction vous le dira.

— Lesquelles ? répéta Mme Dumirail ; monsieur, j'ai le droit de savoir... J'exige que vous m'appreniez...

— Eh bien, puisque vous m'y obligez, je vous arrête comme soupçonnée de complicité dans les crimes nombreux dont se sont rendus coupables l'étranger, nommé Médina-Campos, et ses complices, tout au moins comme recéleuse des produits de leurs vols.

— Moi ! moi ! moi ! s'écria la malheureuse, qui venait de voir un nouvel abîme se creuser devant elle.

Et elle perdit complètement connaissance.

On lui donna une heure pour se remettre ; puis, quand elle eut été habillée par sa femme de chambre, on envoya chercher un fiacre.

Pendant qu'on la conduisait à la voiture, elle ne cessait de pleurer et de se lamenter, en protestant de son innocence. On ne l'écoutait pas ; mais son mari, qui la suivait, bien qu'on l'eût repoussé plusieurs fois, lui disait avec une mordante ironie :

— Vraiment, ma tendre et chaste Cécile, quand je rêvais de me venger de vous, je n'osais espérer d'être si bien servi !... Recel, vol et peut-être assassinat, sans compter ma petite plainte en adultère, c'est superbe !... Ah ! vous aimez les belles robes, les beaux bijoux, les belles voitures, et vous les recevez de n'importe qui !... Tout n'est pas rose dans votre joli métier, et vous commencez à voir ce que l'on risque à jeter son bonnet par dessus les moulins !

Le départ du fiacre put seul mettre fin à ces haineux sarcasmes.

XXVII

LES DERNIERS MOMENTS

Quelques instants plus tard, à l'heure où l'activité parisienne commençait à se réveiller sur le boulevard Haussmann, les voisins du brocanteur s'étonnèrent que son magasin ne fût pas encore ouvert. Ce magasin, par sa richesse, était une des grandes « attractions » du quartier. On se demandait pour quelle cause le brillant étalage ne s'offrait pas, ce jour là, à l'admiration des passants.

Rien n'annonçait encore que l'ouverture dût se faire bientôt, quand Robert, le copropriétaire de ce tableau qu'on avait payé un si bon prix, arriva devant la demeure de Bailleul. Il était couvert de poussière et semblait très fatigué. Ainsi que les voisins et les passants, il éprouva une extrême surprise en trouvant le magasin fermé.

Comme il cherchait où prendre des informations, il vit sortir par la porte-cochère commune à tous les habitants de la maison Bailleul, le sapeur Galuret qu'il avait connu au régiment et qu'il savait être l'ordonnance du lieutenant de Beauregard. Il n'eût peut-être pas songé à l'aborder, si Galuret, pâle et bouleversé sous son épaisse barbe noire, ne se fût avancé vers lui.

— Ah ! monsieur Robert, dit le sapeur, en voilà un tremblement de tous les cinq cents diables ! Qui pouvait s'imaginer ça ?... Mon pauvre lieutenant que j'aimais... comme mes petits boyaux, quoi !... un renfoncement que le tonnerre en prendrait les armes... Crédié ! si j'avais été là avec *mon* hache !

— Que dites-vous, Galuret ? Serait-il arrivé un malheur au lieutenant de Beauregard ?

— Un malheur, dites donc vingt, dites cent, une véritable pluie de malheurs... Ah çà ! vous ne savez donc rien ?

— J'arrive à l'instant de la campagne, où j'étais allé annoncer à ma femme... même que j'ai dû faire une partie de la route à pied et que je n'en peux plus. Je viens régler avec M. Bailleul une affaire de haute importance.

— Une affaire ! Ah ! vous prenez fièrement votre temps ! Apprenez que, la nuit dernière, une bande de coquins a pénétré dans la boutique ; elle a tout cassé, tout pillé, tout *chapardé ;* elle a emporté tout l'argent de la caisse... Et puis, il y a eu bataille à coups de couteaux et de revolvers... M. Bailleul, le lieutenant et *l'autre*, sans compter la vieille dame et la jeune demoi-

selle, tous blessés, ou tués, ou n'en valant guère mieux.
On a arrêté plusieurs brigands, mais ça ne ressuscitera
pas les morts et ça ne guérira pas les atouts. La justice,
la police, les majors, le diable et son train, sont encore
là-dedans ; j'ai voulu entrer, mais bernique ! on m'a
rudement envoyé faire lanlaire.

Robert était comme foudroyé.

— Ainsi, balbutia-t-il, des voleurs... la nuit... Vous
êtes certain qu'ils ont forcé la caisse de M. Bailleul, et
que M. Bailleul est ruiné ?

On voit que, même pour l'honnête Robert, la question
de la caisse passait avant la question des personnes.

— Oui, monsieur, répliqua Galuret avec assurance ; ils
ont brisé le coffre-fort, un coffre énorme garni de fer, et
qui contenait, à ce qu'on dit, des milliasses de millions...
Pan ! on l'a ouvert aussi facilement que j'ouvre mon
sac pour prendre mon pompon d'ordonnance... Puis, les
gueux sont partis en emportant tout.... Je tiens ça d'un
brave homme de portier, qui a bien voulu jaser un brin
avec moi, rapport que je suis militaire.

— Mais ne m'avez-vous pas dit que les voleurs étaient
arrêtés ?

— Pas tous ; les malins se sont donné de l'air ; les
nigauds et les morts se sont seuls laissé prendre.... On
assure qu'ils étaient plus de trente pour faire le coup !

— Alors, je suis ruiné aussi, moi ! Que va dire ma
femme ?... Nous nous étions monté la tête... Elle était
si contente, si heureuse !... Mon Dieu ! mon Dieu !

Et le brave garçon se mit à fondre en larmes. Comme
le sapeur le regardait avec étonnement, Robert reprit :

— Du moins, M. Bailleul, qui a été si bon pour ma famille et pour moi, est-il encore vivant ?

— Pourrais pas vous dire... Soi-disant, ils seraient assassinés là-dedans... une fricassée, une omelette infernale, quoi ! Je ne suis même pas bien sûr que mon lieutenant n'a pas reçu un « revire-Marion » tant soit peu conditionné.

— Le lieutenant de Beauregard, mon ami ! Comment se fait-il qu'il se soit trouvé chez Bailleul ?

— Pardi ! il était avec les brigands, avec son frère, l'*autre*, qui est si drôlement habillé... Mêmement qu'ils ne sont pas rentrés chez eux la nuit dernière, et que leur portière en est aux cent coups... Que le diable me brûle ! S'ils m'ont tué mon lieutenant, j'en casserai plus d'un, quand je devrais être mis au clou pour cent ans !

— Que me chantez-vous là, Galuret ? Comment voulez-vous que le lieutenant de Beauregard et son frère, s'il en a un, se soient unis à des scélérats pour voler et assassiner ?

— Pourrais pas vous dire, répliqua le sapeur ahuri. Ensuite, poursuivit-il en prenant un air malin et en caressant la crinière noire de son menton, il y a là une petite demoiselle que le lieutenant serre fichtrement de près, vu qu'ils se connaissent de longue date... Suffit ! on aime le *sesque* dans notre régiment... vous comprenez ?

— C'est que je ne comprends pas du tout, s'écria Robert avec colère. Comment Beauregard et son frère se seraient-ils trouvés, au milieu de la nuit, chez Bailleul, en

compagnie des brigands ?... Tenez, Galuret, vous êtes
un imbécile, et vous me mettez à la torture avec des ba-
livernes qui n'ont pas le sens commun... Je vais me
renseigner moi-même.

Il se dirigea en courant vers la porte-cochère de la
maison.

— Pauvre homme ! grommela le sapeur ; paraît qu'il
perd de l'argent avec le marchand ; ça lui a tapé sur la
boussole et il ne comprend plus les raisons... Tout de
même, ça m'étrangle de penser que peut-être mon lieutenant... Il me reste deux sous, je vais boire la goutte.

Et il entra chez un mastroquet voisin.

Robert, de son côté, était allé sonner à la porte-cochère ; on tira le cordon, mais il trouva dans le vestibule
deux sergents de ville, qui lui demandèrent sèchement
ce qu'il voulait. Robert répondit qu'il avait besoin de
voir M. Bailleul, le marchand de curiosités.

— On ne le voit pas pour le quart d'heure, dit un des
sergents de ville d'un ton bourru, et notre consigne est
de ne laisser entrer ni sortir personne... Ainsi donc,
revenez une autre fois.

— Vous me direz, du moins, si M. Bailleul est mort
ou vivant, et si les personnes de sa famille...

— Nous ignorons ce qui se passe.

— Vous savez pourtant si un vol considérable a été
commis ici la nuit dernière, s'il est vrai qu'une caisse
a été forcée et qu'on a dérobé de grandes valeurs ?

— C'est possible ; il y a beaucoup de grabuge dans la
maison et des gens seront échaudés... Mais ça ne nous
regarde pas... Vous, l'ami, faites-moi le plaisir de filer

bien vite, ou nous vous coffrerons comme les au
tres.

Robert, intimidé, n'en demanda pas davantage et se
retira.

Il reprit, lentement et d'un air irrésolu, le chemin de
sa demeure. Tout en marchant, il disait avec désespoir :

— S'il était vrai... si je n'avais plus de doutes, il ne
me resterait qu'à piquer une tête dans la Seine !

Pour de bonnes raisons, ni Robert, ni personne ne
pouvait pénétrer en ce moment chez Bailleul : à l'entresol, comme au rez-de-chaussée, il se passait des
choses graves.

D'abord, dans le magasin où l'on voyait encore la
trace des événements de la nuit, un membre du parquet,
assisté de son greffier et entouré d'agents de police pour
exécuter ses ordres, procédait à l'interrogatoire des trois
coquins qui venaient d'être pris en flagrant délit de vol
et d'assassinat. L'un d'eux, Diégo, l'ami et le lieutenant
de Médina-Campos, était blessé mortellement par le
coup de revolver d'Amédée ; et, étendu sur un matelas,
il avait fait les révélations les plus complètes au sujet
de la bande et de son chef. C'était à la suite de ces révélations que le magistrat, sans perdre de temps, avait
lancé contre le comte un mandat d'amener dont nous
connaissons le résultat.

Cirgos et Montès étaient là aussi, étroitement ligottés ;
seul, Piquillo, le guetteur de la rue, ne se trouvait pas
encore entre les mains de la justice, mais on possédait
des indications qui devaient le faire prendre bientôt.

Cirgos, celui qui avait frappé Jean-Baptiste d'un coup de couteau et avait roulé avec lui au bas de l'escalier, semblait tout hébété de sa chute ; sentant que son cas était des plus graves, il n'avait pas l'air d'entendre les questions qu'on lui adressait ou il n'y répondait que par des dénégations. Quant à Montès, l'homme qui habitait la maison et avait ouvert la porte du magasin à ses complices, il n'essayait pas de nier l'évidence.

Moins compromis que les autres, car il n'avait pas versé le sang, il était entré aussi dans la voie des révélations et confirmait tous les dires de son camarade Diégo, que l'on s'attendait à voir expirer d'un moment à l'autre.

De l'étage supérieur, le lieutenant Amédée avait été appelé plusieurs fois devant le magistrat, afin de contrôler les assertions des coquins prisonniers ; mais, après avoir répondu aux demandes qu'on lui posait, il s'empressait de remonter par l'escalier tournant à l'entresol, où la situation de son frère réclamait absolument sa présence.

Le pauvre Jean-Baptiste, en effet, était, lui aussi, frappé à mort, et il fallait qu'il eût un tempérament de fer pour n'avoir pas déjà succombé à sa blessure en pleine poitrine. Dès qu'on avait reconnu qu'il n'était pas en état d'être transporté à sa demeure et qu'il expirerait infailliblement dans le trajet, Louise, avec cette ténacité de volonté qu'elle montrait au besoin, avait exigé qu'on le déposât sur son propre lit.

— Le comte de Beauregard, disait-elle, céda jadis à mon oncle, en cas pareil, le lit de sa mère défunte, qu'il vénérait comme une sainte... Pouvons-nous être moins hospitaliers, quand, pour sauver notre fortune et nos existences, il a reçu un coup mortel ?

Jean-Baptiste, avec sa grosse chemise de toile tachée de sang, était donc couché dans la jolie chambre de la jeune fille, sur son lit blanc et virginal. La tête brune, aux cheveux incultes, de l'agriculteur, reposait sur l'oreiller garni de dentelles. Amédée tout pâle, quoique ses yeux fussent rougis par les larmes, était assis à côté de son frère et lui adressait, de temps en temps, des paroles encourageantes. Louise, qui avait trouvé moyen de s'habiller prestement au milieu de ces circonstances tragiques, quoique ses pieds fussent encore nus dans des pantoufles de velours, s'était installée en face de lui ; mais elle se levait au moindre mouvement du blessé pour lui prêter assistance.

Un médecin avait été requis. Après avoir posé un appareil sur la blessure de Jean-Baptiste, il s'était assis à l'écart, d'un air découragé, comme s'il n'attendait aucun bon résultat de son pansement.

Bailleul et sa femme auraient bien voulu de même rester avec leur nièce ; mais la chambre était petite et le docteur s'opposait à ce qu'il y eût trop de monde auprès du malade, dont la difficulté à respirer devenait de minute en minute plus apparente.

L'oncle et la tante se tenaient donc dans la pièce voisine ; en revanche, la porte de communication était ouverte ; à chaque instant, la figure inquiète de l'un ou de l'autre se montrait par l'ouverture, et on eût pu entendre le brocanteur dire à sa vieille compagne :

— Comme tu le recommandes toujours, ma chère, laissons faire Louise... Elle n'est pas « empotée » et elle l'a bien prouvé cette nuit encore. Dieu me pardonne ! elle serait parvenue, toute seule, je crois, à mettre en fuite ces abominables bandits !

Jean-Baptiste parlait peu, mais conservait toute sa connaissance, et ses yeux éteints s'attachaient avec amour tantôt sur son frère, tantôt et surtout sur Louise, dont la touchante sollicitude paraissait être une grande consolation pour lui.

A la suite d'un accès de suffocation, qui avait été plus long et plus douloureux que les autres, il fit signe à ceux qui l'entouraient d'approcher. Amédée accourut et se pencha pour écouter ce qu'il avait à dire.

Jean-Baptiste lui prit la main ; puis il tourna les yeux vers Louise, comme pour l'appeler de même. Elle accourut à son tour, et se plaça de l'autre côté du lit. Le mourant lui prit la main comme il avait fait de celle de son frère et dit, d'une voix faible, pendant qu'un sourire se jouait sur ses lèvres décolorées :

— Ne me plaignez pas trop... Mieux vaut pour moi mourir ici, sous les yeux de cet ange, que de me brûler obscurément la cervelle au coin d'un de mes champs, comme cela n'eût pas manqué d'arriver, aussitôt que je serais retourné là-bas.

Mlle Bailleul et Amédée, croyant qu'il avait déjà le délire, se taisaient. En ce moment, le docteur, qui avait été appelé dans les magasins pour constater le décès de Diégo, rentra et rappela qu'il pouvait être dangereux de faire causer le malade.

Jean-Baptiste, jusque-là si abattu, sembla recouvrer brusquement toute sa force :

— Laissez-nous tranquilles, docteur, reprit-il d'un ton ferme ; vous ne pouvez plus rien pour moi, vous le savez, et je le sens moi-même... Cinq minutes plus tôt ou cinq minutes plus tard, qu'importe ! Je dirai au moins ce que je dois dire.

Sans doute il avait raison, car le médecin n'insista pas et retourna à sa place, au bout de la chambre.

Le blessé reprit, après une courte pause, en s'adressant à son frère et à Louise :

— Encore une fois, ne me plaignez pas... Je vous aimais, mademoiselle, et hier encore je croyais, dans ma folie, que vous pourriez m'aimer, m'accorder votre main. Aujourd'hui, je sais combien mon erreur était profonde. Vous avez été élevée dans un milieu où mes goûts, mes habitudes, comme ma personne, ne sauraient que vous inspirer de la répulsion... D'ailleurs, vous aimez Amédée, j'en ai la certitude à présent, et Amédée n'a jamais cessé de vous aimer... Osez dire, l'un et l'autre, que vous ne vous aimez pas !

La jeune fille et l'officier baissèrent la tête en rougissant. Ils ne firent pas d'autre réponse, mais celle-là était suffisamment intelligible, et Jean-Baptiste ajouta, en s'agitant sur sa couche :

— Vous voyez donc que tout est bien... Moi vivant, ce mariage eût été impossible, car je me serais tué... ou je vous eusse tués tous les deux !

Une nouvelle suffocation lui coupa la parole. La crise

passée, il tourna la tête à droite et à gauche, comme s'il eût cherché quelqu'un.

— Bailleul !... Mme Bailleul ! balbutia-t-il.

Louise se dégagea et courut vers la pièce voisine, où se tenaient son oncle et sa tante.

— Venez, dit-elle ; il va mourir et il vous demande.

Le mari et la femme s'avancèrent avec empressement, et se placèrent devant Jean-Baptiste.

— Mariez-les, dit-il d'une voix nette ; ils s'aiment... Il n'y a plus d'obstacle... Votre profession m'inspirait d'abord une invincible répugnance, mais puisque vous l'exercez avec probité...

— Ma profession ! monsieur de Beauregard, répondit Bailleul, je suis déterminé à la quitter sans délai... Nous venons d'arrêter la chose avec ma pauvre femme, qui elle-même a besoin de repos... Nous ne voulons plus de cette vie tourmentée où l'on attrape des coups de revolver et des coups de couteau, où l'on est exposé à être volé, pillé, persécuté, calomnié... J'avais déjà renoncé à mes longues tournées en province ; mais cela ne suffit plus. L'affaire d'aujourd'hui me décide ; je vais vendre mon fonds. Nous sommes riches ; j'achèterai une propriété à la campagne...

Jean-Baptiste l'interrompit par un geste, comme s'il craignait de n'avoir pas le temps de dire ce qui lui restait à dire.

— Vous aurez nos domaines, reprit-il ; on donnera une dot à cette pauvre petite Mariette, qui va tant me pleurer... Louise sera comtesse de Beauregard ; seulement, ce ne sera pas moi qui...

Il s'arrêta de nouveau ; après une courte pause, il balbutia :

— Eh bien ! voulez-vous les marier ?

Les deux vieux époux se regardèrent.

— Je serai de l'avis de Louise, dit Mme Bailleul.

— Alors, reprit le brocanteur, je ne vois pas d'inconvénient... J'ai cru jadis que c'était l'intention de tout le monde, et si M. Amédée revient à ses anciens projets...

Amédée n'osait parler ; il porta vivement à ses lèvres la main de son frère.

— Et... vous, mademoiselle ? bégaya le mourant avec effort, en tournant son regard vitreux vers Louise.

Mlle Bailleul se taisait aussi ; mais les mouvements saccadés de sa poitrine, ses yeux pleins de larmes étaient significatifs. Comme elle ouvrait la bouche pour faire une réponse, Jean-Baptiste murmura :

— Oh ! ne me le dites pas !... Je serais capable de mourir avec un sentiment de colère, d'envie ou de haine dans le cœur... Soyez... heureuse !

Il ferma les yeux et une nouvelle crise se déclara ; celle-là devait être la dernière.

Il eut une agonie courte mais terrible ; l'âme semblait ne pouvoir se détacher de cette jeune et robuste organisation. Enfin, les convulsions cessèrent, et Jean-Baptiste expira doucement, les yeux fixés sur les traits angéliques de Louise.

Bailleul et sa femme accoururent pour entraîner leur nièce, qui défaillait. Il fallut quelque effort pour dégager la main de Louise, que le mort retenait dans la sienne.

A peine la catastrophe fut-elle accomplie qu'Amédée, dont la douleur jusqu'à ce moment avait été sombre et muette, éprouva un véritable accès de désespoir. Il se jeta à genoux devant le lit, et s'écria dans un transport déchirant :

— Mon frère, toi qui as été le protecteur et le soutien de toute la famille, est-ce possible ?... Mon Dieu ! je rêve... je suis fou... Comment ai-je pu lui permettre de s'exposer à ce point !... Lui, lui !... Jean-Baptiste !... Mon frère bien-aimé !...

Tout le monde gardait le silence.

Bailleul, moins accessible aux émotions extrêmes, prit la main d'Amédée.

— Allons ! monsieur de Beauregard, dit-il, du courage ! Votre frère était un brave garçon, j'en conviens. Sans vous et sans lui, Dieu sait ce qu'il serait advenu de nous, la nuit dernière, quoique Louise ne soit pas « empotée », comme on a pu le voir... Et puis, il l'a dit tout à l'heure : lui vivant, ce qui arrivera n'aurait jamais pu se faire !

— Monsieur Bailleul, s'écria Amédée avec véhémence, depuis le premier jour, j'aime Mlle Louise de toute la force de mon âme ; mais Jean-Baptiste l'aimait aussi et dans cette droite et simple nature, l'amour dominait tout. Aussi lui avais-je donné ma parole de ne pas chercher à revoir votre charmante nièce, et il avait pris le même engagement envers moi... Ni l'un ni l'autre, nous n'avons pu le tenir. Cependant, le ciel m'en

est témoin, je me serais tué moi-même plutôt que de
causer le moindre chagrin à mon frère... et c'est lui
qui nous réunit maintenant!... Mon bon, mon généreux
Jean-Baptiste !

Il s'abandonna à de nouveaux transports de douleur.

— Amédée, murmura Louise, il a été, pour nous
aussi, un bienfaiteur et un protecteur courageux... Je le
pleurerai avec vous !

Une heure plus tard, Amédée, que réclamaient les
impérieuses exigences de son service militaire, sortait
de la maison Bailleul, quand une exclamation lui fit
retourner la tête ; c'était Robert, qui revenait anxieuse-
ment vers le magasin toujours fermé. En reconnaissant son ancien camarade du régiment, Amédée, malgré sa douleur, lui fit un signe amical et voulut passer
outre ; Robert l'aborda et lui dit avec chaleur :

— Vivant, mon cher Beauregard! Me voilà délivré
d'un grand poids... Ah ! çà, que me disait donc cet âne
de Galuret ?

— J'ai couru des dangers, il est vrai ; mais j'ai pu
y échapper, tandis que mon pauvre frère, arrivé d'hier
au soir seulement à Paris...

Les larmes coupèrent la parole au lieutenant.

— Je le plains de tout mon cœur, à cause de vous...
Mais est-il vrai que M. Bailleul...

— M. Bailleul ? Grâce au ciel, il n'a pas eu d'autre mal
qu'une grande frayeur.

— Il n'en est pas moins ruiné. On assure que sa caisse
a été pillée par les voleurs.

Amédée, en dépit de ses cruelles préoccupations, comprit enfin d'où venait le vent, et un faible sourire se joua sous sa moustache.

— Rassurez-vous, mon brave Robert, répliqua-t-il ; la caisse a bien été forcée, mais les voleurs n'ont pas eu le temps d'emporter la moindre chose.

Et il poursuivit son chemin, laissant Robert ivre de joie.

CONCLUSION

Trois ans se sont écoulés, et ce récit, qui a commencé par un voyage, va finir aussi par un voyage.

Une voiture bourgeoise, de confortable apparence, après être partie de la station de chemin de fer la plus rapprochée de Saint-Amand, parcourait la route pittoresque où nous avons vu la carriole de Bailleul au début de cette histoire. La saison était la même, c'est-à-dire qu'on se trouvait au commencement du printemps. Le feuillage, la verdure et les fleurs venaient de renaître, comme autrefois, et mêlaient à l'atmosphère tiède leurs émanations parfumées. Les oiseaux, grives, rouges-gorges, rossignols, avaient d'autant plus sujet de chanter sur les arbres qu'au lieu des giboulées, qui avaient accueilli jadis Bailleul et sa nièce, un soleil radieux égayait la campagne.

Dans la voiture, qui se dirigeait vers Saint-Amand, se trouvaient plusieurs personnes. D'abord un officier en petit uniforme, à figure ouverte et bienveillante ; puis une jeune femme, en élégant costume de voyage, aux traits fins et gracieux ; enfin une grosse nourrice normande tenant sur ses genoux un beau bébé de dix-huit mois, qui tendait les mains vers la portière, dans le but de saisir les bouquets de feuilles au passage, et qui souriait aux papillons des prairies voisines.

Comme l'on venait d'atteindre un certain endroit, où la route principale se bifurquait avec un chemin creux, la jeune femme se redressa vivement :

— Regarde, Amédée, dit-elle avec émotion, voilà la place où nous te rencontrâmes pour la première fois, et où ta présence mit en fuite deux hommes qui me causaient une frayeur mortelle. J'ai toujours soupçonné que ces hommes étaient là pour nous guetter, et qu'ils appartenaient à la bande qui nous attaqua le lendemain, au Saut-de-la-Chèvre.

— C'est possible, ma chère Louise, quoique le fait soit resté douteux... Ah ! quand je cheminais, ce jour-là, par la pluie, avec mon léger bagage, le cœur dévoré d'inquiétudes au sujet de ma pauvre mère, je ne songeais guère que j'allais rencontrer ici celle qui devait être, plus tard, le bonheur de mon existence !

Et Amédée de Beauregard portait à ses lèvres une main blanche et potelée... qui se laissait faire.

— Tu voudrais bien, répliqua Louise gaiement, que je convinsse d'avoir éprouvé moi-même... Mais je ne dirai rien, monsieur, qui puisse vous rendre trop fat... D'ailleurs, ajouta-t-elle, tout attendrissement de notre part ne serait peut-être pas du goût de Jean-Baptiste, qui exige plus de gravité chez ses père et mère.

20

Elle prit sur ses genoux le bel enfant, qui, en enten-
dant prononcer son nom, s'était retourné vers elle et lui
ouvrait ses petits bras.

Au bout d'un moment, Louise reprit :

— Il me semble, mon ami, que nous devrions déjà
apercevoir le Pigeonnier, où mon oncle, ma tante et
Mariette nous attendent avec tant d'impatience ?

— Nous sommes trop loin encore, répliqua Beauregard ; mais nous pourrions d'autant mieux l'apercevoir,
que le Pigeonnier a grandi depuis peu, et que la pauvre
vieille masure d'autrefois est devenue, dit-on, un château
moyen-âge... Que veux-tu ? Ton oncle qui, par profession,
a des manies d'archéologue, serait mort d'ennui là-bas,
si je ne lui avais laissé la liberté de tout arranger à sa
guise. Aussi, sauf la chambre où notre mère est morte,
l'ai-je autorisé à bouleverser la maison comme il l'en-
tendrait. Quoique l'on ait l'intention de te faire une
surprise, attends-toi à trouver, au lieu d'une bicoque, un
château gothique, un manoir féodal, que sais-je ? Il ne
m'appartient pas de me plaindre, car le bonhomme a
tout construit à ses frais. Il n'a pas eu, je crois, de fortes
sommes à dépenser : quelques tombereaux de briques et
de plâtre ont suffi pour déguiser notre maison de paysans
en édifice historique, et il serait facile, à ce qu'on assure, de démolir certaines tours d'un coup d'épaule...
N'importe ! ayons l'air d'être ravis... Aussi bien, le papa
Bailleul, ayant à cœur de compléter son œuvre, a-t-il
fouillé tout le pays, comme il faisait jadis, et ramassé
de vieux bahuts, de vieilles faïences, de vieilles tapisseries, pour meubler le soi-disant castel ; nous lui cause-

rions un vif chagrin si nous n'admirions pas, comme il l'espère, le produit de tant d'efforts.

— Il suffit, mon ami, répliqua Louise ; je prépare mon admiration et j'admirerai tant qu'on voudra... Pauvre oncle ! je suis contente de savoir qu'à la suite d'une vie laborieuse, il trouve là-bas des distractions selon ses goûts... D'ailleurs, il paraît que ma bonne tante a repris la santé, depuis qu'elle respire l'air de la campagne et qu'elle vit à l'abri de toute émotion... Comme je vais l'embrasser, ainsi que cette gentille Mariette, pour qui j'ai une véritable affection de sœur !... A propos de Mariette, tu sais qu'on doit nous présenter un jeune notaire, qui voudrait en faire sa notaresse ? Tout cela me charme et nous allons passer le plus agréablement du monde les trois mois de ton congé... Notre cher petit Jean-Baptiste ne s'en trouvera pas mal non plus... Tout me ravirait donc si...

Louise s'arrêta.

— Achève, ma bien-aimée ; qu'est-ce qui t'offusque ?

— Je n'ose te dire... Cependant, nous allons arriver, et il faut bien que je t'apprenne ce qui m'inquiète secrètement, ce qui empoisonne toute ma joie, au moment où je vais me retrouver avec tant de personnes chères...

— Parle, Louise ; sur ma parole ! tu me fais peur.

— Eh bien ! mon Amédée, n'y a-t-il pas encore là-bas, à la papeterie du Prieuré, ce vilain homme qui a plu-sieurs fois attenté à tes jours ? Il est redoutable, et je crains...

— Rassure-toi, ma chérie ; le Prieuré a été vendu, et la papeterie s'est transformée en un moulin à farine... Quant à Dumirail, il a quitté le pays, et je ne le crois pas disposé à y revenir.

— En es-tu certain ?

— Parfaitement certain... La preuve, c'est qu'il a monté une nouvelle fabrique de papier à Angoulême, et que ses affaires prospèrent, à ce qu'on dit... Mais ce qui t'étonnera bien davantage, c'est qu'il a repris sa femme et qu'ils tiennent le haut du pavé dans la ville.

— Hein ! tu veux te moquer ?... Comment ! cette dame dont la conduite a été si... fâcheuse, sur laquelle il a tiré un coup de revolver en ma présence, qu'il a poursuivie devant les tribunaux...

— Le mari et la femme sont aujourd'hui les meilleurs amis du monde. Pour expliquer cette étrange réconciliation, il faut savoir qu'une vieille dévote, tante de Mme Dumirail, étant morte depuis peu, a laissé par testament à sa nièce une fortune de cent mille écus, à la condition expresse que les deux époux reprendraient la vie commune. Le rapprochement s'est opéré de consentement mutuel... et aujourd'hui on prétend qu'ils sont ensemble comme deux tourtereaux.

En achevant ces paroles, Amédée avait un sourire railleur sur les lèvres. Il n'en fallait pas tant ; la jeune femme partit d'un bruyant éclat de rire, qu'Amédée lui-même ne tarda pas à imiter. Le petit Jean-Baptiste, en voyant l'hilarité de son père et de sa mère, se mit de la partie avec un entrain superbe.

On riait encore, quand, au détour de la route, on remarqua un jeune drôle, pieds-nus, qui semblait guetter l'arrivée des voyageurs. Dès que la voiture se montra, il fit volte-face et courut de toute sa vitesse dans la direction de Saint-Amand, en agitant un lambeau de mouchoir, pour donner un signal. Au même instant apparut, à quelque distance, l'habitation du Pigeonnier.

Mais était-ce bien le Pigeonnier? La petite avenue de vieux arbres avait été rasée et, du côté de la route, rien ne faisait obstacle à la vue. L'arcade ruinée était remplacée par une sorte de portique, qui affectait les airs d'un arc de triomphe romain. Au fond de la cour, au lieu du bâtiment mesquin d'autrefois, se dressait un édifice de forme bizarre, avec tours, tourelles et clochetons, sans oublier les créneaux et les machicoulis. Cela formait un ensemble monstrueux d'anachronismes, un chef-d'œuvre de mauvais goût, et rappelait ces villas des environs de Paris auxquelles leurs propriétaires ont voulu donner l'aspect de forteresses gothiques en petit format.

Peut-être Louise et surtout Amédée regrettaient-ils l'aspect simple et rustique de l'ancienne habitation, mais ils n'eurent pas le temps de se livrer à un long examen. Au signal donné par la sentinelle en guenilles, on vit sortir précipitamment du « château » plusieurs personnes, qui traversèrent la cour et s'avancèrent vers le portique romain. C'était Bailleul et sa femme, dans leur plus belle toilette, rayonnants de bonheur; puis une grande et jolie demoiselle, fort élégamment mise ma foi! dans laquelle le lecteur aurait eu de la peine à reconnaître la petite Mariette de Beauregard ; enfin un gros garçon de trente ans, rose, joufflu, cravaté de blanc et vêtu de noir de la tête aux pieds, comme pour offrir l'image du parfait notaire.

— Hum ! murmura Amédée en regardant l'inconnu, Mariette ne veut pas perdre de temps pour nous présenter son fiancé !

Louise ne l'écoutait pas. Elle avait ordonné au cocher d'arrêter et, confiant l'enfant à la nourrice, elle s'était élancée à terre. Amédée la suivit et ils rencontrèrent sous le portique toute la famille, qui accourait au devant d'eux.

Pendant que le jeune notaire s'inclinait respectueusement et que les dames poussaient des cris de joie, Bailleul prit son air le plus majestueux et dit avec emphase :

— Le comte et la comtesse de Beauregard sont les bien venus dans leur château héréditaire !

Mais Louise, qui pleurait et qui riait à la fois, se jeta dans ses bras, en s'écriant :

— Ah ! oncle Bailleul, oubliez le comte, la comtesse et le château héréditaire... Embrassez le petit Jean-Baptiste, embrassez votre neveu et votre nièce, qui sont si heureux de vous revoir !

FIN

TABLE DES CHAPITRES

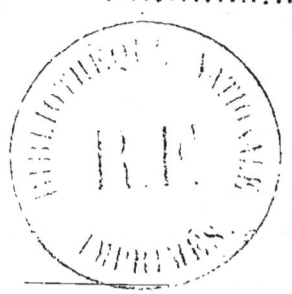

Châteauroux. — Typ. et Stéréotyp. A. MAJESTÉ.

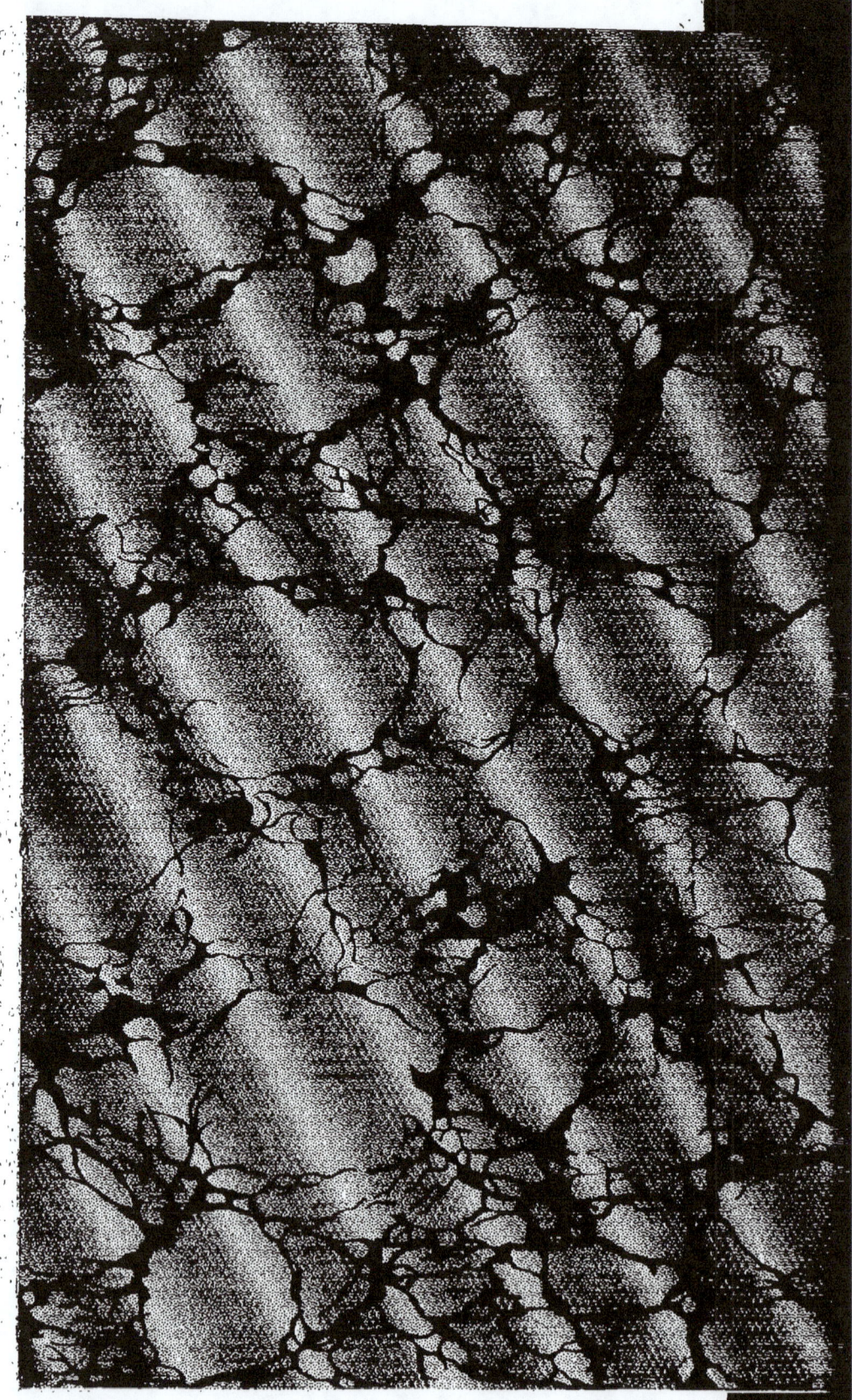

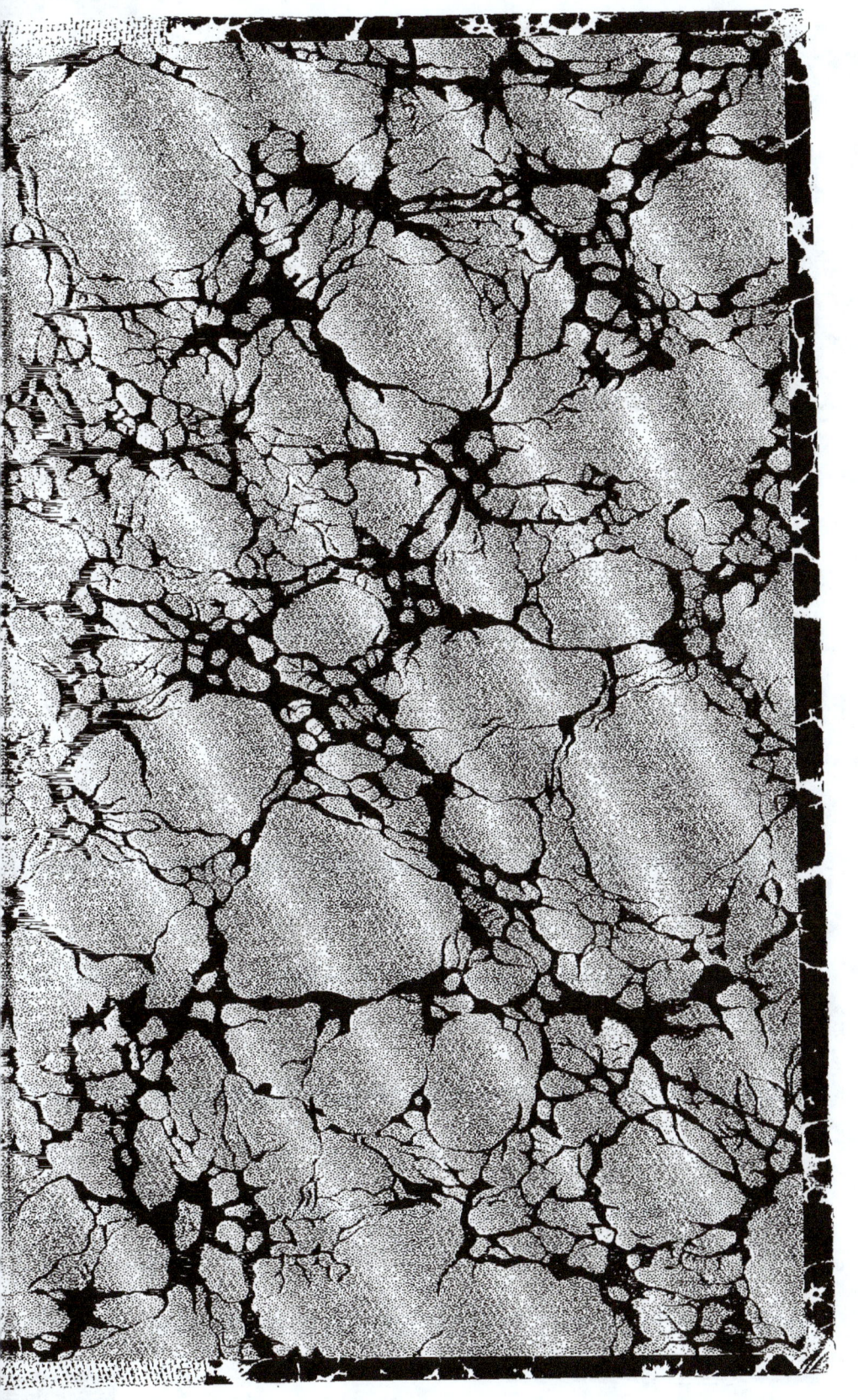

www.ingramcontent.com/pod-product-compliance
Lightning Source LLC
Chambersburg PA
CBHW070300030726
47505CB00004B/872